美景都在路上

MEIJING DOU ZAI LUSHANG

萧 迹/著

时代出版传媒股份有限公司
安徽文艺出版社

图书在版编目（CIP）数据

美景都在路上/萧迹著. —合肥：安徽文艺出版社，2019.11（2022.7重印）

ISBN 978-7-5396-6564-1

Ⅰ．①美… Ⅱ．①萧… Ⅲ．①散文集－中国－当代

Ⅳ．①I267

中国版本图书馆CIP数据核字(2019)第017665号

出 版 人：姚 巍　　　　　策 　 划：刘姗姗
责任编辑：周 丽　　　　　装帧设计：徐 睿

出版发行　安徽文艺出版社　　www.awpub.com
地　　址：合肥市翡翠路1118号　　邮政编码：230071
营 销 部：(0551)63533889
印　　制：山东百润本色印刷有限公司　　(0635)3962683

开本：880×1230　1/32　印张：11.25　字数：300千字
版次：2019年11月第1版
印次：2022年7月第2次印刷
定价：59.80元

目 录

岁月有痕

龙吟虎啸

附录

我的爸爸妈妈（代序）

于何彦悦

我爸爸是一个可爱、善良，又是永远爱我的人。爸爸长着一双纯洁的小机灵眼，乱乱的头发，不大不小的鼻子，加上一个爱笑的嘴巴，他挺着将军肚，时常在家里笑着问我他的肚子大不大。我爸爸虽然胖但长着一身壮实的肌肉，这使我很羡慕他。

我妈妈是一个面黄肌瘦的人。她是一个老师，她长着带有皱纹的眼睛，笑起来皱纹都挤在了一块儿，妈妈也是世界上最爱我的人，即使她脸上长着雀斑，身子也很瘦，但我不会嫌弃她，我爱我妈妈。

爸爸和妈妈常常聚在一起议论妈妈看到的学生与老师之间的事，让我感到有一种开大会的感觉。

我爸爸胖，妈妈瘦，总让我感到他俩像反义词，于是他们的性格也不同，爸爸想给我买（课外）书，妈妈不同意，妈妈想让我多学习，爸爸也想反抗，两只一大一小的猫就一直议论纷纷直到我走上前制止才停止。

不过，这不能说明他们不爱我，我爸爸是作家，挣的钱不多，可我一缺东西，他就会掏钱买。妈妈很忙，可也能在空闲时间与我玩游戏，我的成长都是一家人的努力付出才这么好的。我要感谢我的家人们。

当我走进校园时，同学们都是我的知心朋友，他们常说我是老师的娃，作家的女儿，很羡慕我，我爸爸就利用我在同学之间宣传他，总让他感到了不起，这时我就会提醒他说："别骄傲了!"于是我的一天会快乐地度过。

我爱我的这两位性格不同，却仍然爱我的爸爸与妈妈。

（女儿九岁时作）

美景都在路上

真水无香

做一个让别人舒服的人

最近，我一直在家里半闭关地创作，有一部长篇小说即将完工。作家毕竟不是社会活动家，虽然需要深入生活去体验，但也需要独守一室去直面灵魂深处进行剖析和笔耕不辍，如果天天打着文学的旗号去活动，那就不是爱文学而是搞文学了。所以，我就和朋友们少了联系，少了问候。其间，A君就连着给我打了几个电话，约见聊聊，前两次都被我推掉了。但这一次不好意思再推辞便在"趣缘斋"见了面。A君是一个离异的中年男人，最近，陷入了一场苦恋中，令他无奈的是这个恋爱好像有点儿剃头担子一头热的表象，对方对他总是若隐若现，若即若离，而他则整个身心被点燃了。原来，他找我就是为了寻找一个怎么办的答案。

我说你肯定读过徐志摩的那首诗《再别康桥》吧，"轻轻的我走了，正如我轻轻的来"！你现在就应该："热热的我来了，现在我静静地走。"A君愕然，问我为什么，我说："我们经常说：'要和舒服的人在一起，要和正能量的人在一起。'却忘记了一点，就是我们首先要做一个让人舒服的人，做一个有正能量的人。爱情从来都不是一个人的事情，你心中有爱很好，但是你的爱让别人感到不舒服了，那么最好的选择就是离去，否则，你不但得不到爱情，而且还失去了做人的尊严，失去了做人的尊严，你的爱情还会快乐吗？"

A君很不甘心，认为事在人为。我明确地告诉他："婚姻，你是可以追求到,但是爱情从来不可以。如果婚姻没有爱情,你们就算生活在一起,你不觉得太枯燥了吗? 两个人在一起首先要舒服,舒服都做不到,快乐更谈不上,你还和她天天纠结在一起,你不觉得你的生活不仅乏味,而且还很痛苦吗?"

A君盯着我问道:"你的意思是让我转身就走? 你是要说,说断就断的爱情不值得留恋吗?"

我就告诉他:"你还留恋什么?"你在人家的面前连尊严都快没有了,你还再留恋什么? 有一句话说得非常好:"我之所以快乐,就是因为我从来不在无价值的事情上浪费我的精力和时间。"生活中,我一直让自己做一个敏感的人,处事交往我总是能及时捕捉到对方的感受。当因为我的存在而让对方感觉不畅快时,我总是及时地脱身,悄悄离去。尊重对方也尊重了自己。做一个让别人舒服的人,才会交往到更多的让你舒服的人,生活才会精彩!

我就要雾里看花、水中望月

这段时间我把戴了近三十年的眼镜摘了,一时间,身边的很多朋友都不习惯了,常好奇地问我:"萧迹,你怎么把眼镜摘了? 能不能看清楚啊?"我总是笑着回答:"年龄大了,眼睛就成了远视眼,彼此一中和,近视眼就好了,眼镜就摘了。"大家便十分惊叹,说年龄大了也有年龄大的好处。其实,我没有告诉他们,我摘眼镜是和近视、远视无关的。

以前,不论是识人,还是做事,总怕把人认错,事情看不透。所以,戴上了眼镜。可是今天的我,不再喜欢把人看深透,把事情了解清楚,越发地喜欢那种雾里看花、水中望月的感觉。因为,我知道人心如海,是看不透的。知道任何事情的存在,都有它的理由,是不需要一定要搞清楚来龙去脉的。

我们每一个人都有过这样的经历,与一些人交往过后,因为一些事情的处理结果与心愿不符,就会常常感慨自己识人不准。或在做一些事情时,因种种原因导致无功而返,便埋怨自己看事不透。

仔细想想,人生大多数不快的产生,都是因为心中的一个"我"故。我们之所以感慨识人不准、事情看不透,首先还是因为自己做事、交友目的性太强,预期值太高。有了希望,难免就会有失望,有了失望那一定就要埋怨自己的眼神了。

真水无香

如果放下目的和欲望，做事、交友全凭得一个"缘"字、一个随性，在一起快乐就常相聚，不快乐就敬而远之，做事只求尽心，不再苛求。不因为交到了有权势的朋友而亢奋，更不因为交到了有名望的朋友而兴奋，自然就心中无求天地宽了。

所以，我现在无论处事还是交友全凭一个感觉，没有了目标就没有了希望与失望，一切随心所至。朋友在一起时，可以谈天说地，可以把酒言欢，可以禅茶一味，但绝不可谈计划、谈目标、谈项目、谈生意，把本该快乐轻松的相聚变成了负担。人生本就忙，绝不能因为欲壑难填而让自己变成了一个旋转的陀螺。

于是，我便摘下眼镜，把真实的世界变得模糊。从此，我看你是雾里看花、水中望月。

是金子总会发光的

几年前,我的好友钟城遇到了人生中他自认为最为灰暗的时期。在单位办公室事务员的位置上已干了十几年,当然,这不是主要问题,最让他困扰的是,每一任领导都很赏识他,并被他的才能所折服。但是,没有一位领导重用他,在一次次的干部调整中,他都成了编外人。

面对一次次事业上的打击,他从希望到失望,从憧憬到绝望。终于,他决定不在这个单位干下去。当时,他就找到了我,想换一个单位。我便找到了另一个单位的老总,老总听了我的详细介绍,当即表态,愿意接收他。随后,亮起了一路绿灯,等什么都办好了,连两单位间的商调函都发了,就在办调动手续时,这位领导却突然间被调走了,让钟城的这件事一下就黄了。

紧接着,他所在单位的上级部门需要一个工作人员。通过对他的几次考察并已内定了他,待面试都过了,正要再次办手续时,这个部门却在单位的改革中突然被撤销了,让他再次回归到了零点。

这时的钟城对工作、对前途已无信心,决定辞职下海经商。他通过一些商界的朋友,先后去了北京、上海。可也是每次都到差不多时,又因为种种变化,没有成行。最后,连我都没有信心了。

这一系列的打击,让钟城再次陷入了绝望。最后,这位朋友没

真水无香

有了任何念想,天天买彩票,喝酒聊天,无所事事。我看着都着急,心想一个人才就这样被废了,这老天爷也太没有眼光了。

就这样,又过了一年。一天,我到一个单位的人事部部长那里聊天,谈话间,他告诉我,他们单位现在缺少一个既懂安全又懂业务、笔头子还要硬的人。我立即想到了钟城,很快就介绍他和这位部长见了面。

这位部长对他进行了一番了解后,对他的情况异常满意。很快,就把他从宝鸡调到了西安,真应了那句老话:"树动死,人动活。"

钟城来到新单位,他的工作热情被激起,天天加班加点,二十四小时待在办公室。仅一个月后,就把这个单位的关于安全方面的各项规章制度给完善了。因为手头快,很快他就被单位老总发现,不到一年,就担任了这家拥有员工万名的公司的办公室主任,而今天,他已经是这个单位的副总了。

那天,在钟城刚刚搬入的单位给他分的复式单元房里,他深有感触地告诉我,当年他所做的任何一件事如果能成,就不会有今天的结果。

这让我明白了一个道理,当我们在人生的道路上,面对一扇扇依次关闭的大门时,绝望中总会看见有一条宽广的大路摆在我们的眼前。

只要你是一块金子,总是会发光的!

请还孩子一个纯真的童年吧

星期天,我没事,就跑到一个朋友家闲聊。朋友的孩子今年才六岁,竟然在我的面前不断地说他特别郁闷。问他为什么郁闷,他说他太累。又问他哪里累,他说心累! 小孩子学说大人话,本是一件十分有趣的事情,可是听了孩子的回答后,我却怎么也笑不起来。是什么使孩子在童年的时候就体验了生活的艰辛?

再仔细问后,果然,这个六岁的孩子参加了五门课的培训班——英语、小提琴、围棋、游泳、作文,他的父母还美其名曰"不能让孩子输在起跑线上"。

当我告诉他们,他们这样做会毁了孩子的童年时,他们很不以为然地说:"现在做父母的哪一个不是这样做呢?"他们说之所以这样做就是为了孩子,还说如果给了孩子一个童年,那孩子就失去了一个成年。

可是,没有了童年的孩子,他的成年又怎么可能完整呢? 望子成龙、望女成凤固然可以理解,可是,我们不能在把孩子变成一个学习工具、考试工具的同时,让孩子失去了正常的心智啊。我们为什么还要把孩子纯洁的心灵扼杀在我们自己的欲望之中呢?

特别是在今天这个破坏与建设、伟大与卑劣、感动与伤害、善良与残忍共生的时代里,素质教育稍一偏颇,就会让我们在成长的过程中失去了本真,失去了信仰,而更重要的是失去了本我。

真水无香

没有了本我，我们就会生活在别人的世界里，别人升官了，我们心急；别人发财了，我们更急！他的房子很大，我也要有；他的车子很好，我更要努力。没有了对生命的敬畏、对大自然的尊重。一切为了物质享受，一切为了虚荣心的满足，却忘记了什么是我们真正的所需，什么是我们真正的所要。眼睛始终盯着周围所有的人，却忘记了去看一眼自己。于是，我们从小到大都是那么劳累，累在身上，累在心里！自然地，便在自己无休止索取的同时，把孩子也过早地推向了竞技场，让本该用童真去享受人生的孩子们，成了夺取高分的"战士"。

所以，我想说，为了孩子，也为了我们自己的未来，请还给孩子一个纯真的童年吧。让我们学会放下，学会放手，让我们的孩子像野花野草一样自由地生长，在悠然、随心、随性、随缘中，感受这美好的生活吧！

勿忘初心

一位写作多年的老兄在我的"趣缘斋"喝茶,喝着品着就谈到了他的创作经历,不说不要紧,一说竟然说到了他的伤心处,说自己写了多年,发表作品上千篇,获奖作品上百篇,可到现在依旧是身在闹市无人知。说到这儿,这位老兄把手中茶杯使劲一蹾,说道:"以后不写了。"他的这一动作,差点把我吓得坐在地上,真怕他再一生气,把我的紫砂茶杯给扔了,这可是价值不菲的某紫砂壶名家的晚年作品,这要是摔碎了,不把我心疼死了?!于是,我赶忙转换话题,并悄悄地把这茶杯给他换了。等这老兄走后,我随手在纸上写下了这样的几个字:勿忘初心。其实,如果他刚才不使劲放杯子,我还真想当面直言告诉他,他写不写和别人真的没有一点儿关系。写与不写,在这个世界上除了他自己,恐怕再没有第二个人去真正地关心了。

这话虽然有点儿残酷,但总是现实。我身边有很多这样的朋友,或写作,或绘画,或书法,或其他,除了职业选择外,大多数都是从爱好起家的。什么是爱好?爱好就是一种发自内心的热爱。因为热爱,所以在整个的创作过程中,享受的是那种快乐,又因为这种过程的甜美而将其中的劳累忽略。

可是,又有一些朋友,在行走的途中,往往被周围的得失所困。看到别人取得名气获得了利益,自己付出了很多,却没有得到相应

真
水
无
香

的回报,便开始否定自己。渐渐地,在外界的干扰下,将自己的初心丢在了风中,将对爱好的享受变成了对名利的追逐,并在这个追逐的过程中把本来快乐的体验变成了痛苦的磨砺,又因为没有达到自己的预想而开始怨天尤人。但是,他们恰恰忘记了最重要的一点,那就是,在他们付出的那个过程里,每一秒钟、每一分钟都在享受着乐趣的回报。

看着这位老兄蹒跚离去的背影,我一直在想,将本来带来快乐的爱好,变成了一种心理枷锁,变成了内心的一种折磨,无论写作、绘画还是音乐,又有什么意义呢?

我还想给那位老兄多说两句,后来又一想,人之烦恼,大都是自我寻找。既然如此,那就随他去吧。

佛 石 缘

最近,每当朋友来到我的"趣缘斋"时,都会问这样的一个问题:"咦? 你的佛石哪里去了?"

当朋友得知我真的把佛石给拍卖了时,除了诧异就是不理解了。虽然,他们也曾在微信上看到我要拍卖这件作品的信息,但都理解为那仅是一个玩笑而已。什么都可能拍卖,但这块石头不该卖掉的。因为,朋友们都清楚我与这块石头有着这样的一段佛缘。

第一次见到它时,是几年前在观音禅院果宣大法师的堂房里。当时,它随意地摆放在房间里的一张桌子上,下面则压着一沓纸,那是果宣法师的手稿,因为手稿的缘由,我稍加注意了一下这块石头。那时,只感觉它像一条小鱼。

第二次再见到它时,已相隔近一年,我和子渔居士前去看望师父。那天大法师刚从外地回来,身心显得较为疲惫,我们打扰片刻就走了。法师送我们出门时,我在门旁的一张案子上再次见到了它,很安静地卧伏在观音菩萨的旁边,越发像条小鱼了。

我对子渔说:"我很喜欢它。"

子渔笑道:"喜欢就请回去吧!"

我转头看果宣法师,师父笑着点头道:"阿弥陀佛! 喜欢就拿走,不过,到底有没有这个缘分还不好说。"

那天,随喜吉祥,从山里回来后,我把这块石头放在了"趣缘

真水无香

斋"的书案上了,一陪我就是两三年。每次朋友来到"趣缘斋",都会说:"这石头真像一条小鱼。"

直到那天,我在闲暇之余,趣味甚浓地观赏着这块石头,无意间扳倒过来看时,竟发现它很像一尊大写意的观音大佛,庄重祥瑞。正欣喜间,恰一位朋友赶来特地给我送了一乌木架,于是,我把这块石头端放在了乌木架上,一时间便有了一种十分奇妙的感觉,我随手拿起毛笔在上面写了一个"佛"。

兴奋之余,便很想让更多的朋友分享这种喜悦,于是,我鬼使神差在微信上写下了这样的一段话:"趣缘斋"第一号作品拍卖!本意由此能引起更多朋友的广泛关注,却没有想到,竟然没有一个人注意,这让我顿生了一番遗憾。

几天后的一个晚上,在和几位朋友小聚时,我便把佛石的来龙去脉以及心存的遗憾告诉了在座的朋友。朋友们有心无心地听了我的叙说,便各自推杯换盏去了,唯有朋友高树峰先生很认真地看着我问道:"你还拍不拍了?"

我随口说道:"拍啊。"

他说:"那我拍下了,你说多少钱吧,我买了!"

我一下愣住了,佛家不打诳语,反悔是要遭谴的。这毕竟是从观音禅院请来的一尊佛石,游戏不得。突然间,就想到了果宣大法师的那句"到底有没有这个缘分还不好说"的话来,不知是师父的一语成谶还是那天法师就已看到了我与这尊佛石本就没了那个缘?

今天,它早已不单单是一块简单而具象的石头了,这块石头里不但融入了佛文化的随缘安喜,还有道文化的顺其自然,以及我们一直苦苦追寻探讨的人生机缘。当然,树峰先生与这块佛石的缘分是始是终,那亦是他自己的造化了。但不论怎么说,这尊佛石将与这篇文章一起,随着永远不朽的文字而永恒。

不问结果，只因喜欢

经常有朋友对我十分善意地说："萧迹啊，你现在已经写了不少书了，现在需要一部流芳千古的力作。沉下去，好好地写一部获大奖的作品。"还有的朋友说："萧迹，你的书法要想流芳百世，还要苦练。"每次遇到这样的朋友，我总是一笑，说道："好，我一定再努力。"但是，我心里很明白，"苦练"二字，根本就不在我的字典里。因为，我知道书法和创作，甚至篆刻对我来说意味着什么，意味着一种喜欢和快乐。就像有些朋友爬山，他们只是在享受爬山的过程，他不在乎征服的是哪一座山，只是一座山又一座山地攀登。而我在文学创作中就是一个登山者，从第一部书到我的第十三部书，我感觉不到创作的辛苦，就是因为，我没有目标也没有获奖的渴望，只是享受着这个创作的过程，一部书写完了，那就再写下一部，想写就写了，因为，创作而快乐，这就够了。

书法依然，当我铺开洁白的宣纸，尽情地舒展，随着笔墨的流畅，将自己对书法的理解和热爱淋漓展现时，这个过程对我来说就是最幸福和快乐的。至于这幅书法作品它在什么样的层次，那就不是我所考虑的了，我只是在享受这个过程，享受传统文化带给我的快感，并在学习中去领略感悟前辈大师们在书法中总结出来的精髓。但不迷信更不像对待偶像那样忘记了自己，艺术就是艺术，它不是一加一必须等于二，它最终带给我们的是快乐，快乐，永远

真水无香

的快乐。

　　如果，文学创作和书法学习，都带着一种目的，一种获奖成名的目的，那么，就不是真正的喜欢，而是投机。如果一个作家，把获奖作为自己创作的目标的话，我相信，他的创作一定是痛苦的。他享受不到创作带来的快乐。一个书法爱好者，如果不是因为喜欢，而想通过书法来改变自己的人生的话，那么，书法就真的是苦练，而不是快乐享受中的学习了。

　　所以我想说的是，在人生短暂的岁月里，我们不管做什么事情，首先，要因喜欢而努力，而不是因努力而喜欢。因此，我的创作是快乐的，不问结果，只因喜欢！

车祸猛于虎

自从上次遇到了一起车祸之后，我对坐车就有了一种天然的恐惧感了。每次坐车，只要坐在副驾驶位就害怕，以至于后来不管是去哪里，有公交绝不坐小轿车，就是坐小轿车，也不坐副驾驶位，而是坐在司机的后面。

朋友就常问我："你为什么一上车就显得那么紧张啊？"

我说："看你们开车一个个跟斗士似的，横冲直撞，争先恐后，我能不害怕吗？"

朋友们都笑我："萧迹怎么变得那么胆小了？把命看得也太重了吧。我开车技术绝对高超，没事，你放心好了。"

我便笑而不答，但我心里很清楚，一个人的生命是不属于他自己的，是属于所有亲人的。所以，我们即使不为自己，就是为了家人，也要珍惜自己的生命啊。

可就是这样行事谨慎，让我没有想到的是，即使坐公交车，依然车祸猛于虎。

那天早晨，因为要出去办事，我就没有坐单位的通勤车，而是坐了×××路公交车。车上人很多，我就站在了司机后面。车开动没多久，我就有了一种预感——这车要出事。

开车的司机是一位中年男人，早晨车多人多，但就是在这种情况下，他依然开得很迅猛。车到了一个十字路口，红绿灯虽然显示

真水无香

着绿灯，但是，前方拐弯的汽车也如流水湍急而来，这位司机大哥面对急驶而来的车流，不但没有减速，而且对着直插过来的出租车就冲了过去。本来出租车想开过去，看见公交车开得很快，连忙刹住了车，与这辆车并排的另一辆出租车这时也到了跟前。本来这位公交车司机完全可以停下来，但是，他没有，而是猛一打方向盘，对着出租车头就拦了过去，吓得这位出租车司机一下把车刹住了，气得司机直瞪眼。公交车刚才逼停出租车时，车驶离了主干道，现在，出租车停了，他就想往主干道上走，可就在这时，一个骑电动车的妇女却偏偏挤了上来，想从他车的前面冲过去，她却没有想到公交车此时正要加速，当下就把她撞翻在地上。

车猛地一停，站在司机后面的我由于惯性，一下子就摔倒在了地上，腿狠狠地撞在了车里的台子边上，鲜血顿时就渗出来了，痛得我是两眼直冒金星。

这时，再看那位司机脸色变了，连忙下车，因为心里有愧，怕担责任，还一个劲地指责那位骑车子的妇女，但瞬间被旁边人的一吵一骂，他也就变老实了。

我本来还想找司机理论，可一看他的窘况，再一想，就是找他又能怎么样？去医院检查也就那么回事了。让他赔钱，就那个妇女已经够他喝一壶了，换个角度一想，谁都不容易，也就不想找他了，我瘸着腿直接下了车。还有两个跟我情况一样的人，却没有我那好脾气了，拉着他就是一顿训斥！我想下面肯定就是索赔的事了。

回来后，冷静想来，十次车祸九次快，回忆上次车祸，不也是因为开车太快吗？再想想，这次车祸，如果摔倒的不是我，而是一个八旬的老同志，这位司机就给人家当儿子好好孝敬吧。

问题是，每一个开快车的人，急于过马路的人，哪一个真正的有急事呢？哪一个不是在路上抢了时间，回到家里浪费时间呢？每一个人都把自己搞得比总理都忙，可实际上，闲得恨不得拿块煤球到河里去洗，却把生命与安全忘在了脑后。等真出事了，后悔都来不及了。再说，再急也就是等一个红灯的时间，也就是一两分钟的事，为了一两分钟，让自己的生活从此不再平静，给自己或给别人带来灾难。

就在上个月，我的一位朋友的孩子考上了大学，三口之家高高兴兴地去公园玩。回来时急着往家赶，没想到，他们所坐的出租车在超车时和一大车相撞了，结果是一家三口死了两个，一个还成了植物人，司机也死了，喜事变成了丧事。

一位老师曾经给我说过，在马路上那些开快车超速行驶的人，其实，都是在匆匆奔向奈何桥哩！所以啊，开车的朋友们，当你们驾驶汽车潇洒前行的时候，一定要常想、常记、常提醒自己车祸猛于虎！咱开车就是图个方便出行，可不是方便"往生"而去啊！

真
水
无
香

名人是个"球"

好友乾先生嗜名,每当从报刊、影视上看到或听到名人的行踪时,总是欣然向往道:"唉!何时咱也能成个名人?"此时观其色听其言,迷乎哉,似乎亦成了名人。好在这世道是:世上无难事,只怕有心人。乾先生心诚所至,一日,一不小心真成了名人。

此后,我们这些旧友也只能从报刊、影视上略知其一些行踪。每当从荧屏上看到乾先生的风采,我等旧友无不羡慕。

时隔数载,今日在街上忽见乾先生,狂喜,正欲大喊,却见其摇头摆手,斜眼努嘴,其意不让言传,吓得我一时不敢大声,悄悄走近轻声曰:"乾兄,是否犯了错误?"

乾先生摇头。

"那——是否做了保密工作?"

其再摇头。

我心甚急,忙问其故。

乾先生轻叹道:"为名所累矣。"又曰:"自做名人,几年来总结有三:一则名人是个球。是球者便可要经得起吹吹、拍拍、打打。细说来就是不论你是被吹得天花乱坠,还是云山雾绕,都要有来之则受的橡皮之身;同时还要经得起明踹暗砸,棍击棒打,总之要有皮糙肉厚的本钱。二则名人是个猴。你可见公园猴山之上的猴王,煞是威风,真可谓群猴相拥,但总不过是一个供人观赏的玩物罢了;而名人亦不过是让人茶余饭后的闲谈之资而已。与猴王其质有何之分？三则……"

乾先生正要谈其高论之三时，只听旁边有人高呼："咦？这不是乾先生吗？"

"乾先生，请您签个字……"

"乾先生，请您合个影……"

……

一时间，还未等反应过来的我，早已被众人拥挤到了人群的外面。再看乾先生被热情洋溢的人们簇拥着——如同一个被绑了架的老头儿，墨镜吊在鼻尖上，脸上挤着比哭还难看的微笑，在人群中忙得不亦乐乎。

站在人群外面的我，遗憾的是不知乾先生所要说的第三条又将是什么呢？唉，真不知乾先生何时才有时间向我谈起啊！

真水无香

给予生命正能量

清晨,窗外传来的一声汽笛声,把我从睡梦中催醒,但我依然一动不动地躺在那里,久久不愿睁开眼睛。此时,我在韩城火车站旁边的和谐宾馆的 418 房间里。就在这个陌生的房间里,我跨入了我四十五岁的年轮。似乎写《四十不惑》时才在昨天,时间真的很无情!

这时手机传来了几声嘀嘀的声音,是一些朋友发来的生日祝福短信。这每一条短信就这么毫不客气地提醒我:"萧迹,你四十五岁了。"

今天是星期六,走廊里少了平时的脚步声,显得周围更加寂静,我索性爬起身来,走出了宾馆。早春的韩城,街上显得很空旷,今天一定有很多睡懒觉的人,特别是在这个季节。春天虽然来了,但是寒冷的风还在肆虐我们暴露于风中的肌肤,提醒着我们——这里依旧是冬天。

天空有些阴暗,我走在街上,看着偶尔打开的房门和一些匆匆行走的行人,就有了一种孤独感。于是,我毫无目的地独行于这座陌生的城市。尽管,这里也有我的朋友,但是,我想既然已面对了孤独,那就应该用一种欣然的态度去享受属于自己的寂寞吧!

我继续穿行,走过大街,穿过小巷,不觉间,就来到了郊外,来到了象山脚下,在众多的上山小径中,我选择了一条少有人走的小道。我要用最艰难的攀登去满足我征服的欲望。

正走着,前面是一片荒草。我在荆棘间穿行着,猛一抬头,突然间,面前出现了一片坟茔,有新坟旧墓,瞬间,在我的心里就有了一种敬畏感,那是一种对生命的敬畏! 我知道这面前的黄土堆中埋着的都是曾同我一样的人,他们曾经也在这个世界上匆匆而行。有过欢笑也有过痛苦,有过泪水也有过憧憬,一样也品味过这酸甜苦辣的人生。但是,当一切在岁月的面前灰飞烟灭之时,那些曾经追求的财富,那些曾经心中不断滋生的欲望与贪婪,甚至肮脏与卑鄙、邪恶与罪孽,在这片坟茔面前,算得了什么?

我又想到了刚才我所穿行的那座城市,其实,我们每一个人来到这个世界上,都是一个匆匆而过的镜头。你也许做了许多的准备、努力,但是,在观众眼里,你就是一闪而过的身影罢了,没有太多的人去关心你竟然在这部"影片"里也曾有过一个"角色"。

那么,在电光火石的生命瞬间,我们究竟应该有着怎样的态度? 面对生命,是大爱还是欲望? 毕竟,我们在这部"影片"中有了一个匆匆而过的镜头,有了一个属于自己的角色! 面对生命,我们应该选择怎样的答案?

此时,太阳终于刺破了布满阴霾的天空,将一束阳光暖暖地照在身上,空旷无人的山林中时不时地传来鸟鸣。重峦叠嶂,微风中已能嗅到春姑娘的馨香,如情人肌肤的温柔! 山间小路上,小草已泛青,那是生命勃勃向上的力量。答案便显现在了我的心中,于是,我想说,因为曾经有了我们的身影,即使那个身影快捷如风,但依然要在这个世界上留下最美好的一瞬间,如这个冬天里的春风。

此时,依然是我一个人,但因心中有了答案,便不再孤单,如太阳般的热烈了。

今天是我的生日,真好!

真水无香

天南地北话女子

前些日子去哈尔滨,在和一群美女就餐时,一下子就领略到了东北女子的那种豪爽与大气。酒是大杯地喝,话是大声地说,张口闭口的"哥们、姐们"地叫着,那种热情劲儿,似乎窗外那零下三四十度的寒气也被感染热了。于是,这又让我想到了四川美女,川妹子的感觉是一种辣爽干练,她们嘴边常常也挂着"老子,老子"的口头禅,却不让人生厌,相反有一种可爱。而苏州女子则是一种柔美,记得那次在寒山寺,我遇见两位美女,听了半天才知道是争吵,那种柔媚的感觉,让你也想上去吵一架了,只是为了去听听人家那如小鸟般的声音。

一方水土造就了一处地域风情,一处地域风情则养育着一群人的性格。记得一次与一位生长在武汉,后在秦地宝鸡生活工作的女士谈到武汉女子的特点时,她告诉我,武汉的女人就像武汉的气候,冬天冷得彻骨,夏天热得灼人;爱起来火热,恨起来辛辣,做人做事都果断、干脆。因为,适应了恶劣气候,所以,武汉的女人对环境事物的忍受力也就特别强,放在皇宫可以像皇后一样贵气,落在市井也可以如花草般透着股向上的生命力,伸缩性强,适应性更强,能吃苦能受累但就是不能受气。也是,每每去武汉,在汉正街批发市场等商业汇集处,常常可以看到许许多多瘦弱的武汉女人扛着大包,高声嚷嚷着大步前行。特别是在早上,伴着清晨的车轮滚滚声，那些穿着时髦、气质高雅的女性手端热干面、豆皮等早饭风风火火地边吃边挤着公交车。

武汉处于中国东西南北中的"中"字上，各地文化融于武汉，所以武汉女子很随性、很直接、很热情但也很圆滑，性格的多样性，使得十个女人就会有十种性格。但是，再隐藏再有涵养，性格里的那种泼辣却会时不时地暴露出来，让你感受到火红辣椒般的辣味儿。武汉的女人善于经商善于在外交际，但不太善于持家，对钱的概念是"钱是赚来的，不是省出来"的。与北方女人节俭持家，认为"钱是省出来"的概念完全相反。这就让我想到了西安的女子。西安，唯一的十三朝古都，人家说了，你就是在偏僻村落里的菜地里一镢头下去，你都有可能刨出一个贵妃娘娘曾经使用过的金簪子、银筷子，地气中透着的是一股帝王之气。一个地域的女子代表着一个地方的文化，每个女子身上都体现着她所在地方的文化特色。于是，在这样的一方水土中养出来的女子，就像西安古城悠久的历史一样，浑身上下透着的是大雁塔晨钟般的沉淀与悠扬，整个人的气质是往下沉的，不轻浮、不浅薄，便自然地生成了一种大气，这种大气是从骨子里透着的，不是那种装出来的，更不是靠化妆化出来的，它就是一种浸在骨髓血液里的东西。美，美得大方，美得端庄！

西安女子的这种美，和我的家乡山东女子又不一样了。山东，孔孟之乡，历史上是一个出圣人的地方，礼仪之邦。所以，这里的女子身上虽然也同样有着一股沉静之气，但是这种大气，则是在厚重、沉淀中又浸入了更多的支撑力，彰显着顽强与自我牺牲的精神。这让我想到了我的奶奶王道全，当年，她三十多岁守寡后，带着我父亲五个兄弟，在那种万分艰难的环境里，苦苦养育自家孩子的同时，默默地种粮织布，向政府献衣、献粮，在自己三九天只能穿一件薄裤的情况下，却成了当地有名的模范拥军户。并把自己的

真水无香

大儿子，我的伯父送到解放全中国的最前线，浴血奋战。她就是山东女人的代表，就是她们，巾帼不让须眉，以自己柔弱的身体顶起了一片天地，描绘出了一幅大美！

请珍惜每一天吧

今天我的心情很糟,早晨上班时,天就阴阴的,让人不爽。到了单位一点儿精神也打不起来,我就坐在电脑前发呆。这时,同事小 W 进来了,一脸悲伤地说,小 G 的孩子今天早晨去世了。小 G 的孩子我以前没有见过,但常听同事说,聪明可爱,学习特别好,今年才十三岁。咋说走就走了呢? 我不敢相信,连问怎么回事。小 W 说:"小 G 一直没有给大家说,他的孩子去年被诊断为白血病。"我一听这话,心里就堵得慌,一时间不知道该说什么了。我忙问小 W:"这事我怎么一点儿都不知道啊?"小 W 说:"小 G 不想麻烦大家,再说,最近骨髓移植刚有了眉目,谁知……"小 W 接着告诉大家,今天下午一起去殡仪馆给孩子送行。

下午,我们早早地来到了机关大院,车早已停好。三点整我们出发了,按照风俗,说是小孩子的后事,当天就要送走。

一路上,大家的心情都很沉重,谁都不说话。是啊,谁能想到呢? 活泼可爱、天真稚嫩的孩子说走就走了。

到了殡仪馆,天依旧是阴沉沉的,同事让我们等着,约半个小时后,有同事通知说,按照当地习俗,小孩子去世不召开追悼会,只是来为孩子送行。四点钟时,我们来到了守灵堂,在一个由三排柜子组成的很小的空间里,我们默默地排成队来到了孩子的身边,孩子静静地躺在那里,无声无息。我的同事小 G 还有他的妻子已泣

真水无香

不成声。看着孩子圆圆的小脸，小小的身体，我的泪水夺眶而出，不禁仰天长叹，人的生命为什么就这么脆弱？为什么一个美好的花季年龄的孩子就这么被残忍地夺去生命？没有爸爸妈妈的陪伴，天堂路走得好吗？

很快就要把孩子送走了，在把孩子交给工作人员最后的那一瞬间，小G弯下身体，用双手紧紧地抱着孩子说："让爸爸再抱你一下吧。"

我们的心都碎了！

回来的路上，同事们一个个沉默不语。我望着窗外，脑子里却一直是那个孩子的身影，我想象着她得病前那快乐的神态，我能感觉出她和爸爸、妈妈在一起时那纯真的笑声，我还能感受到她得病后与病魔抗争的坚强。但，这一切都走了，在那天的早晨走了，弱小的灵魂随着一缕青烟，飘浮在阴冷的空中。

快到单位时，路过一个学校的门口，门口有许多父母准备接孩子放学。看着孩子们一个个背着沉重的书包，我便想到了我们现在做父母的，为了一个个望子成龙的凤愿，给孩子们弱小的肩上压上了沉重的负担，还美其名曰，是为了给孩子一个完整的成年，却忘记了我们的孩子是弱小的，他们还是一朵朵未曾绽放的花蕾，他们需要呵护，更需要我们精心地抚育啊。为了我们的孩子，请珍惜每一天吧！

点燃心中的一盏莲花灯

今天上班,屁股刚坐定,一个同事就问我:"你说人最怕的是什么? 人不能失去什么?"我想都没想就答道:"人最怕的是看开了,人最不能失去的是感恩之心。"同事笑道:"我以为你要说,人最怕的是贫穷,最不能失去的是金钱或健康。"

的确,贫穷固然可怕,健康更重要,失去了健康的人,一切都是纸上谈兵。但是,人一旦看开了,那他对这个世界的摧毁力则是难以想象的,因为他对这个世界失去了敬畏之心。没有了敬畏之心的人,在他的心中,一切都是过眼烟云。于是,他对这个世界的索取会是无限制的,他的欲望更是无休止的,因为,没有了敬畏心的人,便失去了信仰,在他的眼里,只要对自己好,哪管死后的洪水滔天? 结果就是对自然界无节制地开采,对动物则是疯狂地屠杀,一个又一个物种在我们的欲望中灭绝。这个世界就会因为人类的贪婪而成为动植物的地狱,当一切都达到了极限的时候,我们等待的将是自然界的惩罚。所以,我说人最怕的是把一切都看开了。

人不能失去感恩之心,失去了感恩之心的人,就失去了人间的温暖,他会让亲情变得冷漠,让友谊变得陌生,让真诚变得虚假,让爱变得无奈。记得观音禅院的果宣法师曾经告诉我,她办的孤儿院已经有十几年了,那些弱小的孤儿被送来后,在她的身边一个个长大了。可是,这些孩子长大成人步入社会后,几年来,却没有一

真水无香

个回来看望她。她说："想起来，有时候真的还有些心寒。但是，我知道我不能因为这些孩子的行为而放弃对其他孩子的爱啊，我的孤儿学校不但要办，还要办得越来越好。"

　　我去过果宣法师的孤儿学校，在那所学校里，有一两岁的儿童，也有十几岁的少年，她为了这些孤儿费尽了心血，衣食住行，哪一件事不让她操心？可是，孩子们长大了，成人了，却再也没有回来看看这个让他们成长的地方。听了果宣法师的话，看着她为这些孩子忙碌的身影，我心很痛，但不是为了果宣法师，而是为了那些心无感恩的人。没有感恩的心，就是拥有了再健康的体魄，人生也是残缺的。

　　我们每一个人都是社会中人，任何一个人都离不开别人的直接或间接的帮助，所以，我们一定要学会感恩，心存感恩，在自己的心中点燃一盏莲花灯，让爱与被爱汇成一条永恒的幸福之河，只有世界充满了爱，我们的生活才会更美好。

既然你选择了目标，就唯有前行

今天是周六，春暖花开，阳光明媚。我携几位好友去了终南山。进山驱车十几公里，就来到了王家沟。在沟里寻得一户农家，把午饭订了，就沿山路往深处走。古人云：仁者乐山，智者乐水。我可是又爱山又乐水，见着山水了，不觉脚下就给了力，走着走着，和朋友们就拉开了距离，一抬头，见前面已没有了小路，旁边只有一条小径，直着上去。我二话没说，抬腿就上，路是越走越艰难，最后，从走就变成了爬，而且是越爬越难爬，手脚并用，人也是气喘吁吁的。

开始，还能听见山下朋友的吆喝声，我也跟着吆喝，最后吆喝声也听不到了，陪伴我的只是徐徐春风，还有林间时不时的小鸟叫声。这时，我却没有闲情逸致了，因为，腿肚子有了疼痛感，突然，想起自己今年已四十有余，早不再是个年轻人了。可是，现在想回去，却是难上加难，上山时光瞅着地下，抓个树根，踩块石头就上来了，现在回头一望，竟然已是陡峭崖坡，上来的路早已被松土、枯叶盖住，现在唯有向上，不能后退了，腿再疼也要上，等上去了再说吧。

咬牙瞪眼，"前仆后继"，真是功夫不负有心人，我终于爬到了山顶，远方满目翠绿，脚下却是一片皑皑白雪，如果不上来，在山下绝对是没有这春冬穿越的感受的。

真水无香

这让我突然有了一种感悟，人生不正如今天这艰难的爬山吗？在这个过程中，你并不知道结果会是什么。但是，既然你选择了目标，就唯有前行。在这个过程中，你会发现，你周围的人是越来越少，以至于最后陪伴你的仅有你自个儿，你面临的除了艰难，还有不可预测的未来。人生无常，也许在登临顶峰的那一瞬间，你失足落下，也可能行到尽头，无路可走，但是，你不能退缩，退的结果可能更惨，甚至是折戟沉沙，唯有埋头前行，才会有可能成功。

始终保持一颗平常心

晚上,我和几位朋友喝酒。酒过三巡后,只听得一位朋友长叹数声,问其为何。

朋友说最近他们公司中层领导调整,他的部门的领导换了,没想到新来的部长竟然是他以前的一个下属。一想到过去下属给自己跑前跑后,又是提水倒水又是扫地拖地的,今天一下成了自己的领导,他还要去给人家汇报,心里就特别不悦。

最让他想不通的是,他的这位曾经的伙计来给他当领导后,对他一直是不冷不热、不远不近的,一点儿都不念旧情,这让他的心里着实不痛快了。

听了他的话后,有两三个朋友很为他鸣不平。这时,坐在旁边的一位一直沉默不语的朋友张口说道:"你有这样的心态,太危险了。如果你不及时调整任其继续下去的话,结果将是你的领导越来越烦你,单位以后就是有好事也轮不到你了。"

听了这人的话,大家都沉默了,静静地听他继续往下说:"你让人家给你好脸色,你不想想,你给人家是什么脸色啊?就你现在的这种心态,肯定把不满都写在脸上了,人家看你这样,肯定也就用同样的态度对你了。而你犯了一个最严重的错误是,你不该到处说什么人家以前给你干啥。英雄不问出处,每个人成功都有一个

真水无香

过程,任何一个成功者,他肯定都有超人的能力,只是你没有看见罢了,你不能因为别人曾经给你倒过水,你就不能给人家倒水。如果你老纠结在这件事上,你就永远不可能再进步了。所以啊,首先你要做的就是改变你自己的心态,用下属的心态去对待你的新领导,始终保持一颗平常心,否则……"

　　这位朋友没有往下说,但是,他话中的意思,大家都明白了。

不设目标只看过程

　　周末，一位画家朋友来"趣缘斋"看我作画，画完了，朋友很诚恳地对我说："你很有绘画天赋，你最好到美院或者拜个名师再深造一下，以你的天资，以后在美术界肯定有巨大发展空间的。"

　　听了朋友的话，我笑着点头说道："喝茶，喝茶……"就把这个话题给引开了。因为，我知道每一个能给我提建议的人都是为了我好，对我好的人，我不能伤人家面子，更不能伤了人家的热情。我所能做的，就是谦虚倾听，坚决不改。比如朋友的这个建议。

　　绘画、音乐、写作，这都是我的爱好。顾名思义，爱好，就是爱这一件事，好这一口。一件事对别人来说可能没什么感觉，但我觉得特别喜爱，这便是爱好了。因为感觉到好，自然地，就要去做，就要去体验这个过程带来的美好。

　　作为社会中一分子的我们，被生活的方方面面压抑着。就是因为有了爱好，我们才有了缓解压力的方式方法。绘画，可以让我在笔墨的龙飞凤舞中感受到一种发自内心的快乐。当一幅画作完成了，这个美丽的过程就结束了，至于画出的是什么，结果又怎么样，那就不是我所考虑的事了。毕竟，我的衣食住行靠的不是诗琴书画。生活中，我常常看见一些父母逼着孩子走到钢琴旁弹奏，或强迫孩子提着笔画画、写字，我便觉得这些父母的做法不对。他们把本应该带来美好情调的艺术在孩子幼小的心灵刻上了痛苦的痕

真水无香

迹,会对孩子造成遗憾。

我认为,任何事情只要有了动机,结果就再也体验不到这个过程的美好了。很多朋友不理解我怎么能在十几年间创作出了十几部长篇小说,怎么会写出几百万字的文章,累不累？其实,就是因为体验着这个过程,写完就好,不考虑是否得奖,不考虑是否流芳百世。没有动机就自然没有了压力,也就感受不到累了。有些朋友在写作过程中动机太明确,想着以后要得奖要成名。可是,等书写完出版后,发现结果并不是自己所预期的那样,就会觉得很委屈,觉得不高兴,于是,本是快乐的事情也就变得不快乐了。这就好比你在香格里拉邂逅了一位美女,相识了,相知了,于是,你立即想要和人家领结婚证,要和人家生儿育女,那是不是也太乏味了？这样的结果就连我这个局外人都感到你太无聊了。

我一直想给这位画家朋友说的是,我才不管我能画出什么结果,也不会把成为一个名画家当作我的绘画目标,更不会在享受绘画的过程中去幻想着这幅画能给我带来多少润格。永远不要被功名利禄拴住自己那颗向往自由的心,我画则画矣,写则写矣,能享受到这个美妙的过程就行了。

人生对于我而言,就是不设目标,只走过程！

一枚邮票打开了我的世界

说起集邮，就我个人而言，入门还是比较早的。因为，父母大学毕业后，响应国家号召，从山东济南来到了陕西宝鸡支援西北建设。那时，奶奶、伯父、叔叔、姥姥、姥爷、舅舅、姨姨……家里所有的亲戚都在山东。所以，在那个年代里，信件是我们家与山东亲人间的一个非常重要的联系纽带。每月一封信是必需的。所以，我在很小的时候，就接触到了那一枚枚小小的邮票。

也不知道是从哪一天开始的，还在上小学的我，应该完全是在下意识的情况下将那些旧信封收集起来，并在父母的指点下，将信封上的邮票通过水浸泡之后，揭下来晒干，夹在了我的笔记本里。

那时候还是 20 世纪 70 年代中期，"收藏"这两个字还没有进入寻常百姓家，我只是觉得好玩才收集，对集邮还没有什么概念，对其有关知识更是"青蛙跳井——扑通（不懂）"了。

随着年龄的增长，特别是后来集邮队伍的不断壮大，身边喜欢集邮的同学越来越多了，逐渐地，我也知道了邮票收藏中的一些知识。

那个时候比较头痛的事，就是把一套邮票收集完整，得到了一套中的一张，那就一定要把其他的几张都搞到。

那时我还在初中，零花钱本就不多，虽然邮票很便宜，但买邮票不是寄信，而是用来收集，那还是要受到父母批评的，所以就找

真
水
无
香

同学换。

在交换中，便很容易见到同学们收集的各种珍贵邮票了。我不但交到了志同道合的邮友，开阔了眼界，而且从他们那里又学到了很多集邮方面的知识。重要的是，此时的我已经不再满足于收集邮票了，而是开始关注邮票中的内容。一次我得到了一套《刻舟求剑》的邮票，看了邮票上的画面后，就很想知道这成语故事的来龙去脉。

通过查阅资料，知道了这个故事出自《吕氏春秋·察今》，明白了这个成语比喻的是办事刻板，拘泥而不知变通，进而又得知《吕氏春秋》是秦国丞相吕不韦主编的一部百科全书，其中有八览、六论、十二纪，共二十六卷，一百六十篇，二十多万言。这些知识又引导我了解了春秋战国以及秦时的历史及各种典故，使得本来我觉得很枯燥的历史变得有趣味了。

还有一次，我集得一套纪念詹天佑的邮票。当时我就想，为什么要纪念这个人呢？那时也不像现在网络这么方便，"百度"一下什么就知道了，要翻书查阅。一了解，才知道这人太伟大了，不但是中国近代的铁路工程专家，还是中国首位铁路总工程师，有"中国铁路之父"之称。他主持修建了中国自主设计并建造的第一条铁路——京张铁路，他创设竖井开凿法和人字形线路，一时震惊中外。

接着，通过对詹天佑的了解，我又接触到了中国铁路的发展史，知道了在 1876 年中国就有了第一条铁路，这条铁路是英国的怡和洋行在华修建的吴淞铁路。紧接着到了 1881 年，在清政府洋务派的主持下，开始修建唐山至胥各庄的铁路，从而揭开了中国自主修建铁路的序幕。但是，修建铁路进程极其缓慢，直到 1949 年新中国成立前夕，中国铁路里程才有 2.18 万公里……

就是这一枚枚邮票,不仅让我们与亲人间保持着温暖的联系,而且还是一扇扇打开的窗户,引领着我们走上前去,透过窗口去展望外面的世界,进而走出去,在浩瀚的海洋中攫取丰富的知识。记得那个时候的我,一谈起历史就是一顿侃侃而谈,连老师、父母都不断地赞叹我知识渊博,知道得很多。

我常想,我后来之所以选择了文学创作,一定和这一枚枚小小的邮票分不开。它们让我在很小的时候就养成了探索、了解知识的习惯,并在探索中懂得了思考和联想,从而使我拥有了创作中源源不断的灵感。

真水无香

欲望总是会被利用的

中午休息,刚睡醒,我就收到了老李的电话,约我晚上出去坐坐。老李是我的老同学,上学时心气就高,走上社会后更是如此,每次同学小聚,都很难约到他,总是以工作忙推辞不去。事实也是如此,见到他的夫人,夫人也是经常抱怨,说他好像就是为了工作而活着似的,天天泡在单位,人家领导也没他忙啊,也不知道从哪里来的那么强的激情。

可是,让我一直纳闷的是,他如此敬业,很少听到他进步的消息。好多年过去了,他还在一个级别上来回摆动着。今天,他主动给我打电话,虽然有些惊讶,但我还是欣然接受了。

下午,我到了××酒店,老李早就坐那儿了。

老李有城府,该说的说,不该说的一句话也不说。和我聊了好半天了,尽些鸡毛蒜皮的事情。但我知道,他找我肯定不是为了说这些事的,但我就是不问他。直到很晚了,将要分手时,我终究按捺不住好奇心,问道:"老李,你找我肯定不是为了说这些事吧?咋了?有啥事就直接说。"

老李笑了笑,说道:"真没啥事,就是想和你聊聊。"

我问他,最近单位有什么变化。他说,也没什么变化,就是这两天又动了一批人。

问有他没有。

他说，没有。

作为老同学，我很为他鸣不平，就说："那你干什么啊？家，家没顾上，钱，钱没挣上，你天天跟打了鸡血似的玩命干，咋就没有结果呢？"

老李苦笑一声，道："我咋知道呢？"

我也不再问了。握手分别时，他犹豫一下，轻声道："人啊，欲望总是会被利用的。"

老李的一句话，我一时间没有反应过来，等回家细细琢磨，心里顿时明朗。想到我所在的部门，每次有了大项目，领导总要开个动员会。会上，领导就会苦口婆心地说道："最近，公司领导对咱们很关注，把这么重要的工作交给咱们，其实就是对各位同志的一个考验。不瞒各位说，公司马上就要调整干部了，各位能不能进步，就看这次的表现了。"

说得大家是眼露"凶光"，个个跟吃了激素似的。可是，等这事过去，考验的结果就没有人提了。

自然地，我便联想到了我们的这位老李，肯定就是那个鸡血打得最多的人了。

唉，老李看似有城府，其实，真的没有看透这人生百味啊。不过，从今天他的那句"欲望总是会被利用的"来看，他倒是感悟出了许多。

人来到这个世界上，有想法有追求是很正常的，可是，就是因为有了种种想法和追求，也就让我们的心里充满了欲望。有了欲望，再没有很好地把握住，就有了被别人控制的可能了。其结果如何，也就自己心里最清楚了。

所以说啊，人的欲望总是会被利用的，要小心哟。

真水无香

谁会和一个知足常乐的人过不去呢

记得二十多年前，一位老大哥跟我说："你啊，人太老实，性格又直，老实人容易被人欺负，性格直又容易被人算计。今天你记住我的一句话，这话常说，以后就是坏人都不忍心伤害你的。啥话呢？就是不管你听说谁高升了，发财了，你一定要说，呀，他早就应该升了，或者，呀，他早就应该成了。"

老大哥的话我记下了，二十多年来，从开始时违心地说，到现在发自内心地说，结果是结交了一大堆的朋友。因为，每一个高升的人或者发财的人，总会引来周围人的羡慕嫉妒。一般人听到这种消息后，总爱说，那小子咋也能升，也能发？

但是这个世界就是奇妙得很，不管你说啥，不管在什么地方，跟什么人说，结果就是很快传到当事人的耳朵里。坏话听多了，偶尔冒出一两句好话，就把我记住了。

其实，随着年龄的增长，越发知道，所有做成事情的人都不容易，只是我们没有看见他们背后的艰辛罢了。在掌声鲜花的背后是他们不懈的执着和努力。

交到朋友容易，可是想要保持友谊地久天长，那就必须有自己的底线和原则。一次我给一个朋友的企业讲课。这个朋友同所有的创业者一样，在开始的时候很艰难，其间，在他最困难的时候我曾借给他一点钱。讲完课后，朋友拿出一张支票给我说："当年你帮助我，现在我要用三十倍还你。"

我连忙阻止了他，说："我们是兄弟情深，但兄弟间更要明算账。君子爱财，取之有道。这钱我是万万不能要的，否则，以后兄弟也做不成了。"

他问我："咋兄弟也做不成了？"

我说："你给我，我收了，我就有压力了，无功不受禄。"

他不屑道："啥禄不禄的？这是我感谢你的。当年我最困难的时候，只有你借钱给我。"

我问他："你还了没？"

他说："废话，早就还了。"

我说："既然还了，这事不就了了？当年，如果是我投资给你的，你现在少我一分钱都不行，问题是那时我眼光短浅没有这个眼力，让你把钱还了。"

这就是做人的底线和原则。

人一生走来，高兴也好，不高兴也罢，其实，主要还是因为自己的心态。把自己看得太重，总认为自己是怀才不遇，这样，就会心生怨言。心生怨言，自然易树敌，树敌多了，那更是处处碰壁了。

知足方可常乐，一个人一定要知道什么是自己需要的，什么是自己看重的。虽然这是一个物质时代，但我们依然需要精神的充裕和饱满。

我追求的是低碳生活，我有自己的原则和底线，就不会因为欲壑难填而寝食不安，这样便没有了与他人的争、与他人的抢，更没有了彼此的算计。

你想想看，谁会和一个知足常乐的人过不去呢？

真水无香

人生成败就在一个"度"字

爱一个人,爱之极致则反,被爱者不但不领情,还会心生怨气。有怨则避,最终换来的是身叛心离。

对一个人好,好到没有了原则,好到把自己都忘了,最后却发现,人家已经把你的好当成一种习惯、一种应该,你稍有疏忽,他便全盘否定。

于是,生活中常有这种人,痛心疾首,百般不解,叩地问天,为何真心厚爱换不来厚爱真心?

其实,一个字,就是没有掌握好"度"。

人生就是一条抛物线,至顶就落,所以,最好的境界就是无限至顶点,却永远达不到顶点。跳一跳,可以够到果实,那就努力一下。如果蹦到极致才仅有可能够到,那就放弃吧。否则超过度了,虽然得到了那枚果子,却伤了身体,亦是得不偿失。

精益求精、精雕细刻固然很好,但过度必损,不如点到为止,求个心安理得才是人生之最高境界。

孩子，请你慢点长大

周三下午，临潼的朋友丽君来电话说，她邀请我和父母、夫人、孩子一起前往华清池欣赏歌剧《长恨歌》，晚上六点，她和玉娟来接我们。

现在正是春暖花开的季节，能在这么一个美好的夜晚，和家人、朋友坐在骊山脚下华清池旁去观赏一出千古绝唱的爱情音乐剧，那的确是一件十分美妙的事情。

我当即欣然接受，并分别给父母、妻子去了电话，请他们晚上一起去临潼华清池。

等我赶到父母家时，朋友玉娟已经到了，父母也已把饭菜做好，这时妻子也回来了，可是少了女儿的身影。我忙问女儿去哪儿了，妻子告诉我，女儿说她不去了，要一个人在家里做作业。

我一听这话，想都没有想就拨通了家里的电话，女儿果然在家。我兴奋地告诉她："晚上咱们一起去临潼看《长恨歌》，赶快到爷爷奶奶家会合。"

令我意想不到的是，女儿一口就回绝了，说她晚上要做作业，不去了。

"不去了！那怎么行啊？"我说，"今天作业不做了，作业哪有玩重要啊？"

以前，女儿听到我的这种建议会高兴得一蹦三跳地随我而去

真水无香

了,可今天她说:"那不行,老师会批评的。"

"没关系,我给你老师说,今天作业你不用做了。"

"不行,我不去了,你们自己去吧。"女儿态度的坚决令我有了一种陌生感。

玉娟在旁边也说:"尽量让孩子去吧。"可是,不管我怎么劝说,她的回绝竟然没有一点点的回旋余地。父亲走过来劝我,说:"算了,她不想去就不去了,别强求悦悦了。"

我依然不想放弃,继续说道:"爷爷、奶奶、妈妈,我们都去了,你一个人在家不害怕啊?"

"不害怕,你们去吧。"

女儿的坚持让我一下蒙了,这是我从来没遇到过的事情,那一瞬间,我的心不知道怎么了,竟是那般失落。我的女儿不再需要我了,她可以离开我了。

曾经,在她幼小的时候,我不管做什么、去哪里,她都想跟着我,我总会找各种理由告诉她,爸爸不能带她去。每每看着她失望的表情,我内心充满了愧疚。那时,我也知道,孩子有一天会长大的,她就会离开我了,并在《今天是女儿七岁的生日》的随笔中也写到了我的这种担心。但是,我怎么也没有想到的是,这种担心竟然来得那么快,快得让我没有接受的过程。

时间,无情的时间,一天天地催我老去。随着年龄的增长,这些年,我把很多东西看淡了,懂得很多事情都是一种随缘,来了,快乐地接受;走了,也不再强求。知道什么是真的,什么是假的,什么是空的,什么是实的,一切随心而做!但对亲情,我始终看得很重,不管工作再累再忙,我都会努力地和孩子在一起,因为,她的童真她的童趣也让我的心始终保持着一份单纯和快乐。可是,不知不觉间,孩子长大了,她就像风筝一样飞得更高更远了。

那晚，《长恨歌》表演得非常精彩，中途，天空还飘起了丝丝春雨，让那晚的故事充满了浪漫与遐想。可是，我一直都高兴不起来，因为，我的女儿没有来。

真水无香

在彼此的一笑中，心都是温暖的

一个朋友无意间告诉了我这样一件事，他说，他在买东西的时候，人家一忙没有收他的钱。他给我说这件事的时候，特别地高兴，脸上写满了因白得一件物品而兴高采烈的神情。听了他的话，再看着他的表情，那个瞬间，我知道我永远地失去了这个朋友，因为，在我的心中我已经抛弃了他，他不再是我的朋友，仅是一个熟人而已。

因为，他不善良；因为，他和我志不同，道不合。记得在二十年前的一天，我去邮局取钱，当我回家时，我发现人家竟给我多付了一百元钱。尽管路程很远，但我转身又回到了邮局，将那多出的一百元钱交给了人家。在生活中，我有时也会遇到这种情况，在买东西时，人家应该找我五角钱，却在忙乱中找给了我五块钱。但是，只要我发现，也不管时间过了多久，我都会找到对方，一定将钱还给人家。这并不是说我有多么高尚。我只是知道，我拿走的不是自己的东西，而是人家的希望、快乐和一天的劳作。

每一个人都不容易，也许，他站了一天，挣了仅仅这几块钱，也许，那一百元，我拿走了，他就要替人家补上。凭什么人家替我们埋单？仅因为忙中出错？

做一个善良的人吧，不是自己的，就笑着告诉人家，你怎么多找我钱了？是想请我吃饭啊？在彼此的一笑中，心都是温暖的。

成功，可以追求，但不能苛求

发现了一个很有趣的现象，就是你不管在哪里遇到什么人看的什么书，大多都是告诉我们如何成为一个成功的人。成功篇、励志篇满目皆是，男女老少，以不能输在起跑线上为理由都把自己变成了运动员。

跑，奔跑，拼了命地跑，生活快得让我们眼花缭乱，一个欲望接着一个欲望跟个小老鼠似的蹦跳出来，成不成，都把目光投向了金字塔的顶端。每一个人都想成为元帅，成为总裁，都将自己的步履变得匆匆又匆匆。以前，人们相互问候是，吃了没？现在的相互问候则是，忙不忙？忙！一个"忙"字似乎将自己的身价一下提高了许多。可是，等你回到家里，精疲力竭地躺在床上，连吃饭的力气都没有了时，才知道自己真能装，装得连自己都以为是真的了。

其实，这个时代应该是最好的最慢的时代，我们已不再为活着而焦虑，不管是谁都不再为下一顿饭在哪里吃而发愁，连乞丐都成了一种职业时，生活中一切，都是锦上添花的事情，而不再是雪中送炭了。

既然如此，我们为什么活得更累？

有些人为了无休止的名利，贪婪的名利。有了名想要大名，有了利想要大利，答案其实就有一个，名利！这些人怎能不累。

可是，生命毕竟是短暂的，为什么不可以放慢脚步，在劳动的

真水无香

049

同时去欣赏路边的风景呢？是的,我们都有梦想,都有把生活过得更好的愿望,都有提高自己人生价值的渴望,但是,面对成功,我们可以去追求,但不能去苛求。

　　追求是做好自己,顺其自然。苛求是霸王硬上弓,行不行都上。一个是享受过程,一个是感受痛苦,只是为了活给别人看。

　　贷款千万,买豪宅。请客送礼,求获奖。卑躬屈膝,求升迁。即使得到了,又有何意义呢？在不断的苛求中,人一旦失去了人格和尊严,活着亦是一种焦虑了。

　　心虑,不管我们处在什么地方,都会很忙……

生命如此脆弱

今天上午去单位，我听到了一个很沉重的消息——一位关系非常好的老同事，才过退休的年龄，突然去世了。

印象中这位老同事性格十分开朗，幽默，说话声音很大，朗朗的，给人一种很阳光的感觉。他还曾经说，等哪一天，他开车带我到外面去转转，还说上次我给他写的那幅字他很满意，他还让我抽空再给他写一幅，还让我给他看看能活多少岁。我当时笑着说："你就不要算了，一看就是能活 99 的人。"他朗声大笑着说："那不就成了妖精了？"这一切，好像就在昨天。

今天，他已经看不到我写的这些文字了！

生命如此脆弱，我就想到了那句话："明天和意外，你不知道哪个先来。"每一天，都是美好的，但每一天的明天，我们不知道将发生什么。那么对于我们来说，应该怎么去对待世事无常的岁月？身边依然有很多朋友在说，等我闲了，等我不忙时，等哪一天……日子就在这样每一个等待中，如流水无痕般逝去。还有一些年轻的朋友经常说，虽然我非常爱他（她），但是我不告诉他（她），我要等他（她）先说。在等待中，让美好成为遗憾。还有一些朋友，因为一点点琐事便牢记在心，一点点的不如意就耿耿于怀，想着的不是彼此曾经的友情和快乐，而是抱怨和怨恨！我们都是匆匆的过客，谁也摆脱不掉最后的审判。既然我们都看到了明天的结果，既然

真水无香

我们都知道生命如此脆弱,还有什么放不下的呢?

感恩吧,感谢吧,因为我们没有权利不去微笑,不去感恩,不去快乐,不去珍惜! 来过啦,相识了,就大声地对身边的每一个人——不论是亲人、朋友,还是同事、同学、战友,甚至是同行的陌生人——都微笑地说一句:认识你,真好!

因为,所有的一切,都将成为昨天!

因为,有一天,我们也会成为别人的纪念!

美景都在路上

同学,我们一起曾经同行

我写过一部长篇小说《同学》,出版时改了名为《谁是你的情人》,毕竟,我不是生活在真空中。每一部书的出版,都要考虑到社会效益和经济效益,而这两种效益的实际效果,都直接取决于读者的心理。所以这部书从《同学》,到《同学通天》再到《谁是你的情人》,经历了这样的一段书名的改选,最终选择了这个带有一些暧昧色彩的书名《谁是你的情人》。而之所以那么轻易地将《同学》这个书名放弃,很重要的一点就是那个时候对"同学"两个字的认识,没有今天这般深刻。

1990 年我从郑州大学毕业以后尽管中间又经历了几次学习,甚至包括兰州交通大学的一段时间的深造。但那时的我,把自己一直看作是一个匆匆行走的行者。目标很单纯很直接,也很专注。我们知道一个匆匆行走的过客,是没有闲情逸致去欣赏生命中的一道道风景。

好像在那段时间里,我和很多的同学和朋友都失去了联系。小学、初中、高中、大学,我的同学们在有意与无意间悄悄地藏匿于心中的某一个地方。只是偶尔翻阅老照片般地打开,在记忆的深处,回忆曾经经历过的那些青涩的岁月和一些熟悉的面容。

然而时间,它会让你奔跑的速度逐渐地放缓,阅历让你慢慢地懂得什么是应该珍惜的。曾经在学校时,不论是交往多还是交往

真水无香

少，不管是印象深，还是印象浅，他们就在你的脑海里慢慢地在潮起潮落中从记忆的最深处逐渐浮现出来。你便会在一次又一次的感慨中，说："哦，那是我的同学，他还好吧!"

这时的我们，无论在社会中处于怎样的一个角色，显赫还是平淡，成功还是失败，"同学"二字将彼此最真实的那一面深深地篆刻在了生命的年轮中，无论你是饱经风霜，还是城府深邃，都掩盖不了昔日课堂上你那最青葱的一面。因为有了共同的同学、共同的老师，于是少了面子，少了"世侩"，多了真诚，多了淡然，多了一份属于同学间才有的轻松和回忆的颜色。

这就是同学，曾经是争吵，还是暗恋，在今天都不重要了。重要的是在我们的那个年代里，不论是天真的童年、清纯的少年、燃烧的青年，是你，我的同学，我们都一起曾经同行!

美景都在路上

心存感恩

　　女儿埋怨说,她的一个好朋友在一件事上没有帮她,她很生气。我问她,为什么? 她说她们是好朋友,她就应该帮助她。听了女儿的话,我当时没有说话,过了一天,等她心平气和后,我把女儿叫到身边告诉她:"在这个世界上,没有一个人必须去帮助你! 所以,人家帮不帮你都是人家的选择。而我们应该做的,就是感恩,并永远地记住每一个帮助过我们的人。"

　　女儿似乎不解,我给她解释说:"是的,爷爷、奶奶、爸爸、妈妈,还有你的老师、朋友都在帮你,但这种帮助是因为我们爱你,我们帮你是我们自愿的,但是,你不能以为是应该的。你必须懂得感恩,没有感恩心的人,是不会被人尊重的,失去尊重的人是最悲哀的。你的朋友以前帮助过你,你要感恩她。她现在不帮你了,你除了理解、接受人家的这种选择外,你还要从自身找原因,你是不是忘记了对朋友的感恩,以为人家所做的一切都是应该的,那么,我认为,你的朋友就可以拒绝帮助你。"

　　女儿听了我的话,若有所思地点了点头,我知道女儿正在成长,这些道理她一定会懂的。

　　在我们的身边,我们一定都会遇到这样的人,当他有事时,他会不断地寻找你,可是,在你帮助他解决困难后,你再也不会听到他的任何信息了,甚至一个短信也没有。为什么会这样? 就是因

真水无香

为这些人缺少了感恩之心，没有感恩之心的人是可怕的，他们会阻断爱心的传递。当然，感恩绝对不是物质的索取而是一种心灵的慰藉，一种被尊重。所以，我说帮助和被帮助其实都是一种选择，而我们应该做的就是心存感恩。

依然要保持着一颗童心

每一个六一儿童节,我都不忘给自己买一件礼物。我之所以每年六一儿童节都要给自己买节日礼物,就是在暗示自己,不论自己有多大,都要努力地保持着一颗童心。因为,一个人失去了童心,就现实了,人现实了,目的性就强了,目的性强了,就失去了一个人自然本性的快乐。

大家都知道,儿童的快乐是单纯的,因为高兴而快乐,因喜欢而相聚,因不喜欢而分手。但随着明天的来临,他们会忘记一切不快而继续保持快乐。所以,有了童心的人,没有杀伤力,他不会伤人,他最强烈的报复就是不跟你玩了,绝对不会去进一步伤害他人。有了童心的人,他交朋友的目的是因为和这个人在一起很快乐,而不是为了某种目的而交往,更不会因为你高升了或是降职了而瞬间改变对你的态度。有了童心,心里面就会有阳光,有阳光的心里就不会龌龊。"趣缘斋"的卫生间门没有锁,但是,不管男女老少,熟悉或是陌生,凡在使用时都没有不方便不安全的感觉,就是因为大家知道房间主人是可以信任的,我想这就是对我最大的褒奖了。

如果,我说的是如果,我能活到一百岁,那一年的六一儿童节,我依然给自己买一份儿童节礼物,告诉自己,我依然要保持着一颗童心。

真水无香

057

香风留美人

那是一个红酒微醺的夜,空中弥漫着咖啡的清香,三个美女懒散地斜靠在沙发上窃窃私语,谈着唇释、花裙、油画、诗歌、艺术,还有女人之间的事情。我举一杯酒,透过装满了玫瑰色葡萄酒的酒杯无言地品味着面前的她们。三个美女在我的酒中顿时化作了民国彩画,成为斑驳的旧影,呈现出古典的美,我亦醉了。

汤姐抬起头来,轻声笑言道:"萧迹啊,在今天这个特殊的夜里,你一定要表现好啊,我们三个女人可都是为你服务过的。"

坐在旁边的伊兰、紫藤微笑地望着我,空气越发地甜了,我的身心都感受到了咖啡香美般的暖意。生命中有过许多的女人,面前的她们我则永不能割舍。因为,我懂得她们的"服务"意味着什么。

每一个曾经有过梦想并为之努力的人都会经历一段这样的岁月,在这个过程中,就像一个跋涉中的旅人,承担的是孤独与寂寞。如果没有人给你搭起一座舞台,也许,你所有的努力与奋斗只能隐匿于灯光下的阴影里,掌声与鲜花永远属于别人。

她们,就是曾经为我将舞台搭起,把射灯打开的人。

红木是高端名贵木材的统称,其特点是美观、华丽、结构细而匀,材质硬重而细腻、耐久性强。红木的特性正如汤姐之性格,表面的儒雅与温和,骨子里却固守着一个知性女人的高贵与刚毅。

所以，汤姐又叫"红木"。汤姐是第一个帮我"触电"的人，那时，她在西安电视台做一栏目的制片人。虽然我已经出版了几部书但还不曾被媒体关注。在这个酒香也怕巷子深的时代，热情的汤姐带着她的团队精心地为我打造了一期节目，将我的那部关注"无性婚姻"的长篇小说《活给别人看》通过电视专题采访广而告知于天下。那是 2000 年刚刚开始，互联网还没有像今天这样家喻户晓，影视传媒毋庸置疑地占据着傲睨得志的高地，能被电视台宣传对于一个作家而言具有非常重要的意义。也就是在汤姐热情无私的支持下，打开了我走进影视银屏的大门。

　　兰花，自古就因其高洁典雅的品格与梅、竹、菊并列为四君子。苏东坡曾写道："本是王者香，托根在空谷。先春发丛花，鲜枝如新沐"。梁宣帝在《咏兰》中亦写道："开花不竞节，含秀委微霜。"将兰花不与群芳争艳、不畏霜雪欺凌、坚忍不拔的气质表现得淋漓尽致，真可谓"芝兰生于幽谷，不以无人而不芳"。在我的眼里，西安人民广播电台新闻广播主持人伊兰正如她的名字"幽兰香风远，蕙草流芳根"。记得第一次上她节目时是六年前的一个秋天。那天，她以《认识萧迹》为题，用她那甜美的声音通过古城上空的电波将我介绍给了广大的听众朋友，又是她将我的长篇小说《大铁路》录制成长篇小说连播，每天傍晚，随着伊兰和王东的声音，《大铁路》走进了千家万户。

　　唐朝诗人李德裕曾有诗云："幽溪人未去，芳草行应碍。遥忆紫藤垂，繁英照潭黛。"生动地刻画了紫藤优美的姿态和迷人的风采。每至暮春时节，正是紫藤吐艳之时，一串串硕大的花穗垂挂枝头，紫中蕴蓝，灿若云霞。紫藤耐寒喜光，性情温和却顽强。这种个性不恰似紫藤的性格吗？面前的紫藤温和而柔弱，但又是坚韧的。就是这个看似柔弱的女子曾经担任《当代女报》的副总编辑，

真水无香

统领一众干练的采编队伍，以"影响女人所以影响世界"为口号，将《当代女报》办得如火如荼。2013年，我的长篇武侠小说《楼观秘籍》出版之际，是紫藤携《当代女报》众精英和汤姐、伊兰等读者朋友在楼观台为我做了一场"楼观问道"主题宣传活动，并在《当代女报》为我做了大篇幅的报道，让读者了解了《楼观秘籍》，奠定了我的陕西新武侠小说第一人的地位。

三个美丽的女人在我生命的轨迹中曾经默默地为我擎起了一道彩虹，时光飞逝，流水无痕，但彩虹依旧，并在时间的锻造中化作了坚如磐石的友谊之桥，生命越远桥梁越坚。

夜色越发地浓郁，玫瑰色的葡萄酒将咖啡厅浸染成了紫红色，三个美女在香茶与美酒的织染下越发地美丽可人，这就让我想起了李太白的那首诗来，"密叶隐歌鸟，香风留美人"。

好一个香风留美人。

一切皆有因果

曾经,因为创作的一部长篇小说中涉及了一位精通《易经》的人物,为了不使小说中的人物失去真实性,我开始学习一些有关《易经》的知识,却不知越学越深奥,越学越心生敬畏,越学越明白了这一中华传统文化的博大精深。我便一边四处寻书苦读,一边四处拜师学艺。所学内容从《易经》,又涉猎了四柱、麻衣等领域,我知道了这是一门哲学,一把打开智慧的钥匙,一面可以审读自己心灵的镜子。预测学不是凭空而来的,而是寻其每一个人的生命规律,在生命之轨迹中打开了一扇门,从而遥望每一个人的未来。

于是,每每和朋友品茶论道间,便喜欢回答朋友一些有关生命困惑的问题,因为自己既不是算命先生又不是以此为生,所以,很少考虑朋友当时的心态,问答间常以自己的状态和心情为主,但总因结果甚准而口碑于朋友间。

然而,任何事情都是双刃剑。如果是好事,皆大欢喜。准的结果,如果是坏事,则成众矢之的。前两天,和朋友小聚,其间,一位朋友很不高兴地说道:"两年前的今天,我和×××问你我们发展的前景,你说我们这两年啥都干不成。两年了,我现在一分钱没有挣到,公司全吃老本呢。×××更惨,一个标都没有拿下来,都是你说的。"

听了他委屈的抱怨,我还真心生了歉意。可是,等我回到家里心静了再仔细一想,这事怎么能怨得了我呢?这就像一个行进在路上的人问我,前边路况如何,自己能否顺利到达目的地。我告诉他,前边有一沟。这人最后掉进了沟里,于是埋怨我。

问题是,沟不是我说出来的而是客观存在的,只是我提前告诉了他。也有朋友说,既然你告诉了他前方有个沟,那你为什么不帮他解决呢?为什么不给他在沟上架个木板呢?的确,有锁必有钥匙,有扣就有解,正如我们常说的"四两拨千斤"。但是,我凭什么要给人家解呢?

道说,道法自然。佛说,皆为因果。我说,既然是你的菜,好吃不好吃你都得吃。

岁月有痕

父亲，我深深地爱您

2017年2月3日立春，一个有暖阳的午后，父亲一个人走进了医院。20天后，在我和母亲、姐姐、舅舅的陪伴中，父亲在2月24日那个太阳升起的早晨走了。从此，我的心坠入了痛苦的深渊。

父亲生前不止一次地叮嘱我说："我走后，不点香不烧纸，将我的骨灰撒入渭河，不要保留，我要顺河而去，回我的老家。"26日，我和我的亲朋好友们为父亲举办了一个告别仪式，遵从父亲的遗愿，我们一切从简。

1935年10月11日，父亲出生于山东文登东孔格庄。父亲童年丧父，因为出生于一个地主家庭，青少年时期命运多舛。后远离家乡外出求学，考入济南铁道学院。毕业后，父亲被分配到西安铁路局宝鸡供电段工作，大半生贡献给了铁路的建设事业。他钻研业务，勤学苦练，通过他的不懈努力，从一名技术员，到工程师、高级工程师，最后在总工程师的岗位上退休。

父亲是一个为人谦虚、乐施好善、人心厚道、品行高尚的人。在二十世纪七八十年代，生活困难时期，好学的父亲就用自学的精湛技艺为大家免费修表十几年，在繁忙的工作之余，义务帮助邻里、好友修理收音机、电视机、电饭煲、电灶等家用电器。他告诉我，能用自己的技能去帮助别人，本身就是一件充实、快乐的事情。就在他已年过八旬之际，他还边学习边指导我的女儿学物理、做数

岁月有痕

学……用他的大爱滋润着我们。

父亲一生节俭，他视浪费为一件不可原谅的事情。他告诉我，我们享受的这些都是他人劳动的成果、大自然的馈赠。不浪费就是对别人劳动的尊重，也是对自然的尊重。并特别告诫我们，一切都来之不易，所以要懂得珍惜每一天，珍重身边的每一个人，疼爱每一位朋友。只有懂得珍惜、珍重、疼爱，身心才会真正地快乐！

记得有一次，我有事托付朋友去办，其间，我时不时地给朋友打电话催促，被父亲听到了，等我打完电话，父亲说："你要疼爱你的朋友啊！"

他看我没有听懂，接着说道："你给你朋友交办的事情，他们都会有十分力往十二分地去努力，你再打电话催，就是给他们施加更大的压力了。你要懂得心疼你的朋友啊！"

从此，和朋友相处，我懂得了一份情感，那就是心疼朋友。

在我的成长过程中，父亲从没有打骂过我，他用爱的教育感染着我，用自己率先垂范的行动影响着我。

父亲严于律己，无论是学业还是工作，甚至生活中的小事，他都要做到精益求精，一丝不苟。他说做事就要认真，就要有责任感，努力做到尽善尽美，否则，就对不起别人的信任了。做人一定要懂得付出、懂得奉献、懂得感恩，特别是懂得感恩，就不会失落，就不会斤斤计较！

父亲就是这样的一个人，用他的言行教我做一个好人。

父亲还要求我们在生活中一定要学会简约、朴实，尽最大努力不麻烦别人。他在弥留之际，还在不断地跟我们说："你们去休息吧，我自己可以！"就是在他患病住院后期，他还一次次地阻止我们，不让我们通知他的亲朋好友。他说大家都很忙，不要给人家添麻烦了。望着病床上的父亲，望着与病魔苦苦战斗的父亲，我心如刀绞,人生莫大的痛苦就是我们在孤注一掷地打一场注定失败的战斗,人生莫大的悲哀就是无奈地望着生我们、养我们、陪伴我们许久的亲人渐行渐远,人生莫大的绝望就是我们心中的山在我们的面前轰然坍塌……

父亲陪伴了我四十多年,有一句话说得好,长久的父子似兄弟,生活中,父亲是我的爸爸;成长中,父亲是我的老师;困难时,他是我的兄长。几十年来我早已习惯了与父亲无话不谈,思想上、生活上不管有哪一方面的困惑,与父亲一聊我就释然了。他就是我心中的山,今天——我的山塌了。

但是,我知道父亲的精神会永远地鞭策我前行,我更清楚我的责任就是传承他用自己的人格力量为我们树起的家风,照顾好母亲,教育好孩子,关心每一位亲人!

此时此刻,心中纵有千言万语都不能表达父亲对我的养育之恩、培育之情、教育之爱,唯有一句无数次想告诉父亲,但终没有说出口,今天已让我痛彻心扉的那句话——爸爸,我爱您!

岁
月
有
痕

走进罗布泊

罗布泊无人区穿越行走笔记

（一）

FJ 酷路泽罗布泊无人区穿越行动,2013 年 9 月 20 日黎明前从古城长安悄然起程,沿古丝绸之路西行,出长安,过陈仓、天水、张掖、酒泉、敦煌、玉门,在库尔勒集结后,同来自全国各地的 100 辆 FJ 一起穿越罗布泊无人区、阿尔金山无人区、哈拉湖无人区、八一冰川无人区,挑战极限!

《楼观秘籍》大侠客、铁峰帮帮主开山剑主葛大侠、镇含元侯大侠和我携《楼观秘籍》全程穿越! 可谓:

中华侠客行,

西域武林风;

江湖龙虎啸,

好男展鹏程!

一路向西向西! 驶离陕西、甘肃,继续西进!

（二）

　　早晨六点出发，一路奔驰！在金昌高速服务区简单用餐后，我们继续西行，已行走了一千多公里。今晚的目的地是嘉峪关！

　　傍晚的河西走廊景色宜人！左边是绵延而去沉静如老人般的祁连山，右侧的巴丹吉林沙漠隐在远方徐徐升起的炊烟中！西域，太阳落山的地方，也是一个梦升起的地方！

　　今晚的月亮真圆，悬挂在大漠中！让我想起了千年轮回中的每一个生命，他们亦在观月吗？秦、汉、唐、宋、元、明、清……那里的天空是否也同这西域，静谧的苍穹唯有一轮皎月？这月便是月下老人了，他牵挂着天下所有的有情人，于是有了但愿人长久，千里共婵娟！

　　夜色笼罩，高速路上偶尔驶过的车辆，似乎在提醒着我，我们都是匆匆行走的过客，匆匆走过的是时间和岁月！万物皆变，皆在悄然地流失，但流失不去的唯有爱！此时，沧海静穆，大地庄严，这月就是见证了！

（三）

　　嘉峪关的早晨很清新，因为不是闹市区，又是清晨，所以，行人少且安宁。吃过牛肉面后，我们直奔嘉峪关。由于嘉峪关正在维修中，于是我们便远远地欣赏了长城最西边的雄伟。

　　随即，我们又来到了长城第一墩！第一墩建于明洪武年，前后建了158年。遥想当年，威武将士舍家取义，血洒疆场，保我中华之安康！我立于墩前，望延绵而去的祁连雪山，用最虔诚的心鞠躬致敬于那些无名的将士！

　　我在这里，特意收藏了一枚长城血石，带回长安！因为，我知道这块石头上曾经浸染着许多英雄豪杰的鲜血！

再见，嘉峪关，我和《楼观秘籍》的侠客们继续西进、西进！

（四）

车队驶过甘肃进入了广阔的新疆境内，风越来越大，沿途已有车被风吹倒！我乘坐的 FJ 亦在狂风中轻微摇摆，路依然笔直地向前延伸，还有一千多公里的路程！然而，我们行进三千公里，用了两天两夜只是到达始发地库尔勒，真正的挑战真正的神秘之旅从后天开始。罗布泊无人区，确切地说是无生命区，在那里无水、无电、无信号、无生命，唯有浩瀚的沙漠和楼兰古国曾经的辉煌，还有千年来探险者不断遗留下的骷髅和破碎的梦！在我们的记忆里曾有离开基地不到十米却从此无影无踪的大科学家彭加木，有粮水准备充足却折戟沉沙的探险家余纯顺，这一切让罗布泊更加地神秘与无常！但这并没有阻止人们探寻它的足迹，每一个前往罗布泊的人都想揭开它神秘的面纱！是的，在罗布泊倒下的不是烈士，从罗布泊走出来的亦不是英雄！但是，人类面对自然，挑战极限的勇气和无畏的精神，却是任何一个民族不可缺失的追求！也就是因为有了这种毅力与斗志，人类才走到了今天。我想，这便是我们穿越罗布泊的真正意义了！

写到这里，我们离哈密很近了！继续西进！

吃了多年的哈密瓜，第一次在哈密吃瓜，的确很甜且水分很大，也很脆！

新疆境内，遇到交通武装检查，他们配置微型冲锋枪，还有警犬，虽然气氛庄重，但让我感觉有一种安全感！

（五）

已晚上八点，天空依然白昼！我们决定马不停蹄，人不休车不止，直奔库尔勒，在库尔勒夜市吃晚饭！

本计划一口气开到库尔勒，谁知天意让我们更多地去感受新疆的美丽。于是，当我们赶到吐鲁番时，沙尘暴来临，高速公路封闭，将我们挽留在了盛开葡萄花的地方。昨夜，我们住在了吐鲁番火州宾馆。今天早晨九点后，高速公路开通，我们一路狂奔，因为是早晨，让我们尽情领略了沿途的美景：沙流顺高山而倾，如瀑布淘淘，山石嶙峋，绵延无际！或戈壁或沙漠，均一望无边。

下午两点多，我们终于赶到了库尔勒巴洲宾馆。此时的巴洲宾馆已是 FJ 酷路泽的世界，来自全国不同省市的车手云集于这里，等待明天向罗布泊无人区开进！

曾有诗云："劝君更进一杯酒，西出阳关无故人。"

但对于我来说，三千公里之外的库尔勒朋友邓开喜先生早已从微信得知我的到来，他以新疆男人的豪爽与热情迎接来自长安的我……

（六）

快到库尔勒前，我就给葛大侠说新疆朋友已在等候我们的到来时，他还很诧异地说："怎么，这三千公里之外的地方都有你的朋友啊！"

晚上，已吃过晚餐的我们，又被新疆朋友邓开喜、刘老师、吴总拉到了新疆特色店吃了一顿烤羊肉、羊排，且喝了许多的酒！刘老师说了，今天就要把我喝倒！最后，在我不断地劝说和要闯无人区的理由下，终于没有让我醉卧边疆。

岁月有痕

就这样,餐后,开喜兄弟又把我们拉着在库尔勒跑了一遍。等回到宾馆时已是凌晨两点了!

新疆朋友真的很哥们儿!明天,不对,今天就要进罗布泊了,新疆朋友还在劝我们再转转……不过,我想说的是,如果你交有新疆朋友,你太幸运了!

(七)

(进罗布泊无人区后再无信号)

23 日

(无信号)……

24 日

(无信号)……

25 日

(一直没有信号的手机这时终于显示出了一点儿信号)

昨晚,我们从罗布泊腹地穿越出来了!回首 23 日离开库尔勒到 25 日穿越成功,三天时间对我来说注定是一次难以忘记的人生经历,是第一次,应该也是最后一次……

23 日晚　晴

23 日早上,八点半吃过早餐,队员们认真地最后一次检查自己的战车!除了风中飘扬的旗帜,此时的巴洲宾馆是安静的。

九点半时,我们驶出了巴洲宾馆,到加油站再次加满油后,车队出了库尔勒,沿公路形成了一道风景,红黄蓝白黑绿,并被改装为不同风格的约 100 辆 FJ 酷路泽携带统一的战旗,迎风前进。

车队很快驶离大道行进在沙土路上!尘土飞扬,将车队隐入了尘烟之中,相聚五米,都看不见对方的车尾了。

在这灰尘的世界里,突然,车窗外映入眼帘的是一片黄色的胡杨林。哦,这不就是生长一千年,死后伫立一千年,倒下一千年依然不腐朽的胡杨林吗?早就听说过它们,今天它们就静静地挺立在那里,无言地看着我们穿越而去!我们走了,它们会依然在这里!数百年后,我们早已化为尘土风烟,它们还会静静地树立在这里,和罗布泊一样,不论你来了还是你走了,它们就在那里!

车队继续前行,顺孔雀河河川道一路向东南奔驶,过河跨沟,路越走越艰难,已近晚上九点,太阳依然在天空中悬挂着。

广阔的沙土地上,百辆车共同驰骋飞跃,在暮色中,这是多么壮观的一幅景象啊!数百公里尘沙滚滚,气势磅礴!

宁静的无人区,现在呈现的是生命的张力和激情!

车队驶过脱西克烽火台,这是一座有着两千多年历史的烽火台,我在这里手执"《楼观秘籍》英雄汇穿越罗布泊无人区"和"楼观问道,剑道无道。《楼观秘籍》英雄穿越罗布泊"的幔巾,留下了永远的印记!我们继续前进,穿过了一座古老的楼堡后,这时,夜幕降临,我们来到了一个早已废弃的营盘遗址!大家立即安营扎寨,以最快的速度安置好帐篷,并以最快的速度开始做饭。

驾驭战车一天的车手们并没有表现出疲劳感,相反个个谈笑风生,反倒是我这个坐车的却深感疲惫,默默无声了!

深夜,各个帐篷里传出此起彼伏的鼾声。我却怎么也睡不着,天当被地为床,风在吹!我索性出了帐篷,遥望远方!好安宁的大地,天上的一轮明月将大地照耀得如同白昼!好美的夜晚啊!

明天就要进沙漠了,明天我们将会遇见什么?

24 日　晴

早上,很冷,我们起来后迅速开火做饭,简单用餐后将用过的生活垃圾集中整理！爱护环境,保护自然,环保宣传亦是我们此次行动的重要责任之一！

　　大家整装完毕,即刻挺进,没走多远,车队就深入了沙漠地带。茫茫一片的沙土,在太阳下泛着晶莹的亮光,风吹过,沙漠中点点的骆驼草在倔强地生长！你能感受到弱小但不屈的生命力量！为什么写到这里,我的眼眶浸满了泪水？为小草还是为生命？

　　沙漠之路是艰辛的！很快就有车辆陷入沙漠,另一车即刻前往救援,可是还没走几步,车亦陷入,再有一车紧跟过来救援,也趴窝了在沙土中,但远处又有一车驶了过来！也就在这个时候,我突然明白这不就是《楼观秘籍》中所描绘的"仁信义正"吗？

　　这支队伍一百多人,大多数人都互不相识。但在这个时候,没有人畏缩不前,没有人冷漠而去,一辆车陷了,另一辆车跟上,再陷再上……不管是谁,是什么车,都是硬拖硬拉,没有一句多余的话,只有一个念头:一个都不能少！同闯罗布泊……

　　从长安出发,已走了四天,罗布泊就在眼前了！神秘之旅最精彩的部分还在后面！

　　下午,我们去了米兰国,曾经的米兰国一定是鸟语花香,处处洋溢着葡萄美酒的芬芳。我似乎听到了冬不拉的美妙旋律,嗅到了米兰国美女身上的玫瑰香。

　　可是,此刻的米兰国,四处唯有寂静的沙漠风和一望无际的戈壁滩,再就是死一般的沉寂！今天的米兰国留给我们的除了遥想便是这残垣断壁了。是什么让一个美丽的国度成了历史的云烟？浩劫究竟来自哪里？那么,毫不节制的开垦,树木砍伐导致的绿洲沙漠化是不是也是其中的原因呢？爱护自然吧,我想跟朋友说！

驶离米兰国,我们准备向大峡谷前行。但意想不到的事情发生了。

车在广阔的沙土地上才刚刚奔驰,就看见身边一辆又一辆的车陷入了砾石沙土中。铁峰帮帮主葛大侠驾驶的铁马本已冲出险境,但他从车载电台里听到队友请求支援的声音后,不顾自己陷入沙土中的危险,一次又一次冲到队友旁边,连续拖出四台 FJ 酷路泽! 等把大家带出险境时,天已完全黑了!

再次集结后已是深夜了,我们马不停蹄地行进数百公里深入罗布泊腹地,在古罗布泊的河床上,我们搭起了帐篷,继续天当被地做床,今夜的温度比昨天低了许多,我感冒才好,又复发了,风强劲地吹,我们在罗布泊入眠了!

每天晚上都是凌晨一点后入睡,早晨又要早早起来,对我这个高血压、糖尿病的患者来说真的疲惫极了!

可是,我们的车手呢,每天都是数百公里地驰骋,对他们来说是体力、毅力、技术等综合实力的挑战了!

明天,最后的冲刺即在眼前!

26 日　晴

早晨,我迟迟不想起来,突然葛大侠一句:"下雪了!"我赶紧从帐篷中把头探出来,一看,空旷的盐碱地上映入眼帘的唯有沙尘和一望无际的原野! 昨晚我们到时已是深夜,当时心有错觉,总觉得周围全是山,我们在山脚下安营。这时才明白,四处哪里有山? 我们就挤在一东西南北都能看见地平线的地方。在这么空旷的区域,数百辆车竟显得那么渺小。

我们分工合作,做饭,收帐篷,井然有序。九点半准时出发,开始正式穿越罗布泊湖底,走当年彭加木、余纯顺曾经走过的路!

车向纵深前行,曾经沧海今干涸的湖底,遍地是枯木、朽骨、沙石、尘土,还有不停息的风,在冉冉升起的太阳下无声无言,仿佛在告诉每一位来访者,这里是无人区,是没有生命的地方。的确,满目苍凉,放眼望去没有一点水、一点绿色、一点生命的迹象,唯有我们!

车轮驶过,滚滚尘烟,在蓝天白云下,用车辙书写着人性的张扬!

罗布泊,我来了!

自20日早晨六点从长安出发到26日凌晨一点,从罗布泊镇走穿罗公路返回到三十六团,住进米兰宾馆。至此,历时七天,行走五千公里的罗布泊无人区穿越活动结束了!对于我来说,它不仅是一次"神秘、向往、激情、挑战"的体验,重要的是它改变了我,正如一个朋友所说:"拉开了生命的宽度!"使我懂得了尊重所有的生命,并对自然充满敬意!

阿尔金山，我来了

中国目前有四大无人区：罗布泊无人区、阿尔金山无人区、可可西里无人区、北羌塘无人区。如果说穿越罗布泊无人区是一种"激情、刺激、勇敢、挑战"的话，阿尔金山无人区在我的面前唯有五个字：大美之震撼！

阿尔金山，我来了（之一）

2013年9月26日早晨八点钟，我们辞别了米兰宾馆，上315国道向阿尔金山无人区行进！行百十公里后，车进山路，广阔无垠的新疆被我们甩在了身后，车驶入青海境内，另一种风景扑面而来，山雄壮而伟岸，远处之高山白雪皑皑，风更强劲了。

车顺公路沿山势而行，一步一景，或河川之中绿洲漫漫，或峻岭之巅雄鹰翱翔。正欣赏间，车被前方逼停，又到一检查站了。有公安干警上来查验身份证。我出门时身份证没找到，只带了驾驶证，所以就多了一份麻烦，这次又没戴眼镜，我脸上的两道伤疤就格外醒目了。于是，公安干警便对我格外关照了，检查得特别细！

我当然无所谓了，随便查好了，看他们在电脑前忙乎时，我抬头向远处看去，几个大字顿时映入我的眼帘：阿尔金山欢迎你！

阿尔金山，我来了（之二）

罗布泊和阿尔金山虽然都是无人区，但他们竟是如此不同，风格又是那么鲜明。罗布泊曾经是沧海，所以，它有着水的阴柔，但这种阴柔是危险的，如果没有先进的设备，没有经验丰富的导游，你踏进罗布泊就意味着死亡。你的眼睛里唯有一望无际的沙砾，再就是天地相连的地平线！连石头都是一样的。你在罗布泊一连几天走了数百公里。其实，你还在一个地方游走，耗尽你的一切直到死亡！

而阿尔金山有着雄性的张扬，他就是一冷峻的杀手，远远望去，伟岸、俊朗、沉默、高傲地仰望苍天，浓郁着阳刚之气，陡然间，便生出了一种威严。但他的危险是残酷的，就在我们穿越之前，有一壮士驾路虎冲进了阿尔金山无人区，进去了就再也没有出来！

今天我们来了，我在想，当年罗布泊因为彭加木的失踪，因为余纯顺的折戟沉沙，让我们知道了神秘莫测的罗布泊。那么，今天在阿尔金山，我是否应该也永远地留在这里，毕竟，阿尔金山太寂寞了！他需要故事、需要悲壮、需要鲜血，甚至生命为它谱写厚重的旋律！

那晚，我做了一个奇怪的梦，梦里的我在空旷奇美的阿尔金山迷路了，荒原里是一片美丽的白色，如天使的披纱，一个幽远但又十分清晰的声音从遥远的山谷里传来：留下吧！萧迹，这里就是你的归宿！

随着呼唤，我感觉自己一下变轻了，慢慢地如一张纸飘浮在空中，我看见了躺在下面的我，很熟悉也很陌生，我不曾留恋，随着声音而去了……

阿尔金山，我来了（之三）

毕竟，我不是彭加木也不是余纯顺，即使留在了阿尔金山无人区，也只是鸿毛一片，漫游空中，如我之"萧迹"，销声匿迹了。

从阿尔金山无人区穿越后，我们一路驰骋，马踏西域，纵横千里。又如燕雀飞翔，翻山越岭，过冷湖，穿哈密，进敦煌，拜莫高窟，行走八百公里，来到了嘉峪关！

此时，坐在嘉峪关夜市，我和开山剑主、镇含元两位大侠开怀畅饮，有如恍惚千年，一日回人间！

阿尔金山，我来了（尾声）

夜宿嘉峪关，大侠们邀我继续前行，登上八一冰川。无奈，西安这边事亦多，况且，我又要马上去山东，去感受深邃的齐鲁文化，需提前做些准备工作。所以，就此与各位大侠分别了，他们北上，我则乘火车东行！

晚上七点半，我上了库尔勒发往西安的 K170 次列车，感谢开喜学兄费心至极，早早为我打好前站，卧铺已安排好了！

一夜安好，早晨醒来突然发现我放在地上的袋子不见了！问周围人都说不知道，让我顿时心生遗憾！袋子里是我一路走来收集的各类精美的石头，有罗布泊腹地的，有米兰古国的，有苏干湖畔的，有阿尔金山山巅的，还有三千年的胡杨树根，既是纪念又是我的藏品！可毕竟是石头，识货者是无价之宝，不识货者仅是石头，为个石头兴师动众似乎不妥，"丢便丢了吧，看来不属于我"！只好自我安慰了！两位当班美女列车员也替我着急，四处寻找。无奈，徒有叹息没有结果。心想这些罗布泊、阿尔金山、苏干湖、敦煌、嘉峪关的石头从此与我无缘了！正失望时，夜班列车员把石头

岁月有痕

给我送来了。原来，昨晚她替我收了起来！石头的归来，给我此次的罗布泊无人区、阿尔金山无人区的穿越行走画上了一个圆满的句号！

友谊路·乐居场

友谊路是西安一条东西走向的干道,分友谊东路和友谊西路,从道路名称上便可知这条马路历史不会很悠久。但是,就在同样历史不悠久的友谊东路33号西安铁路局的北面,却曾是历史上最古老最著名的商业贸易中心——大唐东市。

我们今天常说买东西,就源自当年盛唐时期的东市、西市。东市、西市是唐长安城的经济活动中心,也是当时全国工商业贸易中心,还是中外各国进行经济交流活动的重要场所。这里商贾云集,邸店林立,物品琳琅满目,贸易极为繁荣。

东市就在今天的西安交通大学以西、西安铁路局以北的地方,甚至交通大学校园部分就建在东市东街道的遗址上。东市南北长1000余米,面积为92平方米。市的四周,每面各开二门,共有八门。北街宽120米,东、南、西三面各宽122米。这一宽阔街道的效用主要是便于商业运输和市民入市前车马的停靠。

西市与东市虽然都是商贸重地,但侧重不同。西市因距唐长安丝绸之路起点开远门较近,周围坊里居住有不少外商,从而形成了一个国际性的贸易市场。东市则由于靠近兴庆宫,周围坊里大多都是皇室贵族和达官显贵宅第,所以市中"四方珍奇,皆所积集",经营的商品多是上等的奢侈品,以满足皇室贵族和达官显贵的需要。

我们知道，唐长安城有三大宫殿群又称"三大内"，即太极宫、大明宫、兴庆宫，兴庆宫因位于长安外郭东城春明门内，故称为"南内"。

唐代时的兴庆宫范围，东至今仁厚庄与理工大西部，西至今兴庆西路，南至今咸宁西路中段，北至今东关长乐坊路南，原是唐玄宗李隆基做藩王时期的府邸，后玄宗登基后大规模扩建，成为长安城"三大内"之一，也是唐玄宗开元、天宝时代的中国政治中心所在，还是他与杨玉环长期居住的地方。

兴庆宫内建有兴庆殿、南熏殿、大同殿、勤政务本楼、花萼相辉楼和沉香亭等建筑物。建于龙脉之上，沉香亭旁的假山，形状似龙，甚至假山上树木的栽种都很有讲究，今天从高空看去，依然是一条卧龙的样子。

因为兴庆宫的这一重要位置，在兴庆宫南边便自然地形成了皇室贵族和达官显贵的居住区，唐玄宗李隆基的兄长宋王等人亦住在东市附近的隆庆坊，号称"五王子宅"。

这里既然是朝廷重臣居住的地方，自然东市不得不繁华昌盛了。

千百年来，随着时光的斗转星移，当我第一次走进乐居场的时候，它亦是西安的一座城中村了。二十年前，我刚调到西安时，每到吃午饭，我便会和同事们来到乐居场，找一面馆来一个肉夹馍，一碗臊子面，吃得美，撩得很。那时的乐居场和东关南街连成一片，小商小贩很多，操着南腔北调。村里全是简易的砖瓦小楼房，一户挨一户。几十家共用一个二尺宽的走道，行走在其间，两臂几乎挨墙。房多，人就多，煞是热闹。今天随着城中村的改造，这也成了我记忆中的一个片段了。曾经的乐居场早已是一座又一座高楼大厦。

然而,今天每当我在秋雨绵绵的夜晚徜徉在乐居场时,我似乎还能够闻到浓浓的胭脂花香,如果遇到一个清风朗月的日子,我还能听见酒酣中的李太白正在唱吟他那首脍炙人口的《清平调·其一》:"云想衣裳花想容,春风拂槛露华浓。若非群玉山头见,会向瑶台月下逢。"

岁月有痕

太乙路·祭台村

　　西安市有一条路叫太乙路,因遥望终南山太乙宫,而取名太乙路。在西安众多街道马路中,太乙路并不是一段很长的道路,北端从西安明长城东南角始接环城东路,到南二环太乙路立交终通西延路,也就是 3.9 千米的距离,但这条路对我来说有着很深刻的意义。从 1993 年调到西安工作到现在,工作单位和所住小区都离这条路不远,可以说,每天都要经过太乙路,我的户口所在地就在太乙路派出所。

　　我刚调到西安工作时,还是单身,每天下午下班后,人家都回家了,我便走出机关大院来到太乙路,去的次数最多的地方自然就是太乙路上的祭台村了。当然,那时候的祭台村已没有了村子的概念,像所有的城中村一样,小巷密集,小路纵横,小道杂乱。整个村子又窄又挤,村里全是村民自家盖的小楼小院,租赁给各种人员居住,祭台村的村民也早已由农民变成了房东。村子里街巷店铺星罗棋布,人来人往,摩肩接踵,熙熙攘攘,各种小吃一家挨着一家,我就是冲着那里热闹非凡的夜市去的。另一个原因是我的一位诗人朋友曹光辉一家当时也临时租住在这里,我因常去看他,所以,祭台村便成了我常去的地方。

　　去的次数多了,对它就有了感情,有了感情,自然就有了打探的兴趣。结果却让我大吃一惊。我没有想到,眼前的这片杂乱无章、毫不起眼的村落竟是一座历史悠久、文化底蕴深厚的城中村。据史料载:祭台村始建于汉代,到了唐代高宗时,李治为了便于遥祭昭陵,在长安城的东南特设祭台,于每年祭祀之日,在此追念他的父亲唐太宗李世民。杜牧有一首诗,名为《将赴吴兴登乐游原一绝》,写道:"清时有味是无能,闲爱孤云静爱僧。欲把一麾江海去,乐游原上望昭陵。"后人借此取"祭台"为村名沿用至今。再往前追溯,北魏时就已有了村民建村,在祭台村出土的北魏"邑子二十四人造象碑"记载,那时,祭台村称为羌村。

祭台村位于大雁塔之东,乐游古原北坡。唐玄宗时,城邑扩大,有了 108 坊,祭台村所在的位置就在唐长安城东南的安邑坊。安邑坊,东西 1 千米,南北半公里,四面开门,坊中有十字大街,内有庙观寺院。至唐末战乱,国都东迁洛阳,长安城颓败殆尽,坊区的建筑也悉数尽毁了。到北宋宋哲宗年间,这里又成了一片粮田,当年迁出的先民后代们又陆续回到祭台村繁衍生息,延续至今。

祭台村有梁、王、夏、彪、高、姚、陈、叶等姓,但以梁姓为主。村中人说,梁家老先人在落户祭台村以前,是大唐西市的一个轿子手,轿杠把肩膀上压出了一层铜钱厚的膙子,这块膙子一代一代遗传,火伤似的烙在每个祭台村男人的肩膀上。祭台村人把肩膀上的这一疙瘩膙子亲切地叫作"祭"。祭台村村规森严,不论哪朝哪代为官为绅,只要回村祭祖认祖的梁门后裔都要脱了官服,让族人挨个儿地验"祭",只有通过检验才能够祭祖认祖。等到了清乾隆年间,祭台村已是响名四乡的大堡子了。

1949 年前,祭台村以种粮棉为主,百业兴旺。现在村子还流传着一句话:四大家,八小家,二十四户盈活家,都是有钱有地的富户人家。祭台村还有两大特色:一是村里的手工豆腐,大部分人家都有豆腐坊。西安府的咸宁、长安两县,差不多吃的都是祭台村的豆

岁月有痕

腐,原因是祭台村的水好,磨出的豆腐没有土腥气,家家户户都吊有豆腐包。祭台村的豆腐干也远近闻名,城里人都说,祭台村的香干顶风能香十里地。二是村里的车把式。那时的车把式是技术活,相当于现在开大车跑运输的司机。西安府东、西市的马号里,不论早晚都拴有祭台村的骡马大车。城里面有字号的人家都喜欢叫祭台村的车把式。

二十世纪六十年代初的时候,村里还有 100 万平方米。后来随着西安市政建设的需要和企事业单位的发展,村里把这些地贡献给了国家。1993 年,修建南二环时,拆了 100 多户。2004 年修太乙路立交,又拆了 200 多座院落,将太乙路与西延路连通。到了2009 年,祭台村随着西安市首个城中村整村的拆迁改造的完成,这座有着千年历史的村落再也找不到了。朋友曹光辉一家也早已搬离了祭台村,今天,映入眼帘的是一座座拔地而起的摩天大厦,这些已建成和正在建设中的鳞次栉比的高楼将曾经的祭台村消失在了时间的烟尘中。也许很久,也许很快……祭台村和太乙路一样,成了一个地名一个标志,成为人们心中一抹淡淡的记忆了。

在迅猛发展的时代里,车轮滚滚,行辗中未免有些残酷,将曾经的一些烙印在我们记忆深处的痕迹撕裂在时光的隧道里。但历史总是朝前走的,前进意味着进步,这总是令人欣慰的。如此,太乙路、祭台村的今天也是令人欣慰的。

追寻驼铃远去的声音

（一）

那个凌晨，当乌鲁木齐飞往西安的飞机稳稳地降落在咸阳国际机场时，我突然有了一种恍惚、茫然的不真实感，陆地丝绸之路西行真的就结束了吗？长安明城墙下的万家灯火，兰州金城郡旁的滚滚黄河，嘉峪关外一望无际的大漠风尘，敦煌莫高窟默默千年的洞窟壁画，柳园夜空的一轮明月，2015年乌鲁木齐的第一场雪，库尔勒孔雀河上鸣啸而去的天鹅，喀什高台民居的空鼓悠悠，顿时在我的记忆中绘成了一幅五彩斑斓的油画，再也分不清红橙黄绿青蓝紫了，这七彩缤纷的颜色又化作了一波又一波迎面扑来的一场宏大交响乐的合奏曲，将千年不息的驼队染成了一匹从大汉至今绵绵不曾断过的丝绸。

这条因丝绸而名传千古的丝绸之路啊，有着一个多么柔软温婉的名字。一想到那光滑亮丽、手感细腻、飘逸质感的丝绸，就让我联想到了那高贵典雅、艳丽柔美的女人。是的，丝绸应该属于女人，属于那一个个纤纤淑女。身着丝绸的她们，婀娜曼妙多姿态，笑颜如花玉音婉，个个必是皎皎兮似轻云之蔽月，飘飘兮若回风之流雪。

然而，真实的丝绸之路却不是柔弱纤纤的女子，它是属于男人

岁月有痕

087

的世界，它是刀光剑影，它是风沙雪雨，它是峥嵘岁月。开拓伊始，它就浸染着血雨腥风，2000多年前，西汉汉武帝派遣张骞从长安带队出使西域，联合大月氏人，共同抗击匈奴，首次开拓丝绸之路。西汉末年，丝绸之路一度断绝，东汉时的班超又重新打通隔绝58年的西域，从此，这条长约7000千米的漫漫长路成为古代亚欧互通有无的商贸大道。

这条路上，曾经走来出使西域的张骞，投笔从戎的班超，永平求法的佛教东渡，西天取经的玄奘…；…在孤独寂寞的戈壁沙漠中，传来的是一队队由远而近的驼铃声，直到有一天，这种清冷的铃声，换成了列车飞驰而去的声音。

那天早晨，当晚秋的晨光将我从梦中唤醒的时候，我已从古都西安来到了兰州，兰州是唯一的黄河穿越市区中心的省会城市。自西汉初始，便为陇西郡辖地。公元前121年，霍去病率军西征匈奴，在兰州西设令居塞驻军，为西汉开辟河西四郡打通了道路。公元前86年，西汉在兰州始置金城县，汉昭帝始元六年（前81年），又置金城郡。站在金城郡旧地，望着滚滚而去的黄河，看黄河第一桥，感受中华民族母亲河之温馨，令人感慨万分。我的母亲河啊，千百年来就这样无声无息地滋润着中华民族代代生息。

（二）

万里长城万里长，嘉峪雄关第一关。作为丝绸之路的重要交通要塞——嘉峪关，始建于明洪武五年（1372年）。先后经过168年的修建，成为万里长城沿线最为壮观的关城，距今已有643年的历史。嘉峪关的历史比山海关还要早9年，不但是长城上的最大关隘，还是目前中国规模最大的关隘。清代林则徐因禁烟获罪，被贬新疆,路过嘉峪关时,作诗赞道:"严关百尺界天西,万里征人驻马蹄。飞阁遥连秦树直,缭垣斜压陇云低。天山巉削摩肩立,瀚海苍茫入望迷。谁道崤函千古险?回看只见一丸泥。"极言嘉峪关的威严和雄伟壮丽。

站在嘉峪关上,万里长城似巨龙游弋于戈壁滩与瀚海之间。遥望远方,茫茫戈壁中尘沙飞扬,远处传来骆驼队那浑厚悠扬的铃声,我似乎看到了一队队的商旅,从遥远的地平线走来,缓慢地、衣衫褴褛地、步履蹒跚地一步一步地走来,他们带来了西红柿、胡萝卜,还有黄金、珍宝……是的,他们是商人,但是,他们又是英雄,是一个又一个无名的英雄。他们执着坚强,他们无所畏惧,他们将风雪踩在脚下,他们将寂寞扬在风中,一步一步地把7000千米的沙漠戈壁山峦大河丢在了身后,走向长安,走向洛阳,走向中原。他们中有些人永远地留在了沙漠里,最终化作了大漠戈壁的尘烟。但,就是他们,将陌生的世界沟通,让不同的种族打破了彼此的堡垒,让各族人民在彼此的交流中融合。世界从此变得更加丰富、更加绚烂。

(三)

莫高窟,俗称千佛洞,位于敦煌市东南25千米的宕泉河畔。始建于公元366年,十六国的前秦时期。历经十六国、北朝、隋、唐、五代、西夏、元等朝代的兴建,形成巨大的规模,有洞窟735个、壁画4.5万平方米、泥质彩塑2415尊,是世界上现存规模最大、内容最丰富的佛教艺术宝地。这里既有中原汉族文化,也有鲜卑等各民族文化;既有中亚粟特、南亚印度、西亚波斯文化,也有欧洲希腊罗马文化。莫高窟是中国古代多民族文化及欧亚文化一千年间汇集和交融的结晶。

相传前秦建元二年，僧人乐尊路经此山，忽见金光闪耀，如现万佛，于是便在岩壁上开凿了第一个洞窟。此后法良禅师等又继续在此建洞修禅，称为"漠高窟"，意为"沙漠的高处"，后世因为"漠"与"莫"相通，始称"莫高窟"。

大唐时期，随着丝绸之路的繁荣，莫高窟兴盛至极，在武则天时期有洞窟千余个。到北宋、西夏和元代，莫高窟渐趋衰落，仅以重修前朝窟室为主，新建极少。至元代以后敦煌停止开窟，莫高窟逐渐冷落荒废。明嘉靖七年（1528年），封闭嘉峪关，闭关锁国，致使敦煌成为边塞游牧之地。莫高窟一度淡出视野。

清光绪二十六年（1900年），在莫高窟发现了震惊世界的藏经洞。不幸的是晚清政府腐败无能，藏经洞文物被发现后不久，英、法、日、俄等国探险家接踵而至，以欺骗等不公正的手段，从王道士手中骗取大量藏经洞文物，致使藏经洞文物惨遭劫掠，仅有极少部分保存于国内，造成中国文化史上的空前浩劫。

那天下午，残阳如血，我站在莫高窟九层楼内的弥勒大佛的面前，仰望大佛，感慨万千，一个国家、一个民族如果不强大不昌盛，纵有千万国之瑰宝，也必将惨遭涂炭啊。

辞别莫高窟，我们驱车前往柳园，至柳园火车站时，已是深夜十点了，即使是深夜，依旧是天高云淡，在高高的苍穹之上悬挂着一轮圆圆的明月。月亮格外圆，圆月将大地照射得分外明亮。在朦胧夜色中，我仍然感受到了"大漠孤烟直，长河落日圆"的震撼。遗憾的是，因行程紧，未等我深切地感受柳园的美景，奔驰的列车已将我带到了乌鲁木齐，迎接我们的将是乌鲁木齐2015年的第一场雪。

（四）

在车上，就听同行的老师告诉我，乌鲁木齐为古准噶尔蒙古语，意为"优美的牧场"。此时，白雪覆盖下的"优美的牧场"，洁白得如同一只只从牧场归来的白色山羊。这一只只白色的"山羊"是一座发祥于新石器时代的历史文化名城，也是一座始于西汉时期亚欧商贸文化交流的门户城市。当然，也是今天中国大陆现代化高速发展的新兴城市，它高度集中的经济地位、政治地位、资源地位、交通枢纽地位，使这座城市成了西部核心城市。

那天，我走进乌鲁木齐博物馆，去拜访这座城市的昨天、今天以及明天，就在博物馆里，我惊喜地见到了"楼兰美女"。

"楼兰美女"静静地躺在我的面前，虽然，生命之花早已凋谢，但是，在我的眼里，她依然肤如凝脂，吹弹可破，如丝绸之光滑，芦苇之柔韧。我想那一定是因为在她生命最为璀璨的时候，天天身着丝绸的缘故。恍然间，楼兰美女翩然而起，她轻携我的衣衫，和我一起来到了楼兰——那个最美丽的城市。阳光下的楼兰，处处散发着葡萄的香味儿，还有小羔羊咩咩的叫声。在音色优美的冬不拉的弹奏中，楼兰美女翩翩起舞。啊，她的眼睛真美，深蓝色的，如同罗布卓尔湖泊的幽蓝！

新疆巴音郭楞蒙古自治州的首府库尔勒，对我来说有着特殊的意义。因为，2013 年我穿越罗布泊无人区时，就是先到的库尔勒，从这里到若羌伊始向罗布泊行进的。在历史上，库尔勒就是古丝绸之路中道的咽喉之地和西域文化的发源地之一，是南北疆重要的交通枢纽和物资集散地。"库尔勒"维吾尔语意为"眺望"，因盛产驰名中外的库尔勒香梨，又称"梨城"。

秦汉时期，天山南路有 36 国，库尔勒市位居渠犁国境，古渠犁国在且末西北，精绝之北，尉犁西南，山国以西，乌垒东南，其范围相当于今库尔勒市境及尉犁县西北、轮台县东南一部分。

库尔勒是一座美丽的城市——孔雀河穿市区而过，全长 785公里，河两岸风景秀丽，一幅江南水乡之韵味。美丽的天鹅在蓝天中快乐地飞翔，香甜的库尔勒香梨将这座城市熏染得甜香。我惊叹于这大漠深处还有如此秀美的城市。一方水土养一方人，独特的地域风光使得这里的朋友们一个个亦如江南才子般地才华横溢，诗歌与歌舞在馕与烤肉的芬芳中激情四射。歌吟者与听歌者都沉醉地闭上了双眼，在一曲《燕子》的歌声中——我与新疆的朋友们，从此，"我是你的，你是我的"！

（五）

此次，我们丝绸之路文学采风的最后一座城市是喀什市。喀什全称"喀什噶尔"，意为"玉石集中之地"，是我国最西部的一座边陲城市，有文字记载的历史就有 2100 多年。它还是南疆的政治、经济、文化、交通中心，农牧产品最大集散地，也是古丝绸之路上的商埠重镇，东西方交通的咽喉枢纽和东西方经济文化和文明的重要交汇点。

喀什，我第一次来。奇怪的是，这座对我来说应该陌生的城市，我却没有一点点的距离感。那天清晨，在中国最大、最著名的伊斯兰教清真寺——艾提尕尔清真寺前，我遇到了一位白胡子老人，他告诉我："这里曾经是你的家，因为你的身体里流淌着匈奴人的血。"他的一席话让我惊诧不已，因为，我不止一次地在梦中梦见了我跟着一群匈奴人在沙场上纵马奔驰。他说你姓于，于姓者就是匈奴大汗单于后来的单、于两支中的一支。他说得很认真,我也很认真地听着。其实,我究竟是匈奴人还是汉人,在今天已经无所谓了。几千年来,曾经的敌人早已在丝绸之路中的不断交流与融合中成为一个大家庭里的亲人了。在这个世界上,有什么能比过家人间的亲情?56个民族的中国,家和万事兴!

　　数千年来,在那种极其艰难恶劣的生存条件下,什么都不能隔断丝绸之路上我们先祖们的交流和友情。那么,今天的丝绸之路必将是康庄大道,一路畅行。

　　也就在这个夜晚,我再次梦见了楼兰美女,我和她漫步行走在大唐那繁华都市间的一条青砖小巷里……

岁月有痕

西镇吴山览胜

我的第一故乡在山东，我在那里出生，那里是我的根。而宝鸡则是我的第二故乡，童年、少年、青年时代都是在宝鸡度过的，宝鸡在我的心中留下了最美好的回忆。所以，每到一定的时候，我都要到宝鸡来，都要到渭河边上、蟠龙塬顶去看一看，走一走，让浮躁的心平静下来。

7月的一天，我再次来到了宝鸡。而我每次来宝鸡，只要时间允许，我都要去拜访我的好友徐先生。徐先生和我有二十几年的交情了。二十多岁时，我只要到宝鸡，不管是深夜几点，我们都会联系，再一起跑到夜市，把酒欢歌，一醉方休。只是这些年，人到中年后，再加上老徐也已成了一单位领导，我也就注意了很多。但是，只要我人一到宝鸡，第一个电话总是要打给他的。

此次来宝鸡因为时间充足，又逢周日休息时间。老徐便征求我的意见，问我这次想去哪里转转。因为，前几天我刚去了陇县的龙门洞，回来路上听朋友说，在宝鸡北约43千米处，有一名山叫吴山，有五镇之西镇之说。后来，在网上查询后得知，我国名山自古以来就有岳与镇之分，岳是国之名山，镇乃一方主山。相传镇有安定一方作用故为镇。由于岳与镇都是历代帝王封禅祭祀圣地，因此在历史上地位很高，也是国家礼制最高的名山。吴山便为其中之一，隋唐时，皇帝每年都要到此封禅祭祀，在历史上留下了浓重的一笔。

自古吴山就有泰山之雄、华山之险、峨眉之秀、青城之幽、黄山之奇之称。有峻峰十七座，不过，却以镇西峰、会仙峰、大贤峰、灵应峰、望辇峰五峰最为壮观，看了吴山简介，心中就有了对吴山的神往。

第二天清晨，老徐早早地驱车来到酒店门口，一起吃过早餐，便出宝鸡市向北陈仓区而去。

走了四十多分钟的样子，离老远就看见了一排如同笔架之山峰，在蓝天白云之下，巍峨挺拔。

很快，我们来到山门，见山门口斜立几位歪戴礼帽、持枪而立的"山匪"。正诧异间，司机小马笑道，吴山景区借助民国期间吴山兴土匪之缘，便在吴山举办了以土匪打劫为主题的景区文化。如果游客提前预约好了，就会在游山玩水的过程中，突然间被一群从山林间冲出的土匪打劫，直接绑上押到山寨。不过，那里早已准备一桌农家土菜，谓之压惊，并给游客接风洗尘。

听了小马的介绍，顿感新意。心想下次有远方客人来陕西，我必带他到吴山，悄悄地提前约好，到时——直接就绑了。可就是怕哪位朋友心脏不好，面对持刀携枪之人，以为回到了民国，当即给吓背过气去，那我就不好交代了。正寻思间，车已进了山门，又行十几公里，就来到山下，拾级而上，山风徐徐而来，心中浮躁之情顿时云消雾散。穿竹林、过溪涧、绕石壁，便来到一金身观音像前，观音神态端庄，肃穆庄严。

观世音塑于一石壁前，石壁之上长年不间断地滴落的晶莹水珠，在阳光下如同美丽的珍珠，散发着七彩光泽，又如佛光普照，在此让我们每一个人的心不自觉间就变得宁静了。

稍息片刻，小马已喊腿累，说什么也不走了，我便和老徐继续沿台阶前行，山路已是越走越陡。再往上时，游客亦是越发稀少。其原因，除了山路陡峭、森林茂密之外，重要的是路两边已是悬崖峭壁，万丈深渊，令游人有了一种登华山之险的感觉了。我来到小路的旁边，小心翼翼地朝脚下望去，顿时有了一种眩晕的感觉，峭壁有如天界某一天神不慎将钢杵从天而落，直插地下。

这时，见一女子独立于小路一旁，以为是"劫道"的。老徐问之，才知她和先生一同游此，没想到走了一半，先生跟小马一样，说什么都不上了。她心有不甘，但是，人才走了一小段路，见周围已无他人，便心生胆怯，正犹豫不决时，见我们上来了，便跟着我们一同继续攀登。

三人结伴而行，虽然路更加艰难，特别是在苍龙岭，山路只是在悬崖峭壁间凿出的几个石窝，甚至路已是90度陡壁，令我们手脚并用才能爬过去，好在三人互相勉励，相互支持，终于来到了一览众山小的镇西峰。

立于峰顶，举目眺望，巍峨群山，郁郁葱葱，皆于脚下，一股胜利者的快感涌于心间。真可谓，笑傲江湖皆因独立于江湖之外，胸襟宽阔只因登高而眼光长远。

休息片刻，我们便下山了，在体验了一番上山容易下山难的经历后，回到山脚，恰巧遇见了吴山景区的开发者冯宏波先生。

相见一聊，甚为投缘。冯先生邀请我们一同来到了他的山庄，庄内古朴典雅，院内水塘清波荡漾，锦鲤游弋，让我们感觉到了什么是世外桃源。

品茶期间，冯先生就给我们讲述了他开发吴山景区的初衷和本意，就是要让宝鸡的本土风情、大好河山从历史的沉淀中走出来，让人们在领略美丽的大自然的同时，让自己的身心变得健康美好。特别是当他告诉我们他的人生观感时，我对他有了一种更深的印象了。他告诉我们，在他的心里，他就是一个永远的行者，家对他的概念就是人到哪里，哪里就是他的家。当他坐在公交车里时，公交车就是他的专车，当他住在旅馆时，旅馆就是他的卧室。物质是为人服务的，人绝对不能被物质所束缚。

临走时，他送给我们一本他主编的书《西镇吴山》，并与我们约好，下次再来吴山，一定要在他的山庄多住几日，我们要开怀畅饮，一醉方休。

岁月有痕

丹阳观·财神庙

在西安周至县西南 30 千米的竹峪乡,有一道观,名曰"丹阳观"。现在很多人都不知道了,但在 2000 多年前,这里就是一道家圣地。商周时期,这里就有神祠古洞——洞清庵。隋大业五年(609 年)由许浑初次盖庙三进十五间,取名"丹阳观"。五代时,因战乱频繁,道观衰落,复名为"洞清庵"。金大定二十二年(1182 年),全真教马丹阳扩建庙宇复名"丹阳观"。其历史悠久,道文化源远流长,使之有了"先有丹阳观,后有周至县"的说法。

自丹阳观建观以来,一直是道家圣地和避暑胜地。至清朝康熙年间时,丹阳观规模达到了顶点,占地方圆五百亩,道士千余人,康熙玄烨亲自题写"丹阳观"三字,至今悬于丹阳观玉皇阁。

今天,围绕丹阳观依然流传着许许多多的典故,在丹阳观旁边的山坡上有两个洞穴,传说是当年全真祖师王重阳和马丹阳师徒二人修炼的地方。

在丹阳观对面的翠峰山麓,有一洞府,名为"栖云庵"。栖云庵远在商朝时就建有神洞,据传周文王建八卦台时就在此朝圣,西汉时为文帝的避暑行宫,元代全真教的坤道院就设在此庵,康熙皇帝的母亲来此拾麦散心时就居此庵中。旁边则是遇仙宫,唐代改为紫云楼,楼前建塔高七层,塔前又有一座三门二层的栖云楼,"栖门夜月",即为这里的景观之一。栖云楼前一丈处有一跨河石拱桥,名遇仙桥,将其与丹阳观相通。

1949 年后丹阳观遭严重破坏,从此丹阳观隐匿于深山密林之中,与它周围的仓颉造字台、会仙台、财神赵公明仙踪圣迹三霄洞、八卦台、老君殿、八仙洞等遗址一起沉淀于历史的长河。

随着社会的发展、政治的开明、道家文化的彰显,掩隐于历史风尘中的道教圣地丹阳观再次映入人们的眼帘,如何重现丹阳观昔日之辉煌,发扬道教文化,这一课题摆在了一些有识之士的面前。就在这时,陕西周至财神庙住持杜宗真,出资百万元,重修丹阳观。

杜宗真是一位颇具传奇色彩的人物,在大学时他学的是汉语言文学专业,文学素养颇深。大学毕业后,一直从事于工程建筑工作,就在他的事业蒸蒸日上的时候,受中华传统文化之影响,他转向道家学说的学习研究,精读了《道德经》《易经》,在取得了一定造诣的基础上,于 2005 年被立为龙门派第 23 代传人。

2009 年经西安市道协推荐,周至县宗教事务局任命他为周至县集贤镇华夏财神赵公明故里祖庙住持。赵公明故里祖庙位于西安市周至县集贤镇赵大村,赵公明被誉为中华第一正财神。在中国传统文化中,赵公明既是正财神又是偏财神。他生于商末周初,周至县集贤镇人,距今已有 3240 年的历史。《三教搜神大全》卷三云:"赵元帅,姓赵讳公明,钟(终)南山人也。自秦时避世山中,精修至道。后成为张陵修炼仙丹的守护神,玉皇授以正一玄坛元帅之称,并成为掌赏罚诉讼、保病禳灾之神,买卖求财,使之宜利。故被民间视为财神。又称'黑虎玄坛'。"

偏财神通常指被称为"五路神"的财神。在《封神演义》中,五路财神指的是赵公明元帅、招宝天尊萧升、纳珍天尊曹宝、招财使者陈九公和利市仙官姚少司,此外还指东、西、南、北、中五路的财神。

在恢复重建丹阳观的过程中,可谓神奇之事频繁发生。那天在丹阳观，负责丹阳观修复建筑工程的项目经理告诉我，一天晚上，他正在睡梦之中，恍惚间突然有两人推门进来，神色甚为严峻地对他说道："你们建的大殿第五根柱倾斜5毫米，你赶快改过来。"

他大吃一惊，醒来知是一场梦。那一夜，他再也睡不着了，觉得这个梦有些奇怪，一时间让他坐立不安。第二天一大早，他便连忙驱车赶到了工地。这时的大殿已近竣工，他找来施工人员询问柱子是否有倾斜的情况。施工人员坚决否定，声称没有。但终禁不住他的坚持，围墙拆开一看，果然第五根柱子倾斜了5毫米。那一刻，在他们惊奇的同时，他相信了那句老话，"三尺之上有神灵""人做事天在看"，从此，他不论做什么事情更加谨慎小心了。

同样地，冥冥之中的这个世界，虽然，以目前的认知程度，我们还没有找到它们存在的空间和位置，但是，正是因为它们的存在，却让我们心生了一种对这个世界的敬畏，这种敬畏让我们那颗贪婪的心和无休止的贪欲、索取变得有所收敛，让我们躁动的灵魂不能无限地膨胀和延展。知道尊重自然，尊重所有的生命，知道在索取的过程一定要有戒律和度数。正如我们常说："君子爱财，取之有道！"

唯有这样，当我们向往财富、追求富裕的时候，我们的心才是平静的、欣喜的。

平利，美得令人心醉！

七月的一天，我跟随陕西省作协采风团一行九人，来到了陕南名县平利采风。顾名思义，平利，寓意平安顺利之意。西晋太康元年(280年)立县，唐武德元年(618年)定名平利川，至今已有1800年的历史了。

那天，我们从西安出发，沿西康高速，疾驰两个多小时后便到了安康东，下了高速，小憩片刻，又约走了一个小时便进入平利地界。

一进入平利，立即有了一种耳目一新的感觉。首先映入眼帘的是无论山脚下的村舍，还是公路两旁的房屋，清一色的粉墙黛瓦格子窗，飞檐翘角马头墙的徽派建筑。这让我不禁产生了一个疑问，平利地处陕、鄂、川三省交界，怎么会有粉墙黛瓦马头墙的徽派建筑风格？同行的县委宣传部副部长姚先生告诉我们，平利，自古至今，自然条件得天独厚，土壤肥沃，地缓向阳，日照充沛，浇灌条件甚好，非常适宜茶叶的生长，茶文化历史悠久。这里的女娲茶早在唐朝时就已闻名遐迩，清乾隆时就已作为贡茶而名震海内外了。自然地，曾"钻天洞地遍地徽"的徽商闻讯而至，在平利经营起茶叶和盐业生意。于是，在平利县就保留下了徽商的一些民居了。这几年平利县政府提出了生态立县，建设陕西最美丽乡村的目标，借着陕南的地域文化特点和徽派民居的文化底蕴建成了陕南徽派建

岁月有痕

筑群。听了姚部长的介绍,再看那青山绿水中一排排错落有致的徽派民居,心中便悄然间有了五个字:平利,太美了!

平利的美,从进入平利到离开平利始终贯穿于我们整个的采风行程。她就像一位深藏在闺中的少女,又如一幅美轮美奂的油画,又似一张大气磅礴的水墨丹青。走进去了,你就再也忘不掉她了。

清代翰林李联芳这样描写平利:"平利有五峰,森然出云表。城市万人家,阴阳割昏晓。仰面慕苍穹,下界瞰飞鸟。登临方四顾,群山一拳小。"这首诗形象地道出了平利因山而秀,因水而灵的特点。

一步一景,一景一画。山连着山,水连着水。平利的山,巍峨雄奇;水,源远流长。山有化龙山、女娲山、西岱顶、佛殿山;水有坝河、黄洋河、让河……于是,平利的山因水而活,水因山则秀,山水铸就了平利秀丽的自然风光。

天书峡位于平利千家坪国家级森林保护区,西连香溪洞、南宫山,东接小三峡,北通武当山。

走进天书峡,一股浓浓的书卷之气扑面而来。在幽静的峡谷中,一层层页岩石书,要么平放,要么直立,要么摆成一沓,要么散成一堆。或成册,或成集,层次分明,线条清晰,鬼斧神工般地形成了万卷书画,又犹如书斋里不经意间堆积或精心摆放的书籍。这些无字天书,无声地给我们讲述着宇宙间的沧桑巨变,又在冥冥之中让我们在大自然的风云变幻中受到启迪和教化,令每一位来此的行者在"书"中感受着"子在川上曰,逝者如斯夫"的时光飞逝,生命苦短,须倍感珍惜的意义。当然,在这里"读书"绝不是苦阅而是乐读,在一本本的赏析中,耳边传来的是小溪潺潺、飞流瀑布弹奏的韵律,有轻音乐,有交响乐,在一曲又一曲优美的旋律中,让我们在游山玩水的快感中乐不思归了。

当夜幕来临的时候,我们点起了篝火,在熊熊燃烧的篝火旁,平利妹子给我们唱起了女娲山歌,优美动听的平利小调在寂静的夜空时而低沉婉转,时而高亢嘹亮,在这曲调流畅、旋律明快的歌声中,清纯美丽的平利少女们翩翩起舞,随着音乐的缥缈在这空旷沉寂的山冈上化作了最美丽的天使。

第二天,清晨的阳光如金色的皇冠辉映在我们的房前,透过窗户轻轻地唤醒了沉睡中的我们。山风伴着清脆的鸟鸣还有远方溪流调皮的笑声,告诉我们平利除了高山峡谷、河流纵横,还有高山草原。

那天,走在山花烂漫、坦荡如砥的人间仙境,万顷高山大草原上,真的让人有了一种如仙如梦的感觉。漫步在松软的草甸上,就像行进在厚软的地毯中,软软的、柔柔的。

姚部长指着地上的小草说:"你看,这些小草看似很小很弱,可是,它们都已经有了200多年的生长史了,也就是说200年了才长了这么一点点。"听了他的介绍,我立即心生敬畏,再不敢大踏步向前走了,蹑手蹑脚的,生怕踩到了小草。这些生命力极强的小草,这些看似弱不禁风的小草其实都是太老爷爷、太老奶奶级的了……无论是什么,动物还是植物,它们都是有生命的。对于所有的生命,我们都应该怀有敬畏感,因为,是它们让我们这个地球变得丰富。

不论是走在气势磅礴的天书峡谷,还是徜徉在鸟语花香的高山草甸,我们都会由衷地生出一种见山不是山、见水不是水的淡淡禅意,感受着上善若水的道法自然。走进平利,我最大的感觉是时间似乎已经停止了,缓缓地,那是一种生活沉淀下来的淡然与安详。闹市里的喧嚣,在这里已经全然消散,曾经的那种旧时光的沉静味道在心底悄然散开。就是在菜市场,一切都是慢慢地挑选,慢慢地称秤,慢慢地讨价还价……

当然,平利不仅仅有奇石秀水、撼人心腑的天书峡、高山草甸这样的自然风光,她还有女娲山,还有悠久厚重的人文文化。

平利是神话的故乡,八仙镇来自传说中的八仙,他们曾云游四方,却因眷恋这里的美景而在此驻足。据说,在每一个清风朗月的夜晚,韩仙洞里仍会传出韩湘子吹奏的箫声,悠远悠长。

大凡中国人都知道女娲娘娘的故事,女娲是中国上古神话中的创世女神,是华夏民族人文先祖,福佑社稷之正神。相传女娲用黄泥仿照自己抟土造人。后来,天塌地陷时,又是她熔彩石以补苍天,斩鳌足以立四极,开世造物,因此女娲娘娘被称为大地之母,是被民间广泛而长久崇拜的创世神和始母神。可是又有几人知道平利县的女娲山,就是女娲娘娘炼石补天,团土造人后的居所呢?虽然,这仅是个传说是个神话,但是,平利因为有了这个传说显得更加神秘与神奇了。

来平利,关垭一定要去的。这里有一段比秦始皇的万里长城还要早很多年的古长城。"朝秦暮楚"这个成语就出自这里,讲的是春秋战国时,在这个秦楚交界的地方。每到两国相争最为激烈的时期,早晨,秦军占领了这里。可是,到了晚上,楚军打败了秦军,他们又占领了这里。于是,上午,秦军在这里埋锅做饭;晚上,空气中又弥漫着楚军的炊烟。居住在这一带的老百姓见秦军来了,赶忙在门上插上秦国旗帜,穿上秦国的衣服。等楚军来了,就又连忙换上楚国的衣服,在大门上插上楚国的旗帜,扮成楚人的模样依附于楚军。在那个战乱的年代里,普通老百姓只能用这种智慧来求得生存,也是实属无奈了。成语"朝秦暮楚"中讲述的这个

美景都在路上

地方就是平利的关垭一带。

关垭,在平利县和湖北省竹溪县交界之处,山峦起伏,地势险峻,南北两山对峙,一道中通,这里曾是秦楚古长城的著名关隘。秦楚古长城修建于公元前 656 年,距今已经有近 2700 年的历史了。城墙依山而建,用石灰粉、黄泥和阳桃液粘筑而成,绵延盘亘,烽火相映,虽历经千年风雨,仍然坚硬如石。

站在昔日秦楚两界,今天的陕鄂两省交会界碑前,望着雄关亘古城垣犹存的关垭,我似乎听到了千年前金戈铁马,万马嘶鸣,看到了两军冲锋陷阵、血流成河的情景。难民流离失所,无家可归,日月为之悲悯,海天为之痛惜。

斗转星移,历史的尘烟早已消失在碧水蓝天中。今天的关垭,曾经的秦楚两地已化干戈为睦邻了,一条宽广的大道将两省血脉相连,平利真正实现了国泰民安,正如她的名字——平安顺利!

美哉,平利! 大美,平利!

玉华宫·玄奘法师

前几天我和几个朋友去铜川,闲暇之余就去了一趟玉华宫。

玉华宫,距铜川市37千米,属桥山山系,森林覆盖率达90.4%,这里集自然景观和人文景观于一身,目前是西部唯一的皇家避暑行宫。

玉华宫建于唐初年间,开始时唐高祖李渊为军事所需,建仁智宫为行宫,主要用于商议军国大事。后天下太平,仁智宫的军政作用逐渐减弱,太宗李世民时改建为玉华宫作为避暑之地,这里的平均温度比西安低10—12℃,有"夏有寒泉之地无大暑"之美称。

玉华宫之所以闻名于世,除了唐高祖、唐太宗之外,还有一个重要的人曾在这里生活过,这个人就是玄奘法师。

当年,玉华宫避暑行宫建成后,每年夏季炎热之时,太宗都要来这里避暑养身。玄奘法师从天竺取经归来后,成了李世民的座上客,他来玉华宫时,也邀请玄奘法师一道前来谈经论道。

太宗谢世后,玄奘法师携弟子数人,从长安来到玉华宫长期居住,在此译成了《大般若经》。玄奘法师在此居住译经讲道四年后,在一次跨水渠到石洞佛祖前朝圣时,不慎伤了胫骨,从此,身体状况每况愈下,不久,便往生去了。

那天,在老朋友王振忠的陪同下,我们驱车前往玉华宫。路上听振忠介绍,玉华宫的确是一个神奇的地方,在夏季西安、铜川最高温度达39℃、40℃时,这里的气温依然保持在20℃左右的样子,比山外低(14℃—15℃)。更有意思的是,在玉华宫山前有两块巨石,石头两边温度迥异,一脚迈过,前后温度相差好几度,瞬间就是春夏两季。

很快我们就到了玉华宫,从山门进去,还要走很长一段距离。听导游说,这玉华宫景区里还有三个自然村,我想住在这风水宝地里的村民,一定非常幸福。后来,在农家乐吃饭时,听老乡讲,他们现在除了日常农活外,主要是开展一些饮食业,以农家乐为载体,招待游客。可谓靠山吃山,靠水吃水,靠玉华宫,吃旅游业,日子幸福安逸。

行进中,司机小范放慢了速度,将车缓缓地停靠在了路边。下车,见路旁有一上山小径,中间建一石牌坊,上写三个字"肃成院",导游说这里就是玄奘法师当年和弟子结庐译经修学之处,也是玄奘法师圆寂之地。

沿石梯而上,转两弯,看一平台,遗址之处只有几根石柱。面对圣址,心里即生敬畏。来到跟前,果然是一风水宝地,三面环山,苍松环绕,静谧异常,登高山而望远,视野广阔。三面石壁之上凿有山洞。据说,玄奘法师曾在此开凿石窟,塑佛供养。后来,文物工作者在此挖掘出佛足印和金刚座。当年,伤法师胫骨的小渠依然在,宽不过尺余,我蹲在旁边看了很久,想玄奘法师西行取经,多少沟壑江海、高山峡谷都没有阻挡住大师的步伐,最终,却因一小渠而燃尽生命之烛,这也是一种宿命吧。

导游说,最神奇的是,就在这旁边的山谷里,一夜间,竟然飞落来一方巨石,形似讲经台。走到台前,上塑有玄奘法师一尊像,微目间,静望玉华宫春来冬去,人间悲欢离合,竟都是"色不异空,空不异色,色即是空,空即是色,受想行识,亦复如是"了。

107

麟德元年(664 年)正月初一,六十四岁的玄奘法师开始翻译《大德经》,译完四行后,他已感精疲力竭,对众徒说道:"自量气力不复办此,死期已至,势非赊远,今欲往兰芝等谷礼俱脂佛像。"徒弟们陪他朝圣返回后,二月五日半夜时分,于玉华殿圆寂,至此,玉华宫日渐衰落。

历时近六十年,经历了仁智宫、玉华宫、玉华寺三个阶段的玉华宫衰败了。

辞别了玄奘法师译经讲学修道生活遗址,我们坐车直接来到了玉华宫滑草场,无奈季节不对,这里正是冰雪融化、草初长的时期,但这并没有影响我等游乐之情绪。

步行于石径小路回返,行进途中,山高水长,绿色满山,心旷神怡,正留恋于山水之间时,突然,一阵阵冰凉之气徐徐袭来,寻凉而去,只见一石壁前,竟立有庞大的冰山一座,此间正是晚春四月,阳光高照,温暖如夏,这里却是凉风习习的世界。

走过盘旋于峭壁间的木制栈道,来到了石洞冰山之前,遥想当年李世民常游于此,发千古之幽情,似乎又看见了竹笛笙乐间走来的龙颜大展的唐太宗,便和朋友们在此拍照留影,将瞬间形成了永恒。想当年唐太宗如果也有了照相机,今天看了他的风采亦是很有趣啊。那么,再过一千年后,我们今天的身影若能保留下来,当我们的后人也在这么一天在这同一个地方,看着我们今天的身影,将会是一种什么样的感觉呢?

想到这里,我便想到了振忠。那天,在铜川见到振忠时,兴奋异常的同时,心里却有了另一番滋味了。面前的振忠,虽然面貌依旧,但头发已白了许多。和振忠相识已是二十年前的事情了,记得我第一次去黄陵和延安,也是他陪我去的。今天,当年的毛头小伙儿均已人到中年了,二十载瞬息而过,那么,两百年、两千年、两万年呢？人类文明有记载的历史也仅有五千年,面对五千年的历史,我们短暂的生命如樱花之怒放瞬间,如小溪之潺潺流去,如此,所有的功名利禄,真就是过眼烟云了。

佛说,放下即空!

我说,空即轻松!

岁月有痕

安宁康泰

常去安康,当然,除了工作的原因外,更重要的是我非常喜欢这座城市。在我的心里,总有一个这样的观念,那就是有水的城市一定富有灵气。安康,不但有水,还有围绕着这座城市的秦巴山脉。于是,这座城市里不但有灵韵,还有一种厚重的情怀。我常说,望山人心宽,遇水人自灵,安康给予我们的便是那种灵气和宽广了。

那天,我们乘车赶到安康已是暮色笼罩之时,遥望远方,周围的群山如同一幅大写意的水墨画,若隐若现于薄雾缭绕之中。沿江岸边,则是一排排的闪烁着七彩灯光的各家酒店,尽管很远,我似乎也嗅到了那袭人的芬芳。我想,安康人此时此刻一定都被吸引到了那一张张的饭桌旁边,桌子中间当然是滚沸的火锅,汤料里散发着麻辣浓香的味道,这种味道也就浸入了安康人的性格中。

虽然,在行政区域的划分上安康人是地地道道的陕西人,但是,在他们的骨子里,你强烈地感受到了那种蜀地的热烈、直爽和干脆,当然,还融入了陕西人的质朴。和他们打交道,便有了一种火锅旁边豪饮问道酒仙的感觉,火辣中透着坦荡,无须任何的城府。

安康南依大巴山北坡,北靠秦岭主脊,市中心缓缓流过的是汉江,构成了"两山夹一江"的自然地貌,这种地质形成了秦巴汉水独

110

特的自然生态环境,从而积淀了深厚的文化底蕴。

安康古称"金州",现在是陕西省第二大综合交通枢纽城市,也是东方圣母女娲的故乡,素有"天然生物基因库、中国硒谷、中药材之乡、中国民歌之乡、中国茶乡"等美誉。安康的由来,据《兴安府志》载:晋武帝太康元年(280年)为安置巴山一带流民,取"万年丰乐、安宁康泰"之意,将原来的安阳县更名为安康县,从此"安康"得名。

第二天,在我的安康朋友,汉滨区旅游局原局长、五行棋的发明者阮岗侠的热情安排下,我们来到了流水镇,流水镇是一座古镇。历史上曾经是汉江"黄金"水道的重要码头,是中南入巴蜀,西行长安的交通要道,也是早期"汉水文化"的发祥地之一,物华天宝、人杰地灵。听朋友说,现在的流水镇已不是当年的流水镇了。那年,修建瀛湖水库时,千年古镇随着水库的形成而悄然沉入湖底,把昔日流水镇的辉煌与喧嚣一同沉在了历史之中。站在流水镇的山顶,望着湖水还有水中那座千年古镇,我在想,如果有一天,流水镇在地质的变化中再次浮现于水面时,那将是怎么样的一个场景呢?

我们处于一个变化的世界,相对的静止在时间的长河中,潮起潮落,如这缓缓流动的汉水,人生亦如此!

甚至,此时此刻,远山近水还有我,在这静谧的空间里,一切变化亦然!那么,既然我们处于一个变化的时代,有什么不能面对的呢?好与坏、顺与逆、甜与苦,一切都会过去,在等待中就让我们去欣赏这水的旋律和生命的美好吧!

"安宁康泰!"那一时刻,我对远方的朋友说。

美哉，汉中

汉中是一座美丽的城市，它的美不仅仅是因为汉江千百年来润育下的那美如妇之温柔，也不是他背靠秦岭，南依大巴山自然而生就的威武雄壮的阳刚。它的美来自它的内在，来自千百年来汉水文化所孕育的博大与精深。因为，这片土地，人杰地灵；因为，这片土地，瑰宝灿烂，于是，便有了今天美哉的汉中。

有人说，汉中的美，是因为在这片土地上曾经留下了无数英雄的足迹，有"鞠躬尽瘁，死而后已"，有"明修栈道，暗度陈仓"，有张飞的叱咤风云，有赵子龙的稳健潇洒。真可谓，滚滚长江东逝水，浪花淘尽英雄，是非成败转头空，青山依旧在，几度夕阳红。

的确，一个书写英雄的城市，本就有英雄的气魄！但是，一座富有大美的城市，除了它的地域和灿烂悠久的历史外，一定还有更重要的原因，那就是这座城市中的人文精神。毕竟，外观的美丽和悠久的历史，对于中国这广袤土地上的其他城市来说，还有许多，而汉中独有的文化又是什么？

记得那天在西安石油大学，我在和大学生们交流汉唐文化时，我说，书写汉唐文化的书籍早已是汗牛充栋了，但是，浓缩于那成千上万部经典之中的精髓，一定就是那简单但又蕴含深刻的八个字，"以人为本，海纳百川"。什么是以人为本？以人为本就是尊重人、爱护人，为了他人，为了所有的人。但就是这看似简简单单的

112

四个字,却成就了大汉四百年的历史,谱写下了一曲汉武雄风。他的始作俑者,就是一代豪杰刘邦。直至今日,在汉中依然伫立着一座高台——拜将台。就在这座拜将台上,刘邦的一拜将当时一个名不见经传的人推到了历史潮流的浪尖上。就是因为他的以人为本,尊重人才,不拘一格地任用人才,让一个曾经身负"胯下之辱"的无名小辈,把一代名将、在伟大词人李清照的笔下写就的"生当作人杰,死亦为鬼雄。至今思项羽,不肯过江东"的大英雄项羽逼得自刎于乌江河畔,折戟沉沙,一代英雄成就大业的梦想付之东流。同时,也成就了他自己的一代伟业。

就是因为汉中有了这座拜将台,使得这座城市蕴含了一种大气。有了这种大气,这座城市因其心胸的宽广而海纳百川,从而形成了它独有的特色,形成了一种因为豁达而不被世俗物欲所影响的闲逸,没有了那种为了名利而碌碌的繁忙,没有了因太多的欲望而给予自己更多的压力,从而有了一种淡定远看风起云涌的气度。走过这座城市,在街头巷尾,常看到的是那一群群玩牌闲聊,悠闲于享受生活的人们。

曾经有人问我,什么是最幸福的?

我说:没有生活压力的人是最幸福的。否则,即使你腰缠万贯,也只能独享憔悴的人生,又谈何幸福? 正如我在汉中已生活数十年的老同学告诉我,只有在汉中,你才可以感受到那种来自内心深处的安逸,这种安逸如同早春的暖风。

当她说到这里时,我的眼前便显现出了春天里满目金黄色的油菜花的景象了。汉中,真美!

岁月有痕

韩城·风骨

　　我一直以为,到陕西不到韩城,那定是一件十分遗憾的事情了。当然,这不仅是因为韩城是国务院首批命名的全国历史文化名城,亦不仅是这里处处保持完整的元、明、清古建筑。而是它所蕴含的那种风追司马、龙门灵秀的气韵,那种禹凿龙门、顽强的人文精神。这种精神深深地孕育在韩城的骨髓里,烙印于这座古城的每一个角落。

　　从史料上得知,韩城是古韩国和梁国的封地,又称金城。自隋开皇十八年以来韩城设县所在。其南临滔滔淄水,西依奕奕梁山,东北环塬。至今,在古城北还存有一古塔,又称金塔。金塔为老城区的龙首所在,与龙尾毓秀桥遥相呼应。

　　韩城,还有一个名字就是"小北京"。今天,在北京已日渐稀少的四合院,这里却是老城一片,随处可见。那天,听韩城收藏家协会主席常民英给我介绍说,韩城除了明清时代的四合院以外,元代建筑在这里也是保存最为完整,数量最多的。特别是在韩城老城区,数百年来,一直保持着元、明、清时古色古香的原貌,是目前全国范围内保护极好的古城之一。其元代建筑的典型代表就是创建于 1316 年的普照寺,现已成为韩城元代建筑博物馆。

　　常民英老师还特别介绍说,韩城除了这些丰富的文化古迹外,它周边的地理环境更是独具风格,作为中华母亲河的黄河,在韩城形成了最狭窄、最宽阔的两处自然景观。

一处是石门，宽度仅为 53 米，壁立如削，黄河在此成为一束，咆哮奔腾，气势磅礴。离石门 5 千米处的龙门，更是妇孺皆知，传说中的鲤鱼跃龙门的故事就出自这里。龙门，黄河之咽喉也。《名山记》载："河水至此山，直下千仞，水波起伏，如山如沸。两岸皆断山绝壁，相对如门，唯神龙可越，故曰龙门。"唐代诗仙李太白有诗曰："黄河西来决昆仑，咆哮万里触龙门。"石门上游则有孟门，自古就有"南看长江三峡，北观黄河三门"之说。

黄河在韩城的另一处自然景观，就是黄河最宽之处也在这里。黄河从龙门一泻而下，冲出传说大禹治水时开凿的刀削斧劈般的禹门后，骤然间就变成了宽广的河面，缓缓而去。那天，正值隆冬季节，我站在黄河岸边，遥望冬天的黄河，如同一位沉默的老人，缓缓地向远方走去。阳光下，冰花晶莹剔透，钻石般镶嵌在金黄色的绸带上，把我的思绪送到了悠悠的远方！此处的黄河之水不就是我们的人生吗？年轻时，气壮山河，无惧无畏，奋勇向前。当时光流逝，岁月蹉跎，我们成为一个老人时，虽然没有了豪迈与激情四射，但是，心胸则如这开阔的黄河，看破世间风起云涌，淡定平和。

抗战时期，八路军整编后，就是从这里渡过黄河北上抗日的。今天，在黄河边上耸立着"八路军东渡黄河纪念碑"。

也就是这种自然环境，造就了韩城人的性格，这种性格成就了一个又一个流芳千古的义士，形成了"为信赴死，舍生取义"的精神。

西汉时期的司马迁，以宫刑之躯，忍辱负重，书写了千古绝唱《史记》。有韩城人说，"中华民族数千年历史唯有韩城人说了算"。细想也是，唯有韩城人敢这样大声地说出如此豪放的话来。今天，在市南 10 千米的芝川镇东南高岗上，有始建于西晋永嘉四年（310

年)的司马迁墓祠,其东临黄河,西枕梁山,南接魏长城,北带芝水,为千百年来人们所敬仰。真可谓:功业追尼父,千秋太史公。

韩城除了有司马迁,还有把大贪官和坤拉下马的清代宰相王杰,有仗义执言,为民请命的名臣刘荫枢,至今在城南如彩虹般巍巍伫立的毓秀桥,便是由刘荫枢所建。还有赵氏托孤中的义臣程婴,就是这位程婴,用自己儿子的生命换取了他人孩子的性命,为赵氏留下了一条血脉,这是一种怎样的气节啊!这种气节影响了一代又一代的韩城人。现代著名作家、《保卫延安》的作者杜鹏程也诞生在这里。也就是他们养成了韩城自古以来文人多,读书习文之风甚浓的特点和尊重文化的习俗。有古话说得好:"上了死牛坡,秀才比驴多。"

那天,我沿古街漫步而行,走到学巷东头,不经意间来到了一处古建筑群前,抬头看,上面霍然写着两个大字"文庙"。进得庙内,院内古柏参天,气势宏大,布局严谨,由五组主体建筑和四进院落组成。据资料得知,文庙是古韩城祭祀儒学始祖孔子及其弟子之所,也是传授儒学教授生徒的学馆。明洪武四年(1371 年)重修扩建,是十四世纪以来保存最为完整的文庙古建筑群,也是全国第五大孔子庙。在文庙尊经阁的题字室,我应工作人员邀请,欣然提笔写下了"德盛福泽远,理明心地安"十个大字,以示对孔子的敬仰。在这同一条轴线上,还建有供奉"浩气齐天"的武圣关羽的东营庙和祭祀城池守护神的城隍庙。城隍庙更是雕饰精美华丽,琉璃覆瓦,金碧辉煌,是一组完整的元、明、清大型古建筑。三庙建筑以元代为主,涵盖了宋、元、明、清四代风格。

说起韩城的古建筑,不能不去位于城北 9 千米处的党家村。党家村建于明清时期,现在有古民居四合院 123 座,古巷道 14 条,集中了许多民居建筑的宝贵遗产。1987 年秋，来韩城参观的英国皇家建筑学会查理教授说："世界建筑文化在中国,中国民居建筑在韩城。"走进党家村,等你亲身体验了形式不一的四合院,以及古堡、古井、祠堂、私塾、贞节牌后,你就真正地领略了什么是当之无愧的"民居瑰宝"了。

中国还有句老话,那就是"不到长城非好汉",殊不知中国最古老的长城魏长城的起点就在韩城市西南 15 千米的龙亭塬上,建于战国时期魏惠王十九年,距今已有 2360 年的历史,它是战国时期秦魏河西之争的历史见证。那天,我和朋友熊飞先生、常纪民先生驱车前行,车到一路口,停了下来。常先生手指旁边一土堆说,这就是魏长城! 我很吃惊,经过数千年风刀霜剑、血雨腥风后的魏长城,早已不见了当年的雄伟。但是,看着眼前层层夯实的垒土和吹过的风沙,我亦遥想到了它当年的壮美,似乎看到了城墙上猎猎旌旗、刀光剑影,还有那悲壮的富有雄性的厮杀声、呐喊声。

在时间的面前,一切都烟消云散之时,唯有一座城市的文化与精神永存!

岁月有痕

117

阳光下的哈尔滨

（一）

美丽的北国之城哈尔滨，曾经在我年少的心里是一座十分向往的城市。记得还是少年时，每天中午在中央广播电台小说连播节目中，我从王刚的《夜幕下的哈尔滨》里知道了这座城市，知道了在这座城市中有那么一群人，为了国家和民族，他们在"夜幕"中为哈尔滨的解放献出了自己年轻的生命。也就是从那时起，我对东北人不自觉地就有了一种特别的亲切感。

然而，当我第一次前往梦牵魂萦的北国之城哈尔滨的时候，已是三十年后的事情了。我从一个少年进入不惑之年了。那是 2011 年元月一个最为寒冷的日子，那几天，我刚从厦门看海归来，还沉浸在《冬天，到厦门去看海》的情趣之中，带着海般的温柔与遐想，从北京赶到了哈尔滨。早晨四点，我从火车下来，那一瞬间，我才突然明白了什么才是真正的冬天。以前，我曾多次去过新疆，在那都分别感受了春夏秋冬，那时的我就以为中国最冷的地方是在新疆了，而那天早晨，我才知道我曾经的感觉是错误的。风如同刀子般割着我露在外面的皮肤，耳朵薄得快成了一片纸，好像随时都要被风吹掉了一般，泪水止不住地往下流。朋友笑我："不至于吧，搞得那么痛苦。"

朋友接我出站，火车站广场上，有着许多的冰雕，在灯光下闪耀着晶莹剔透的光芒。但是，寒冷的清晨已让我没有了丝毫的赏景的兴致了，如同一个残兵败将匆匆坐上汽车就向温暖的地方奔去。

外面是寒冷的，但是，我没有想到屋内竟是那般温暖，如同哈尔滨人的热情。也就在这个时候，我开始认真地去读哈尔滨，知道了这座城市，还有着许多美丽的名字，"东方莫斯科""东方小巴黎"。走在哈尔滨大街上，街两边的城市建筑风格别具风韵，很多俄式、欧式建筑遍布市区，让你在这片土地上时刻感受着异国之风情。

无奈，那次在哈尔滨仅仅待了四十八个小时，在这如同压缩饼干的时间里，朋友尽最大的努力让我去领略了哈尔滨冰城的风韵，我先后去了中央大街、太阳岛，看了雪雕、冰雕，游览了圣索菲亚教堂，还有臭名昭著的侵华日军第七三一部队遗址。在松花江畔，我感受到了冰雪的世界，并让我在哈尔滨朋友们豪爽的酒桌上，一阵痛饮，把我喝得抱着马桶，十分投入地吐了一夜。

但就是这样，我依然没有读懂哈尔滨。我不知道这座城市的灵魂是什么。

带着遗憾，我离开了冰雪中的哈尔滨！只是那时的我并不知道，其实我与哈尔滨的缘分才刚刚开始。

（二）

2011 年 10 月 10 日，这天，我再次踏上了哈尔滨的土地。从地图上望去，我所居住的城市西安正是一只雄鸡的心脏，而哈尔滨却在遥远的鸡头位置。如果坐火车，那就要先后经过陕西、山西、河

岁月有痕

北、天津、辽宁、吉林、黑龙江七个省份，一路向东、向北，再向东、向北驶去。从黄土高原到黑土地，从古城长安到"东方莫斯科"，数千公里，变得触手可及，让你不得不惊叹人类的伟大与交通的便捷了。

再次站在哈尔滨抗洪纪念塔下，让我一时间有了一种恍惚的感觉，秋冬两季，塔还是那座塔，江水依旧是那江水，但时光已然又度过快一年了。

秋天的哈尔滨格外美，天空很蓝，阳光中那些曾经的绿色已经慢慢地枯黄了，黄与绿在秋风中呈现出了一种生命的延续。那天，我一个人悄悄地走出来，随便乘坐了一辆公交车，沿途欣赏着哈尔滨的秋景。一站一站地乘坐，一辆一辆地换乘，走进小道，拐进小径，耳边听着哈尔滨人特有的东北腔，感受着俄罗斯的风情。

抬头看，松花江已在眼前了，江水滚滚，无声无息。心中突然间豁然开朗，我所苦苦追寻的哈尔滨的灵魂，不就是这缓缓而去的松花江吗？来到江边，将手探进水里，湿润的江水如春风般地拂拭着我的肌肤，如情人的初吻，温柔而又热烈。

有水的城市就有了灵气，有江水的城市，便有了韵律，这韵律就是一座城市的灵魂，大气、爽直、灵秀，不正是哈尔滨的内涵吗？

远看，对面就是太阳岛，曾经流行很久的《美丽的太阳岛》，已在心中唱响："明媚的夏日里天空多么晴朗，美丽的太阳岛多么令人神往……"

其实，太阳岛就是哈尔滨的女儿，美丽多情，它碧水环绕，幽雅恬静，景色迷人。因为有了太阳岛，有了松花江，哈尔滨便少了野性，多了责任，多了厚重，多了梦想。

那天晚上，在哈尔滨工程大学，面对莘莘学子，我说，人必须有梦想,只有在为梦想成真的过程中努力前行的人,生命才能变得饱满!

讲课前,哈尔滨工程大学的团委书记敬伟先生和国家大学生文化素质教育基地的董宇艳主任专程领着我在学校里走了一圈。在他们的介绍中,我得知哈尔滨工程大学历史悠久,前身是创建于1953年的中国人民解放军军事工程学院(世称"哈军工"),汇集了陆、海、核、空、天、导弹等诸多兵种,是当时世界上最大的军校,也是1953年苏联对华援助的156项重点工程中唯一入选高校,1956年政务院确立的首批四所重点大学之一,是我国舰船领域、核工程领域最大的人才培养和科学研究基地。

当年,在朝鲜战场上,面对美国的先进武器,高瞻远瞩的共和国领袖们深感到战争的胜利已不能仅靠军人的勇敢和牺牲来取得了,从战场上缴获来的坦克、大炮,我们的士兵却不会用,军事的科学化现代化已迫在眉睫。

当时的国家领导人毛泽东、刘少奇、周恩来、朱德连夜将陈赓将军召回,请他组建新中国的第一所军事院校,并投入当时全国军费的20%用于学校的建设。不久,共和国历史上第一所高等军事技术院校——"哈军工",在共和国领袖和将帅们的关怀与期望中诞生了。

我常到各大学去讲课、去交流,我一直把和大学生探讨当作是一种非常愉快的事情,因为,我曾经也是他们其中的一员。虽然,已经工作二十余年了,但是,我常常回忆起在郑州大学学习时,到礼堂去听各种专家学者讲座的情景,那种感觉一直是美好且微妙的,它让我们能够在和大师们的近距离的交流中,去理解人生,去探讨未来。

岁月有痕

在哈工大的这次讲座,让我再次领略了东北学生的热情。他们在提问并让你回答他的问题时,你能够感觉到他们的那种澎湃四射的青春激情。他们可以走到你的跟前和你探讨,为了一个问题有着一种有旗必争的勇气。

讲座结束了,但是,我和哈尔滨工程大学的缘分也才是刚刚开始,董主任一句:"我们要聘你为我们学校的客座教授……"

董老师的这句话,一下把我从遥远的古城拉到了松花江畔。董主任,这位和蔼可亲的老师,这个视教育事业为生命的老师,以她的真诚和热情,把一个行者变成了哈尔滨工程大学其中的一员。是啊,对于哈尔滨这座美丽的城市来说,我不应该只是一个过客。因为,在这座城市里,我还有着许多的朋友。他们通过我的书认识了我,而我又是通过我的书走进了他们的心里,成了永远的朋友。

这天,我在我的本子上写下了这样一段话:请珍惜在一起的日子吧,人生才两万来天的岁月,我们有什么理由不去珍惜我们因为相识而走在一起的日子? 我们有什么理由不用微笑去面对生命的每一天? 友情的珍贵让我们在这个世界里,不再孤独。珍贵的友情,可以让我们在陌生的城市有着家的温馨。这就是友爱!

(三)

我一直以为,对一个地方对一处风景甚至一段回忆,最终还是对人的记忆。常有很多朋友饶有兴趣地告诉我,他去哪里了,有什么感触。我接着就会问他,你是和谁去的? 你见到了谁? 如果,他告诉我,是他一个人,或者谁都没有见到,只是自己的一次单独的旅行。那么,我也就会告诉他,你的这次旅行肯定是不圆满的,记忆也肯定是残缺的。

这个世界很奇妙,既然,我们来到了这个世界上,我们就不能缺少亲情、友情和爱情。

记得我在一篇文章中，谈到了人来到这个世界上究竟是为什么而活的问题。最终，我落到了"为情而生，为情而活，为情而去"的结论。后来，也有很多的朋友和我讨论这个问题，常问我，难道情对一个人来说真的就那么重要吗？

我说，非常重要。我们能够活着并一生行走，不就是因为有着亲情的呵护、爱情的滋润、友情的关爱而一点点地成长起来的吗？当然，我所说的情，不仅仅限于爱情，而是所有的亲情、爱情和友情。

亲情是我们每一个人都会有的，因为，从我们出生的那一瞬间起，我们都会得到母亲的爱，即使，一个人从出生时，他就离开了父母，但是，只要有血浓于水的情结，我们总会得到亲情的关爱。

友情，再孤僻的人，朋友总会有几个的，就像我们常说的那句古话，连秦桧还有三个老友呢。

那么，爱情是什么？在每次和大学生交流时，我都会这样回答，爱情是痛并快乐着。

可是，我自己很清楚，这个回答非常笼统，但是，有谁又能够说清楚，爱情终究是什么呢？离别的思念，相见的快乐，分手的痛苦，相依的平淡，割舍的惨痛，相拥的幸福……

但就是爱情的神秘莫测，爱情的激情与平淡，让每个人如同去品味一杯苦辣干烈的伏特加酒，让你在快乐与幸福、焦虑与苦闷、恼怒与激动中品味世间最杂味的情感。

所以，不管是什么情，我们终究为情而来。

哈尔滨离我所居住的地方很遥远，但是，因为哈尔滨有了我的朋友，因为有了我珍重的友情，我便不再感到遥远。

岁月有痕

写到这里,突然想到了曾经一位朋友问我的一个问题,感情真的就那么重要吗?这个世界上,有着那么多的欺骗,我们还能保持那种纯真的心吗?

我说,在很早很早的时候,我们的老祖宗伏羲一画开天,就告诉了我们,这个世界就是一个太极,有阳就有阴,有白就有黑,有真爱就有背叛。所以,我们所要做的就是,不论我们看到了什么,遇到了什么,我们依然保持着一份爱心、真心、善心。做一个我们想做的人,世界便平衡,便永恒了。其实,这个世界如果没有了虚假与欺骗,那么,这个世界真就不存在了,因为,它失去了平衡。再说,如果都是真善美的话,我们所生活的这个世界,不就太单调了吗?

(四)

一切都是机缘,很多朋友不理解。当我常常给一些朋友说到一切随缘时,他们都不理解我会有这样一个观点。在他们的眼里,我是为自己的一个目标会执着到顽固的人。这样的一个人怎么可能去用"一切随缘"来对待人生?其实,生活的态度和行事的方式是两个不同的概念。就如,那天我在西安石油大学,面对莘莘学子时,我告诉他们一定要微笑,要快乐,要用一种乐观的心态去面对你的人生。当场,就有一位同学问我:"萧迹老师,你说让我们时时地去保持一种快乐的态度,可是,我们有时并不快乐,你还要让我们努力地去快乐。这是不是就是一种阿Q精神?"

我告诉他,绝对不是,快乐是一种心态,是一种美好的感受。阿Q精神是什么?是一种无奈的心理逃避和暗示,阿Q在面对别人的欺侮和自己的不幸后,虽然,他在嘴里喊着"儿子打老子",似乎心理上获得了一种安慰,但是,他这种看似已寻找到一种平衡的同时,心却在流血。

一位老先生曾经告诉我，人来到这个世界上，活过，就一定要有体验。要有目标，要有梦想，要有为之努力的这个过程，这样活着才有意义。这也就是人和动物的不同之处。

人要有梦想，但不一定都要成功。毕竟，成功需要的不仅仅是努力，还有更多的机遇。多少人奋斗了一生，最终是折戟沉沙。但是，因为有了那个过程，我们享受了一种追求梦想的快感。更重要的是我们拥有了这种感觉这种快感，即使人生是短暂的，我们也是快乐的、幸福的。

这让我又想起了我在哈尔滨工程大学阳光论坛上，我给大学生们说，在很多人的意识中，人生就是一条抛物线，从低到高一直前进，当达到最高点时，就开始降落，直至人生的最低点，完成一个轮回。所以，很多人都期盼着自己的一生，一直都保持在那个抛物线的最高点。但是，朋友们可能不知道，人生除了抛物线之外，还有新的一种轮回，那就是元、亨、利、贞。元，开元，开始；亨，亨顺，顺利；利，胜利，顶点；贞，正。就是说，人生从一开始，顺利地行进，直至胜利，就在进入抛物线的最高点时，他没有下滑下落，而是上升到新的一个平台，进行新的开始，继续新一轮的元、亨、利、贞。这种结果，一定是每一个人都希望的。这就要求我们一定要贞，要正，只有正确的目标、正确的方法，才会在我们梦想成真的同时，进入新的更高的一个层次。于是，我们就会在享受那个过程中体验从中产生的激情和实现目标的愉悦！

写到了这里，在我记忆的深处，有了那样的一幅画面，在哈尔滨的某个秋晚，我和雪峰、雪冬、雪梅、黄迪、秀文、杨静、小娄等几位朋友在一起聊天的情景。那天，说了很多，但最多的依然是让我们的嘴角始终要保持着向上的形状，保持微笑，让心中永存快乐！

岁月有痕

石泉·鬼谷岭

（一）

石泉是个好地方，这是我去石泉后的第一印象。

去石泉也是一个机缘，我的山东朋友史建政兄来西安看我，其间，他告诉我，他的一个亲戚正在陕南石泉开发鬼谷岭，我如有时间的话，一起去看看。于是，我们便有了这次的石泉之行。

星期六早晨，邀上我的朋友葛总、伊总，还有建政兄一起驱车前往石泉。

车上西汉高速，跑了近两个小时后，在佛坪下高速，大约走了十分钟，我们就赶到了石泉县城。

去石泉前，我在网上查阅了有关石泉的一些资料，知道了这里是陕南的一处风水宝地，知道了石泉县位于陕西省安康市西部，北依秦岭，南接巴山，汉江自西向东穿境而过，地形轮廓呈"两山夹一川"之势。

到了石泉，我们和建政兄的亲戚王总联系上，便直接来到了他们目前作为指挥部的××国际酒店。见到王总，第一印象就非常好，他年轻、睿智、热情。在他那富有文化气韵的办公室里，他给我们讲述了他的规划和开发鬼谷岭的战略思想。

品茗、稍聊片刻，王总便带我们来到了后柳古镇，古镇位于石泉以南 23 千米的莲花湖畔,其地势三面环水,呈半岛状。湖内碧波荡漾,野鸭闲游,视野开阔,景色宜人。

（二）

后柳镇古朴厚重,历史悠久。当年后柳街上商贾会集,买卖兴隆,沿街都是老字号的旅店、饭馆和药铺。现在的后柳镇,窄长、古朴的青石板街,沿街连片的木板门面房,以及千年皂角树、火神庙、古石佛寺等遗址都在向人们讲述着后柳昔日的辉煌。

今天,走在百年老街上,自然间,心里就萌生了岁月沧桑的感觉。老街上有蹲在地上聚精会神读书的老人,也有活泼可爱拍打篮球的孩子,百年的建筑文化与现代文明就这样和谐地融合在了一起。

傍晚,吃过晚饭,我和王总等友人一起来到了石泉老县城。

石泉老县城,建在汉江北岸石质高台,四面群山环抱,依山傍水。城南有汉江缓缓东流,城西有珍珠河与饶峰河交汇,西魏废帝元年(552 年),因城南有泉水数眼,其水清冽,四时不涸,故将原永乐县改为石泉县。

老县城现已恢复成一条步行街,夜色降临,华灯高照,街头巷尾散发着浓郁的烤鱼、烤肉的香味以及美女、帅男闲情逸致的身影。王总介绍说,石泉县除了具备丰富的旅游资源外,蚕桑生产更具雄厚的制种、养蚕、烘茧、缫丝、织绸等生产加工能力,人均产茧量已居西北地区之首。

（三）

第二天早晨,用过早餐,我们前往鬼谷岭。

云雾山鬼谷岭国家森林公园,海拔 2008 米,距县城直线距离

岁月有痕

30千米,是石泉境内最高的山峰。云雾山主峰鬼谷岭是战国时期的纵横家、谋略家苏秦和张仪的老师鬼谷子的故里和修道授徒之地,也是陕西著名的道教名山,素有"陕南小武当"之称。

坐车约半小时后,我们来到了云雾山主峰鬼谷岭山脚,现在正是王总他们对鬼谷岭进行开发建设的初期,虽然路途崎岖,但并没有影响我们游山的乐趣。

听王总说,鬼谷岭的特点是长年云烟缭绕,岭多白云。真可谓:云是山岭的屋,山是云的家。特别是雨过天晴后,在云海的涌动中,使鬼谷岭沉浸在虚幻的仙境里。我们去时正值早春,春光明媚,没有遇到鬼谷岭浩浩云雾、云海翻涌、浮云百里的壮观,颇有一些遗憾。

我们顺小径而上,路陡而风景秀美,一路上,所见山石嶙峋,杜鹃花盛开。

约行两小时,我们便来到了峰顶,立于舍身崖,望远鬼谷岭四周,群峰簇拥,重峦叠嶂,雄奇险峻,气势磅礴。峰高2000余米,峰顶却又平坦如台。这里曾是鬼谷子生活和教学的地方,所以遗址上文物古迹,星罗棋布。王总说,在鬼谷岭现有舍身仙岩、鬼谷崖洞、庙宇遗址、石棺材、黄龙神井、鬼谷田、老茅庵、天池、西峡、古棋盘以及参天古杉林等各种景点共约108处,在不久的将来,他们将在这里建成道教圣地,以其景观雄浑、壮美、神秘、山奇、水奇、树奇、花奇而成为中国西部一座人文景色独特的风景区。

千年古都淄博

那天，在淄博朋友毕老师、楚老师的陪同下，我来到了坐落于张店区的中国陶瓷馆。

走进陶瓷馆，瞬间，我被琳琅满目的精美瓷器震撼了。这里，展示着成千上万件淄博出土、生产的陶瓷文物，荟萃了中外陶瓷的所有精品，可以说尽显了"淄博陶瓷·当代国窑"的风采。一件件、一个个赋予生命气息的瓷器透过时空向我们展现着世间的另一种美，这种美滋润了每一位参观者的心灵，既是一种欣赏也是一种洗礼。

我一直认为一座城池的厚重与否，一定和这座城市的人文有关系。我现在居住在古城西安，也是一座有着十三朝古都历史的城市。但是，在这里文化更多地体现在遗留于地上、地下不同时代的建筑物中，镶嵌于历史的云烟里，而缺了一种延续。淄博的文化是传承和发展的，在这片厚重的土地里，滋养着瓷器之根。

淄博是中国陶瓷文化的发祥地之一，制陶历史可追溯到一万年前。在陶瓷馆里，从第一窑到今天现代化的制陶工艺，在我们眼前"描绘"的是一幅陶瓷发展的历史画卷。但是，陶瓷不是淄博的唯一，它只是齐文化灿烂辉煌的一部分。齐鲁大地，因为有了孔子，便在这片土地上孕育出开放进取、兼容并蓄的文化特点，而这种文化随着历史的延续拓展，成为中华文明的重要渊源之一，养育

岁月有痕

129

着华夏文明。就在这里,有了第一本手工业方面的专著《考工记》、第一本农业方面的专著《齐民要术》、第一本阐述服务业方面的专著《管子》。

今天,足球运动已然成为一项全民运动,四年一届的世界杯让多少人彻夜难寐。但你可知道,世界足球的发源地就在淄博。2004年2月,时任国际足联副秘书长热罗姆·项帕涅在伦敦宣布:"足球最早起源于中国——中国古代的蹴鞠就是足球的起源。"紧接着,同年7月,前国际足联主席布拉特正式向全世界宣布,中国淄博就是世界足球的起源地。而蹴鞠则起源于春秋战国时期的齐都临淄,也就是现在淄博市的临淄区。

淄博的临淄区作为春秋五霸之首的齐国国都长达800年之久,成为齐地的政治中心则达上千年。这里文物古迹繁多,有"地下博物馆"之称,有齐文化博物院、齐国历史博物馆、中国古车博物馆、东周殉马坑、田齐王陵、稷下学宫遗址、孔子闻韶处、桓公台、桐林遗址、管仲纪念馆、姜太公祠……提起姜太公姜子牙,我是在读《封神演义》时最早得知的,他是西周王朝的开国重臣,也是齐国的始祖。现在陕西宝鸡东部有一钓鱼台,少年时,我家就住在宝鸡,每到春秋时节郊游时,钓鱼台便是我们常去的地方。在潺潺溪流中有一大磐石,石面上自然形成一个鱼竿儿样的石纹,还有两个石窝。传说这两个石窝是姜太公当年在那里终日用垂直钩钓鱼时膝盖磨出来的。好在终于"钓"到了周文王,至此,助武王伐纣兴周,也就有了后来的封地齐国。

淄博还是近代中国工矿业开发极早的地区之一,工业发展已有一百多年的历史,也是目前国内重要的工业城市,还是工业经济过万亿的十六个城市之一,全国城市综合经济实力三十强。我想这一切成就和"开放进取、兼容并蓄"的齐文化熏陶是分不开的吧。

今天,越来越多的城市建设像一个大煎饼似的越摊越大,甚至以伤害环境的代价来换取城市的发展。但淄博没有,它以组群式城市的独具特色将环境与发展、人文与地理、历史与现代有机地结合起来,城中有区,区间有县,把一座美丽的城市展现在世人的面前,可谓千年古都青春永驻!

岁月有痕

131

美景都在路上

周五晚上，我和朋友坐上了西去的列车。夜色中，列车在西部的大地上飞驰前行。早上，六点多时，我们到达了兰州火车站，天已渐亮，朋友全安和小伊，还有兰州的朋友已经在车站等候多时了，使我的心一下就有了一种温暖的感觉，真可谓"劝君更尽一杯酒，西出阳关有故人"啊。全安和小伊两人星期四早上就已开车提前赶到了兰州，为我们此次的西部之行提前打点好了一切。

在酒店稍作休息，洗漱完毕，我们就来到了兰州的一家百年老店，就着清香的牛肉吃了碗味美的牛肉拉面。饭后，未敢逗留多久，便和兰州朋友告辞，开始了我们难忘的甘南川北之行。

车上高速路，观赏着路边飞速而去的青山绿草，不知不觉间，车过临夏到夏河，就来到了著名的佛教圣地——拉卜楞寺。拉卜楞寺是藏传佛教格鲁派六大寺院之一，位于甘肃省甘南藏族自治州夏河县县城西郊，凤岭山山脚下。

从有关资料得知，拉卜楞寺背依凤山，面对龙山，地处"金盆养鱼"之地。寺院由第一世嘉木样活佛创建于1710年，现已成为甘、青、川地区最大的藏族宗教和文化中心。占地1234亩，建筑面积82.3万平方米，拥有经堂6座、佛殿84座、藏式楼31座、佛宫30院、经轮房500余间、僧舍10000余间。

寺院汇集了藏、汉、蒙各族人民的智慧，以精湛的建筑艺术和

132

辉煌的宗教文化而著称。拉卜楞寺内藏有各类经卷 6 万余册,分全集、哲学、密宗、医药、声明、缀韵、历史、宗教、传记、工巧、数学、诗词 12 类,成为藏书最多的寺院。

　　站在拉卜楞寺广场上,遥望寺院,巍峨壮观,层层叠叠地坐落在大夏河北岸,坐北向南。西北方,高山似巨象横卧;东南方,松林苍翠,寺前开阔平坦,大夏河自西向东北蜿蜒而去,承载着历史与未来……

　　我们到时正值中午,看见很多的喇嘛正脱下鞋子,按队列顺序进入一座经堂,经堂里整齐排放着坐垫,有数百张。喇嘛在坐垫上盘膝而坐,或聊天,或闭目诵经。这时,又见一队喇嘛赤脚出门,不一会儿,每人抱着一个镏金桶回来。我到跟前仔细地看了一下桶里,好像是酥油糌粑。

　　我们跟着迈腿走进经堂,没有人阻止,只见每位喇嘛吃饭时,不用筷子也不用匙子,而是用手直接抓着吃,四处弥漫着酥油香的味道。这时,经堂里传来了诵经声,这声音轻缓、平和,在这神圣的佛国梵音中,我的灵魂也得到了洗礼……

　　离开了拉卜楞寺,我们继续驱车由甘南藏区向川北前行。一路上是绿油油的草原,纯净的河水,安逸的牦牛,凛冽的高原风。那远方的藏包如晶莹的珍珠镶嵌在柔软的草地上,还有纯洁的藏族少女如瞬间飘落的雨滴般柔美,美得让我不愿闭上眼睛,生怕失掉更美的风景,让灵魂放飞在这最圣洁的天堂!

　　到了若尔盖县城,已是傍晚。县城的宾馆都已客满,在县城转了几个圈后,终于在全安朋友的安排下,我们住在了藏族同胞协丑的家里。

协丑热情好客，女主人端庄贤惠，女儿貌美羞涩，他们用味道鲜美的奶茶洗去了我旅途的疲乏和高原反应。协丑亲自给我们做了一碗糌粑，说让我们尝尝。只见他在碗里盛上了炒熟的青稞面，再拌上清香的奶茶、酥油、奶渣、糖，用手抓成团状，他揪了一块儿请我品尝，我咬了一小口，真的很香甜。

我和协丑成了兄弟，他比我大两岁，有个儿子和女儿，儿子今年二十多了，女儿十五岁，在县城上中学，儿子已成家立业了。虽然协丑也才四十多岁，但已成了爷爷，孙子非常可爱。我在他们房间聊天时，小孙子嘴里含着奶嘴正呼呼大睡。

协丑说他有几百头牦牛还有羊，一年下来纯收入三十多万元。还说，如果我喜欢牦牛就带走几头。我笑了，为我纯朴的兄弟！深夜，屋外飘起了雨雪，雨打窗棂的旋律和远近的犬吠声，把我送进了梦中，梦里，我变成了一匹矫健的骏马，驰骋在广阔无边的草原上！

清晨，灿烂的阳光把我从梦中唤醒，望着晶莹的如钻石般的天空，恍惚间，我竟忘记了我在哪里！

辞别了协丑一家人后，我们直奔位于唐克的九曲黄河第一弯。

黄河，我欣赏过壶口的壮观，我感受过鲤鱼跳龙门的澎湃！我领略过郑州黄河悬空的气势。于是，黄河在我的心里就是黄的，正如我黄色的皮肤！但在这里，黄河颠覆了我旧有的观念，这里的黄河水洁净透亮，远看，水碧、天蓝、云白；近看，水清、草绿、花红。洁净的黄河转了一个弯，平缓地舒展而去，安静得如处子秋午的安眠，我被震撼了。我不禁想问，是什么让我们的母亲河在经历了九曲十八弯后，最后，浑浊得如沧桑的老人。是的，是水土流失，是我们对大自然无休止的砍伐,是我们不断的索取和永无止境的欲望。为了我们的母亲河,为了我们自己,请让我们一起爱护环境吧,就如我爱的你们!

深夜十点半时,我们到了舟曲。两年后的舟曲,真是旧貌换新颜,在建设者的汗水和奉献中,曾经在泥石流中倒下的舟曲不但站了起来,而且更显出了它的青春与活力。

虽然,已是夜晚,但街上人依然很多,灯光闪烁。散步的、吃饭的、聊天的,每一个人的脸上都呈现着安逸的神色。

因为要赶时间,我们在舟曲夜市吃了点点心后,便直奔陇南武都。

深夜行进在崎岖险峻的山路上,艰难亦刺激,风中雨里,还有湍急汹涌的白龙江,陪伴着我们穿过高山峡谷、村落小镇。在人们的梦中,我们悄然间飞驶而去了,没人知道,在这个夜晚,有一个车队从他们的身边如流星般轻轻滑过,从此,这个村镇在我们的心中已成了永恒。

到武都时,已是凌晨。住进宾馆,累得我连洗漱的力气都快没有了。想想也是,这一路走来,爬山、骑马、越岭,就是钢铁战士也要趴下了。

一夜无眠。早上,从武都继续行走,伴随着腾格尔苍凉的歌声,FJ酷路泽把男人的雄性全部融入了铁骑的滚滚车轮中,在飞驰的速度中前进,前进,前进!

岁月有痕

135

秋游蒲松龄之故居

已经记不清是小学几年级了，第一次看香港拍的《画皮》，那可能是我们二十世纪六十年代人看的第一部恐怖片了。记得看完后，过了很久，白天我一个人走路都感到害怕。也就是从那时起，我开始关注了《聊斋志异》，也就知道了《聊斋志异》简称为《聊斋》，俗名《鬼狐传》，是清代小说家蒲松龄创作的一部文言短篇小说集，题材广泛，内容丰富。但那时的我直至成年后，都不知道蒲松龄是山东人，和我竟是老乡。只是2012年11月份，我在山东淄博举办个人书法展"问道山水"。展览结束后，应山东好友孙明国先生的热情安排，我和著名山水画家于健伯、曲阜孔庙研究员朱福平老师一同去了蒲松龄故居。

那天早晨，刚吃过早餐，汽车就已到了宾馆门口。车门打开，明国先生笑容可掬地走下车来，告诉我，今天带我们去蒲松龄故居看看。

听说要去蒲松龄的老家，一下子提起了我的兴趣。路上，我蛮有兴致地给明国先生谈起了我小时候看《画皮》后的窘态，引得明国先生的一阵大笑。笑谈中，明国给我介绍说，蒲松龄，淄川人，字留仙，又字剑臣，号柳泉居士。少时性颖慧，文冠一时，清顺治十五年（1658年）应童子试，"以县、府、道第一补博士第子员"。但他是少年得志，自此后屡试不第，直到七十一岁的古稀之年，授例成为

"岁贡生"。那一时刻,我想如果蒲松龄老先生当年仕途达畅,那么我们这些后世之辈,也就不知《画皮》之趣味,那将是多么遗憾的事。

畅聊之中,我们很快就到了淄川,车穿城而过,向东行驶约4千米时,我透过车窗看到了路边有一牌坊,上写四个大字"蒲氏故里"。还没等我答话,车已停稳。明国告诉我,马上就要到蒲松龄故居了。我下车四处观望,周围是车水马龙,熙熙攘攘。

步行数百步,我便看见了一处保留着明清建筑风格的古老村落,门口又有一牌匾——蒲家庄。

进入庄内,老街古巷,寂静幽深。没走几步,就见一院落,门楣上悬挂着一匾额,上写"蒲松龄故居"五个大字,细看是郭沫若所题。进入院内,其坐北朝南,前后四进,西有侧院。院内花墙月门,错落有致;山石水池,相映成趣。北院正房三间,为蒲松龄的诞生处和其书房"聊斋"。室内陈列着他七十四岁时的画像。南院有平房两间,听导游介绍说,其旧称"磊轩",是以蒲松龄长子蒲箬的字命之。

西院,则是新建的陈列室,有《蒲氏家谱》、手迹和其多种著述以及英、俄、日、法等外文版本,想必《聊斋志异》影响之巨大。正房后为6间展室,展出了中外蒲氏研究大家的多种论著,以及当代文化名人为故居所作的书画、题词,从题名上看,有老舍、臧克家、丰子恺、李苦禅、俞剑华、李桦、戴敦邦等书画家100余幅。

故居还陈列着蒲松龄生前用过的端砚,以及在毕家教书时用过的床1张、手炉1个,还有绰然堂匾、灵璧石、三星石、蛙鸣石,此外,室内摆放的桌、椅、几、架、橱和木影炉均为蒲松龄生前曾用过的旧物。

当年,就是在这所院落,蒲松龄度过了他的一生。在蒲松龄七十四岁时,他的妻子刘氏因病去世,蒲松龄悲痛欲绝,倍感人生苦短。两年后,也于康熙五十四年(1715年)正月二十二日,在故居与世长辞。

辞别蒲松龄故居,我们又专程来到了蒲松龄墓。蒲松龄墓位于蒲家庄东南约500米处,墓地四周系砖石砌围墙,内有松柏林。进入墓园,真可谓古木荫翳,郁郁葱葱。墓前立清雍正三年(1725年)同邑后学张元撰文的《柳泉蒲先生墓表》。那一时刻,秋风吹过,黄叶飘落,园内寂静,似乎都怕搅扰了蒲老先生卧榻的静穆。

离墓园不远处,则是大名鼎鼎的柳泉,柳泉又名满井,位于蒲家庄东侧约百米的山谷中。据载,早年井中清泉涌流,外溢为溪,大旱不涸,古称满井。相传蒲松龄在写《聊斋志异》时,就是在这里借井中清泉设茶招待过往行人,搜集创作素材。他请喝茶的人给他讲故事,讲得好可不付茶钱,听完之后他再作修改写到书里面去,最终完成了短篇小说集《聊斋志异》。

今天,井水清冽,但已没有了挑担而行的旅者和设茶待客的蒲翁,但是,那一部《聊斋志异》以其曲折离奇的故事、布局严谨巧妙的结构,永远地仡立于中国古典文言短篇小说的巅峰。

尹家巷九号

在济南市历下区县东巷与按察司街间,曾有一条东西方向僻静狭窄的小街巷,人称"尹家巷"。巷路两旁北边是老式门楼及四合院,南边是高高的墙壁。据史料载,尹家巷曾是明朝成化年间吏部尚书尹旻的旧居。《历城县志·古迹考》记载:"尹旻宅,县治东,今名尹家巷。"清王士祯《香祖笔记》记载:"明尹恭简旻宅,在历城县治东尹家巷。"

小巷不宽,由大石板铺成的路面,由于岁月的久远,石板都磨得油光锃亮的。在巷子众多的四合院中有一座门楼上挂有门牌号——尹家巷九号。

我出生在济南,我一直在想会不会当我第一次睁开眼睛看世界的时候,看到的就是这座古香古色的四合院,所以尹家巷九号常常在我的脑海中浮现。

我出生后不久,父母把我从济南带到了他们工作生活的陕西,但由于父母工作实在繁忙,在我两三岁的时候他们又托人把我送回了济南,让我的姥爷、姥姥带着我。于是就开始了我尹家巷九号的童年生活。

尹家巷九号是一座三进三出的四合院,进了大门有三个独立的院落,东院、西院、南院。记忆中,每进院子里住有三四户人。我的姥爷是1941年2月就加入中国共产党的老革命了,1949年后担任济南历下区副区长,姥爷觉悟高,在分配住房时,他主动选择了尹家巷九号东院西晒的东厢房。在我的记忆中,每到下雨天的时候,暴雨总是狂打房门争着要往家里进。

姥爷平时工作也忙,日常照看我的任务自然地就交给了姥姥。姥姥虽然没有受过多少正规教育,但她出身于大户人家,从小就见多识广,潜移默化地培养了她的处事能力。所以,人家就选她担任了居委会主任。既然是主任,就要经常组织街坊邻居参加各种各样的活动,每次她都带着我,让我在很小的时候就参与了各种组织活动,知道了组织的力量。

姥姥很爱我,但她对我的爱不是溺爱,而是有原则的爱。我是经常被揪耳朵的,如果不听话,尽管她不打我,但会通过揪耳朵告诫我什么事情是错的,什么是对的。

当然,这一切并没有影响我在尹家巷九号的快乐成长。那时的我既不需要背唐诗,又不需要读宋词,一天到晚和尹家巷各个四合院里跑出来的小朋友们蹿高蹦低,好像巷子里的许多院了的围墙我都爬上过,墙头上都留下了我征服的脚印以及我在巷内墙上的胡乱涂画。后来我想,我画画的基因其实在我童年的时候就已经展现出来了,只是这些年来因一直沉迷于文学创作而大隐于心中。

七岁时我回到了陕西,便很少回去了。2008 年春我到济南学习,其间,我特别想去的地方就是尹家巷九号了。那天,当我走进尹家巷的时候,我一下愣在了那里,这里哪儿还有那个青油石板铺就的小巷子啊,我问带我来的小舅:"尹家巷呢?"

小舅指着面前的一个住宅小区道:"这就是啊。"

一瞬间,我脑子一下空白了,不知道用什么语言来表达那一刻我的心情。这就是我魂牵梦萦的尹家巷九号?眼前是一条已没有了任何特色的街道,从明成化年间至今,已有 500 多年历史的尹家巷和尹家巷九号,就这样,在今天城建化的进程中永远地消失在滚滚红尘中了。

岁月有痕

141

秉烛夜读

我的母亲

二十世纪六十年代初，母亲毕业于山东师范大学，毕业后，她先是在西安西北电管局中心试验所工作，后来，跟随父亲调到宝鸡。先后在宝鸡店子街中学、新华路职业高中从事教育教学工作三十余年，高级教师。母亲是一个非常认真的人，在教育教学生涯中，她年年都是学校的优秀老师、模范共产党员、区级先进工作者。在我的记忆中，母亲早出晚归，把大量的心血花在了她的学生身上，在学生和老师中有着很高的威信。

退休后，她将她的认真又用在了业余爱好上。记得母亲刚开始写作时，每次她写完一篇文章都要让我替她输入电脑里。后来，她看我工作和创作都太忙，不忍心再麻烦我。于是，她这个六十多岁从没有摸过电脑的老人，开始了五笔字型输入法的学习。

我给她找来五笔字型输入法的教材，她认真地背字根，在键盘上练习输入，很快，她就掌握了五笔字型的输入法。后来，打字的速度都和我差不多了，甚至，当我在打字中遇到了打不出来的字时，就去问她，她立即就能告诉我这个字是由哪几个字根组成的。有了五笔字型输入法，母亲的写作真是如虎添翼，几年里，她写出了几十万字的随笔感言，还把她二十世纪六十年代初和父亲，以及几十年来和亲人间的信件都输入到了电脑，不觉间，便有了三十多万字的作品。

这些作品中有生活感言、外出游记、人生感悟，有一些发表在报刊上，有一些她自己留存没有公开。几年前，我就将她的这些发表没发表的作品都收集在了一起，打印成了一个集子。后来，母亲年纪大了，眼神不好，她不得不停止写作，而是将自己的爱好转向了剪纸艺术。

母亲的剪纸爱好，最早来自我奶奶对她的启蒙。我奶奶是民间剪纸艺术家，教会了母亲剪纸技艺。那时，母亲工作繁忙，没有时间和精力将自己的这个爱好坚持下来，直到在她六十五岁后才重拾起了这个兴趣。

十几年来，除了剪纸艺术基本功的苦练外，她还查阅收集了各种剪纸理论，学习熟知了各类剪纸门派的特点，随着她不断地练习和技艺的提高，就像她创作的文学作品一样，不知不觉间又积累了很多。作品散见于各类书刊报纸。我的长篇小说《面子》和散文集《请珍惜在一起的日子》均用了母亲的剪纸作品做插图，使得这两部作品在装帧上有了一种传统的艺术美。我便又有了一个念头，把母亲的这些作品结集成书。可是，有了这个计划但在行动上很缓慢。原因主要在我，一直说等我写完一部作品后就编辑整理母亲的作品。可是，我却像个行者一样一直处在创作的过程中，一部作品结束后，马上又进入了下一部作品的写作中。就这样，把母亲作品整理成册的事一直拖着，没有实质性的进展。

在此期间，母亲获奖的剪纸作品越来越多，先后荣获了西安市文联和西铁文研会授予颁发的各种金奖和一等奖，并以她显著的艺术成就担任了西铁剪纸协会会长。

她的剪纸艺术作品还被海外朋友喜欢并收藏，受到了更多朋

友的青睐。为了让更多的亲人朋友欣赏到母亲的作品，在姐姐的
督促指导下，我们一起编辑出版了母亲的作品集，目的就是让我们
在阅读中一起分享文学、剪纸艺术带给我们的精神享受。

秉烛夜读

我为什么要写《大铁路》

　　1990 年,我来到铁道部门工作后,至今我在这个系统工作二十多个年头了。在这个系统里,我先后在基层站段、分局、铁路局工作过。在这二十年里,我看到的、听到的大都是铁路的人和事,而且,因为工作性质的原因,我常常在铁路沿线调研。其间,我遇到了许多像《大铁路》中我所描写的老罗工长、老金头这样的老铁路人,他们把自己的一生都默默地奉献在了铁路的建设中。于是,在我的心中,一直有一个强烈的愿望:就是撰写一部反映铁路一线职工生活、工作的长篇小说,把几代铁路人的酸甜苦辣真实地展现给读者。同时,身边的一些朋友也不止一次地问我:"什么时候也写写我们的铁路? 写写我们这些为了铁路的发展而默默奉献、忍辱负重的铁路职工?"我知道我有这个责任,更有这个义务。因为,在我的心里始终有着一股浓郁的铁路情结。二十世纪六十年代初父亲从铁道学院毕业后,来到铁道部门工作,这就注定了我成为铁路人的后代。伴随着机车的轰鸣声,我走进了铁路子弟学校,先后度过了小学、初中和高中。大学毕业后,我又进入了铁路单位工作。几十年里,我耳闻目睹的都是铁路的建设、铁路的发展,我知道铁路职工的辛苦,更能理解铁路职工心中的委屈。因为,我就是其中的一员。

　　但是,我一直矛盾着,迟迟不敢动笔,我担心自己不能承担起铁路职工的厚望，达不到他们的要求。就在这时，我的老领导、老作家、西铁文研会会长胡忠斯先生不止一次地告诫我："萧迹同志，作为一名铁路作家，你应该关注我们的铁路，关注一线职工，去为这支队伍积极创作。"

胡忠斯老先生是我十分敬重的老师。年轻时，作为一名铁道兵，他来到了鸭绿江畔，和他的战友们一起用鲜血和生命打破了美军的绞杀战，为抗美援朝的后勤保障工作做出了巨大的贡献。如今，已耄耋之年的胡老先生始终以"残生命笔争朝夕，何惧镜中映白头"的精神笔耕不辍，以他曾经亲身经历的那个已过去半个世纪的朝鲜战争为背景，为这支具有"二七"革命传统的铁路工人队伍撰写了大量的文学作品。他曾告诉我："我是这场战争的幸存者，我深知我所在的英雄部队、亲密的战友，还有那些牺牲在战场上的英烈，他们一定希望我能把他们曾经创造的英雄业绩反映出来，不要让这段历史被遗忘、被封存。我深感战友们的遗志、凤愿需要我在有生之年去完成，这是我义不容辞的责任和义务。"

胡忠斯老先生以他的精神和行为给了我强大的动力和支持，并在他的精心帮助下，为我的创作创造了一个良好的环境。在他和铁道部原副部长国林先生的关心下，在我所工作的单位领导的帮助下，我开始了《大铁路》的创作。也就在这时，《大铁路》分别被中国作家协会和陕西省委宣传部定为 2010 年、2011 年重点扶持作品，得到了中国作家协会、陕西省委宣传部和陕西省作家协会的关注、支持。他们说，希望《大铁路》能够深刻反映铁路人的精神风貌，成为一部能够留下时代印记的好作品。

在创作的过程中，我一直牢记着他们对我提出的希望和要求："写作要全力投入，要深入生活，要沉下去，采访一线的职工，只有这样才能写出一部好的作品，写出发展中的大铁路，用精品力作去

秉烛夜读

讴歌那些为铁路的发展默默贡献的铁路人。"

我先后去了北京、济南、哈尔滨、厦门、太原等地,采访了大量的一线职工、职工家属,还查阅了大量的有关资料。找到了许多的老铁路人,听他们讲述那个很近也很遥远的故事。在他们沉静的叙述中,我知道了在我们共和国纵横交错的铁路线上,有着许多许多的老职工,他们在铁路上干了一辈子,最后连卧铺都没有坐过。有的一年四季天天都生活、工作在沿线小站上,一生一世。离开这个世界后,他们就埋在铁路旁边的山坡上,而这样的老职工数不胜数。记得,我和一位曾经在三线打铁路隧道得了硅肺病的老职工聊天,他告诉我,他最大的愿望就是能有一天带着老婆能开张铁路免票坐火车到深圳看看。但这个愿望一直没能实现,直到他离开这个世界。每次,和这些老人交谈后都会让我的灵魂得到一次洗礼,一次升华,他们朴实得如同铁道旁的道砟。他们的一生平凡而简单,但是,就是他们,为共和国的铁路发展,献了青春献终身,献了终身献子孙。现在,在铁路系统,有许多二代三代铁路人,依然重复着父辈祖辈的职责,他们有的甚至就在自己父亲退休前的那个工区,那个班组工作。面对这样一个群体,我更加清楚了我的责任和一个作家的职责,就是一定要为他们默默奉献的精神而讴歌,一定要写出他们酸甜苦辣的一生。还有,就是那些为了铁路运输事业长年奔波在千里铁道线上的铁路职工。我们很多的旅客,只是通过购票、乘车去了解售票员、列车员,但他们可能不知道,当一趟列车从火车站开出驶向另一个车站的时候,无论狂风暴雨,无论酷暑寒冬,无论黑夜白昼,有多少车务、机务、工务、电务、车辆各系统各工种的职工在为他们保驾护航。所以,我一定要写出这些一线职工真实的生活工作状态,要让更多的人了解这个群体,理解他们的委屈和苦衷,赞扬这个群体的奋斗与贡献。

他们中的许多人，因为工作性质，长年在沿线小站工作，家顾不上，老人孩子更顾不上，甚至，有一些在铁路工作的双职工，一两个月都见不上一面。这个回来那个走，匆匆间，只是在两车交汇时，招招手，把关心传递给对方。那些在车厢中谈天说地的旅客是注意不到他们的，但是，就是这些铁路职工风来雨去，为共和国的大动脉的畅通奉献与牺牲着。"7·23"动车事故后，我们许多人在悼念逝者的时候，我们很多人在指责铁路的时候，我们可否想到遇难的那位动车司机。他在牺牲前的那一瞬间，把制动推向了极致，他的胸腔被制动杆穿透，鲜血淌尽，如果不是他牢记职责，又会逝去多少生命啊。可是，他一样也是一个孩子的父亲，父母的儿子，妻子的丈夫，但是，他的牺牲湮没在了人们对这起事故的谴责之中，他那失去亲人的家人又有多少人在关注啊！面对他，还有那些在平凡的岗位上工作的铁路兄弟，我知道，我必须拿起笔为他们而创作，只为了我心中依然仅存的热血与责任。用真诚的心、滚烫的血，为他们歌唱为他们立传！也希望更多的人，能够通过这部作品去了解一个真实的铁路，一个发展的铁路，一个正在负重爬坡的铁路。特别是当我知道中国铁路自从诞生到现在依然没有一部全面反映铁路历史与现实的长篇小说时，我清醒地知道，这部作品的创作已是时不我待。

正如我在《后记》中所言。"我想既然是'大铁路'就一定要写出一个'大'，大在哪里？不但大在它庞大的系统，车机工电辆，以及各专业各工种；同时，还要'大'出铁路工人的博大情怀，这里有'二七大罢工'的'二七'斗争精神，抗日战争时的不屈不挠的民族精神，抗美援朝的国际共产主义精神，以及和平年代默默工作的奉献精神。"

一年来，在各方面的热情帮助下，我终于完成了《大铁路》这部长篇小说的创作,尽我最大的努力真实地反映了我们铁路职工的工作和生活现状。希望通过这个窗口,让更多的人能理解铁路、关心铁路。今天,在庆祝中国共产党成立九十周年、辛亥革命爆发一百周年的日子里,我将这部作品呈献给读者朋友们,让我们一起回顾和感动于共和国铁路所走过的历程。

美景都在路上

152

巴山铁路人，中国的脊梁

——长篇小说《平·安》的创作心路

巍峨的秦岭横亘于中华大地，成了共和国南北分界线，又被人们尊为华夏文明的龙脉。

秦岭的名字大约起于秦汉时期，由于这里曾是秦国的属地，这座山又是秦国的主要山脉，所以被人们称为秦岭。他厚重坚实、淳朴刚毅，被称为父亲山。他和母亲河黄河依依相伴，默默地孕育了周秦汉唐……

有一年，有一天，有一群人来到了这里，听从毛主席的号令建设一条在当时中国地图上不作标记的秘密国防铁路。

线路建成后，沿铁路线镶嵌着一个又一个小站，这些小站隐匿于深山峡谷之中。一群人，有男人有女人，他们默默地年复一年、日复一日地为了这条铁路的安全畅通而工作。秦巴山车站就是其中的一个……

这是我的长篇小说《平·安》的引子部分，《平·安》也是我的第 13 部长篇小说，13 在中国是一个十分吉利的数字。佛教里的 13 代表功德圆满；道教里的 13 亦是大吉大利之数，表示智能超群的成功数字。

所以，我把这本书的创作视为我人生中一个难得的机遇。压力大，挑战强，但我知道我必须要写好，必须出精品。因为，这部书的素材原型来源于一个英模团队。

这支英模团队就是全国社会主义核心价值观模范典型，西安铁路局安康工务段巴山工务养路工区的职工们，他们三十七年爱岗敬业，在一个大山深处的铁路小站奉献自我。作为一个铁路作家，我知道我有责任有义务把他们的事迹写出来，让更多的读者更多的路外朋友去了解铁路职工，他们在艰苦的岗位上是如何为共和国铁路的畅通贡献自己的青春甚至生命。他们又是两百多万铁路职工的一个缩影，见微知著，从他们"献了青春献终身，献了终生献子孙"的真实写照中去感受铁路职工舍小家为大家、一生辛苦、任劳任怨的奉献精神。

安康工务段巴山工务养路工区，每去一次对我来说都有着不同的感觉，但不管去了多少次，在这里都能感受到一个神奇的力量，正如一位车间党总支书记所说的，"巴山是一个可以让你的心灵得到宁静的地方"。

春夏秋冬，无论您哪一个季节来到了这里，都会感受到不同的景色，春天的油油青绿，夏天的河水潺潺，秋天的层林尽染，冬天的皑皑白雪，一年四季，秦巴山区展示着油画般的透视美和水墨画的写意美。在如此精美的大自然描绘的七彩图画中，人的心灵也变得大美了，美得让你感动。感动在三十七年间，一群男人和女人，从青年到中年，至老年，默默地守候在这里，将孤独、艰苦化作了一种精神，并在这股精神力量的感召下，把一段铁路，一段被日本铁路专家"要么报废，要么重建，再没有别的办法了"的调研结论抛在了空中，换来了三十七年间的安全生产。毛泽东曾经说过：一个人做一件好事并不难，难的是做一辈子好事。同样地，一群人做一件事不难，难得是一年又一年，十年复十年地做同样一件事，克服的是单调、平淡，献出的是青春、年华。

三十多年如一日,说起来,很简单;写起来,很容易。可是做起来,那是一天又一天,仰望蓝天,四周环山,守护着一段线路,一待就是一生的奉献!

是的,他们是普通的铁路职工,在平凡的岗位上工作。这里没有豪言壮语,唯有融入身心的责任感。这种责任感化作了一位老巴山铁路人解和平曾经说过的那句话:"巴山的条件确实很苦,但它在祖国的版图上,铁路修到这里,总要有人来养护,我不来别人就得来,既然来了,在一天,就要干好一天。"在一天,就要干好一天,朴实无华却掷地有声,在普通的岗位上将平凡锻造成了伟大。

朝如青丝暮成雪,弹指之间,老一代巴山铁路人走了,又一代年轻的巴山铁路人来了。巴山铁路人换了一茬又一茬,但不换的是秦巴山区的山山水水,不换的是秦巴山区铁路人一以贯之的奉献。

"你们来了,我们是这样;你们走了,我们还是这样。因为,我们不敢懈怠,因为,有他们在注视着我们。"一位年轻职工指着对面山坡上的烈士陵园说道。

工区对面山坡上的烈士陵园里,长眠着为开通襄渝铁路而不幸牺牲的三十二位烈士,他们中最小的才刚满十八岁,最大的也只有三十三岁。他们也是父母生养的,也有过温暖的家庭,但是,他们为了共和国铁路的建设,献出了自己年轻的生命。

每次去采访体验,我都要赶到烈士陵园,祭奠英烈。每次,我都向烈士们敬献三碗酒:一敬他们的浩然正气,二敬他们的舍身为国,三敬他们的精神永放光芒!

这部书稿从起笔到 2015 年 10 月 1 日出版,历时一年半的时间。在这一年半的时间里,小说名字从《正午阳光》到《平安树》再到《白果树下》,最终定稿为《平·安》。其间,仅小说结构就进行了

秉烛夜读

三次大的修改。我们知道，文章结构的调整对作者而言就是一次重新的创作，三次就是三个三十万字的长篇小说。同时，我多次深入巴山进行体验、采访、调研，寻访当事人，甚至为一个数据一个专业用语连夜请教，多方打探核查。灵感来时，连写几个通宵已是常事。虽然，体力严重透支，颈椎病复发以致行动都很困难，但我很清楚，打造一部能得到读者认可的作品必须要有凤凰涅槃的精神。对于我来说，唯有且必须写好，才能对得起几代巴山铁路职工的信任，全体铁路人的信任。

2015年10月1日，国庆节，举国欢度之际，《平·安》一部献给共和国的礼赞，经由作家出版社出版行销全国新华书店，即刻受到了铁路内外文学爱好者的广泛热议和关心巴山奉献精神人士的热切关注，当月就荣登当当网上书店热销榜。2015年11月，在中国企业文化促进会举办的创新企业文化研讨会上，《平·安》被评为全国企业文化创新优秀成果奖。

《平·安》再次证明了那个亘古不变的真理，生活是写作的根，一部文学作品的成功与否，往往同其作者生活的根系扎得深与浅有着直接关系，唯有不断地汲取生活的营养与灵感，才能创作出读者喜爱的作品。

美景都在路上

先生走了，文学依然神圣

2004年，我的三部长篇小说《网上杀手》《团委书记》《宣传处长》连续在北京出版，特别是《团委书记》荣获第七届"五个一工程"奖后，因有了自信，便有了愿望，很想加入陕西省作协，能成为其中的一员。因为，我知道陕西作协是一个出大家的地方，柳青、王汶石、杜鹏程、路遥、陈忠实……

但那时的我在铁路系统工作，铁路又是一个比较独立的企业，加上文学创作一直是我一个人默默耕耘，可以说和作协这边没有一丁点儿的联系。而且，身边连一个写作的朋友都没有。于是，我便选择了"单枪直入"。

那天上午十点多钟时，我带着三本书径直来到了位于建国门里的陕西省作协。其实，那是一个星期六，确切地说，我心里很清楚那天的省作协是没有人来办公的。我之所以坚持要去是因为有两个原因：一是，知道那天肯定没有人，我先去探一探路；二呢，是在我不经意间——忘了是听谁说，还是在哪一份报纸上看到的一句话，上面写着陈忠实老师每周六都在省作协他的办公室里……

就这样，在那个阴冷的上午，我来到了省作协。一楼没有人，二楼依然是寂静的，我怀揣着忐忑不安的心情在楼道里盲目地走着，就听到楼道西边的一扇门里传来了声音，我便上前敲响了房门，门一开，我又惊又喜地看见开门的竟然是我敬仰已久的陈忠实老师。

陈老师似乎对我这种不速之客早已见多不怪了，就很客气地让我进了他的办公室。我将自己近几年来的创作情况向陈老师做了一个简单汇报。陈老师知道我的三本书都是出版社出资出版，不是我自费出书的情况后，他立即抓起了电话，分别给《华商报》和《西安晚报》的记者打通了电话。开门见山地直接告诉他们说："我这有一个作家，叫萧迹，已经连着出了三本书了，而且都是正规出版，你们应该多关注他，要多多宣传这样的年轻作家……"

很快，《西安晚报》的李晶就找到了我，采访后，给我做了一期专访，也就从那以后不久，我加入了省作协。

那天，我走时已近中午，我就提出想请陈老师吃个饭，但被他谢绝了。

第二次再见陈老师的时候已是 2007 年了。那次是参加省作代会，因我一直心存对陈老师的感恩之情，所以见面后我就主动向他打招呼。当然，那时的他早已忘记了曾经热心帮助过的我。还问我是哪个系统的作者，写过什么书。

当我提醒他，我就是他曾经力荐过的萧迹时，陈老师只是宽厚地笑了笑，说道："啊哦，我忘了，还有这事。"这次，他把手机号告诉了我，说以后有什么事情可以给他打电话。

但那一段时期的我真的没有什么事情去烦劳他了，只是，每出一本书，我都会给他发个信息，报个喜。当然，他是从不回信息的，只是偶尔不忙的时候，会给我打过来一个电话，电话中向我表示祝贺。但这时的我和陈忠实老师依然是陌生的，直到那天。

那天，省创联部的王晓渭主任给我来了个电话，说陈老师找他，问作协会员里有没有铁路系统的。王主任知道我在铁路局工作，就找到了我，让我给陈老师回个电话。

那一刻，我心里很奇怪，想我不止一次地告诉过陈老师，我是

美景都在路上

铁路系统的啊。但随即我便释然，陈老师平时创作、活动如此之忙，肯定是我当时说他当时忘的，我便直接拨通了陈老师的电话。

陈老师在电话里听说是我，便笑道："我还真不知道你是铁路上的，这样吧，电话说话不方便，你明天上午到我这儿来吧，咱们当面说。"

……

这件事后，陈忠实老师彻底记住我了，而且，以后不管我个人还是朋友的事情只要找到他，他总是欣然答应的。我的长篇小说《大铁路》出版前，出版社希望在出书时，书封上面能有一两位大家写的推荐语。我当时就找到了陈忠实老师和李星老师，二位厚德载物的大家二话没说就给我写了推荐词。

这几年，陈忠实老师因为身体状况，已经很少参加各种文化活动了。但是，只要我提出来，他还是尽最大的努力参与并给予支持。我们铁路局有一个兰亭读书会，一次，我们想请他来和我们会员见个面，谈谈文学谈谈创作。他立即同意了，给我们读书会的会员们做了一次珍贵的文学讲座，就是在那次讲述中，他告诉我们，一个作家，不但要有生活体验，更要有生命体验！

有一次，我的女儿说她很想见一下陈忠实爷爷。我就给陈老师打了个电话，说我的女儿想见他。

陈老师非常爽快地说："来，来哎。"

一见面，他就给女儿送了一本书，很认真地签上自己的名字。当他看见女儿戴着眼镜时，轻叹一声，说道："唉，现在的娃们学习压力太大了。"接着，他又给女儿叮嘱道："虽然要多读书，但更重要的是要保护好眼睛。"

去年的某一天，也是我最后一次见他，具体时间我已经忘了，仅记着还是去他在石油大学的工作室，请他给我朋友带去的《白鹿

秉烛夜读

159

原》签名。那次聊天中,他告诉我,他现在心脏不好,喘气都费劲。

看他很疲乏的样子,我们也没敢待多久就告辞了。正要开门走时,他问我:"萧迹,你收藏不?"

我不知道他的意思,就说:"嗯,我挺喜欢收藏的。"

他就从旁边一堆书上面拿起一个报纸包着的东西,边给我边说道:"这是一个朋友送我的恐龙蛋,我不懂这个,你拿去。"

那天,同去的朋友很羡慕我……

分别后没有多长时间,就听说他病了,我给他打电话,说要去看他。

电话中,他很客气但又很坚定地告诉我,医生不让去,听其语气是没有一点点回旋余地的。不久,我又从朋友那里得知,说陈老师得了口腔癌。心生不好,我就很想去看他,作协的一位老师告诉我:"陈老师不让你去,你就不要去了,咱要尊重他的意见。"

虽然,不能直接去看他,但是,一直没间断过对他的关心,断断续续地知道了他的一些情况,特别是去年 10 月份,听作协一位老师说,陈老师的病情已经好转了,还到老孙家泡馍馆吃泡馍了。那一时刻,心里为他特别高兴。

尽管,陈老师不止一次地告诉我,他不会再写长篇小说了,身体跟不上,长篇小说要靠年轻人去写了。但我知道,在文学充满荆棘的道路上,他就是一座高山,一棵大树,他挺立在那里,就会激励着更多的热爱文学的人在这条道路上前行。

但是,陈忠实老师就在 2016 年 4 月 29 日的那个寂静的早上悄然地离开了我们。一座高山塌了,一棵大树倒了,他带给了我们无限的哀思!

大师陨落,国之悲哀。鹰之长啸,其鸣哀哉!

先生走了,文学依然神圣!

我的老师涂正英

徐正英老师是我在郑州大学上学时的辅导员,三十多岁的他刚从复旦大学毕业,年轻且富有激情。那个时期,他的学生多,又要代课,还要管理一个年级三个班,备课写论文,学问事务一起做,忙得一塌糊涂。什么时候见他,都是行踪匆匆的,这样使得我们之间的单独交流就少了许多。记忆最深刻的一次是在校园的路上,见到了推着自行车行走的徐老师,那一次我们算是聊的时间最长的一次,我们谈到了各自求学的感受,大学的收获,以及自己的梦想,还有爱情。

时间很快,恍然间我们就结束了大学生活,走进了社会。毕业后,我到了铁路工作,因为当时我所工作的西安铁路分局是郑州铁路局管辖的六个分局之一,这样我就有了更多去郑州的机会。每次去郑州,如果时间允许,我都要去拜访一下徐老师。时间亦很短,小聚片刻便匆匆分开,那时候的徐老师依然很忙!

后来,我开始了我自己梦想的追逐,去郑州的时间越来越少,再后来,随着铁路的改革,西安铁路局成立,和郑州铁路局之间的关系从上下级变成了兄弟单位,我去郑州出差的机会几乎没有了,和徐老师的联系也越来越少,以致在一次次手机的更新中竟然把老师的手机号丢失了。那时的我对自己很不满意,羞愧于自己的一事无成,于是,和小学、中学、大学的同学都失去了联系,徐老师也慢慢地隐入了我记忆的深处，而我则像一个奔跑的行者，眼前只有前方的灯塔！

一眨眼间，又过去了十年。十年间，我创作出版了十部长篇小说，当完成了自己定的目标后，我才发现我一直在孤独地跋涉。尽管认识的人越来越多，朋友越来越多，圈子越来越大，但情感深处少了那种厚实刻骨的情愫。

记不得是哪一年了，有一天一个叫王春生的同学突然间就出现在了我的眼前。这是一个富有才华的同学，大学时，他就开始了文学的创作，并取得了很大的成果，《读者文摘》也选登了他的作品。但是，他被世俗被物质被欲望所诱惑，他的文学梦才开始启航便被他自己折翼于风中。我常给他说，我感谢你的自我牺牲精神，否则，在这个拥挤的文坛上，你的光彩将我隐于你的阴影中。我的调侃，让这位帅气的男儿笑得总是那么苦涩，让我很容易就联想到了《笑比哭好》的那部电影。后来，听我的同学，同样德、才、貌兼备的路涛介绍说，自从王春生的文章在《读者文摘》上选登后，每次见到女生他都会不经意间将这本杂志拿出来，不经意间翻到那一页，不经意说"这是我的文章"。最后，则是很大气地将他"最后"收藏的这本杂志赠送给女生。当然，这一情节完全是路涛同学自个儿虚构的玩笑戏言，没人当真的。

也就是从王春生那里，我知道了徐老师后来担任了郑州大学文学院院长，再后来他坚决辞去了这个院长的职务去了中国人民大学做教授。

感谢王春生，我又有了徐老师的电话。很快，我借去北京参加一次读者见面会的机会，前去中国人民大学拜见了徐老师。这时的徐老师已近花甲了，记得见面的第一句话，徐老师很惊讶地说道："你没有变啊，还是老样子。"

我笑道:"是啊,我上小学时人家就说我很显老。"

徐老师很认真地说:"什么老?你能老过我?"

当徐老师得知我已经出版了十几部长篇小说的时候,那种满意,那种欣慰顿时难以言表,老师的那种高兴之情毫无掩饰地挂在脸上,把我热情地介绍给他的同事和师兄,大声地说:"这是我的学生,出了很多书,现在是小有名气的作家了。当然,还需努力。"还把我介绍给他的同事,作家阎连科先生热情地为我张罗着在人大做讲座的事宜。后来在他的指示和我的师弟李飞跃的安排下,我走进了中国文化艺术研究院,这所共和国顶级的研究机构,为研究生博士生们做了一期《丝绸之路与汉唐文化》的讲座。

李飞跃是我的师弟,郑州大学读本,清华大学读研,北大读博,他在北京大学的时候,河南省委就要招他去组织部工作,但他拒绝了,而是选择了做学问。我的老师也坚决辞去了文学院院长的职务,做教授。在他们的身上,我感受到了士文化的力量。徐老师说人各有志,无须强求,能够安静读书生活,这是多么好的人生啊。徐老师的这种人生观也深深地影响了我,使得我对生活中的很多事情看得更淡更轻了。我有我之主义,绝对不会像春生那样,被外界所影响的。

以后,不论是去讲座,还是读者见面会,或是去铁路总公司出差,只要去北京,我总是要去人大看望一下徐老师。

徐老师和我都是糖尿病患者,血糖比较高。每次去我都要询问他的血糖情况。他总是告诉我他还没有去查。问他为什么不去查,他说他害怕。而我亦然,我说:"你真是我的老师,我就是你的学生啊!"

他问我:"为什么?"

我说:"我也怕检查,万一检查出不好的结果来,那真是太悲哀太令人恐惧了。"

徐老师血糖高，但他不忌酒。每次相聚，我们都要小酌几杯，好在现在有了问道仙酒，我给许老师说，以后喝酒就喝咱的问道仙吧！

我没有想到，最近的一次相聚我却让老师生气了。以前每一次和徐老师相聚都是他请客埋单。这一次，我趁他不注意悄悄地埋单了，他非常恼火。回去后我给他打电话他也不接了。我便给他发了信息，他回信息说，我破坏了他的规矩。他说，不论是他的学生还是他的师兄师弟，只要来北京来人大，都是他请客！他强调说："你破例了，别人从没有过的。在校内招待花不了几个钱，我是能招待起的。"

我也没客气，直接给他回了一条信息，说道："学生请老师是天经地义的事，以后你这规矩就算改了！别人我管不了，但是，学生必须请老师，这是我的规定。"

徐老师没有回音，但我心里很清楚，学生埋单实在是不足挂齿的事情。重要的是，师恩情，似海深；师生情，情义无价！

美景都在路上

熊　老　师

前几天遇到了南西,南西告诉我,他们要搞一次同学聚会,特别邀请我参加。南西是我的师妹,都是宝鸡铁一中的学生,不过,我比他们大六级。我是 1986 届的,他们是 1992 届,确切地说,我们高中毕业后,他们才从小学升入初中。不过,尽管我们之间没有同学情结,但我没有拒绝她的邀请,毕竟,"宝鸡铁一中"这五个字在我的心中早已烙下了深深的印记。

那天,我跟着南西从西安赶到了宝鸡,同学聚会地点放在了宝鸡北塬的一座休闲山庄。1992 届每个班的同学来了不少,看着他们同学间的热情和不间断的欢声笑话,让我倒显得有些冷落了,毕竟,我认识的人很少。很多同学也同样用异样的目光在审视着我,似乎也在询问,这人是哪个班的呢?

下午两点半,同学们聚集到了会议室,有同学就把我让到了前排就座,刚一坐定,一抬头,就看到了我最为熟悉的面容。

"熊老师,您好!"我激动地站了起来,脱口说道。

可是,面前的熊老师用一种十分茫然的目光看着我,喃喃地问道:"你是?"

"我是您的学生啊,我是××。"我热情地提醒道。

但是,熊老师依然用一种陌生的目光望着我,我知道,对一个桃李满天下的老师来说,一个三十年前的普通学生是很难回想起

165

来的。但是，我的熊老师是不知道的，在她学生的心里，她就是一个永不磨灭的形象啊。

1984年，那是我还上初中的时候，我从宝鸡店子街中学转到了宝鸡铁一中，记得那天，我在教导处等待分班时，听到一个老师很严厉地大声说道："我不要！转来的学生我一个都不要。"

"好厉害的一个老师！"那一时刻，我暗暗祈祷，千万千万不要分到这个老师的班上啊。可是，等我拿着通知到初三(4)班找班主任报到时，坐在我面前的竟然是我刚才见到的那位严厉的老师。那时的熊老师才三十出头，个子不高，非常精干，声音清脆，浑身透着一股干净利索劲儿。

熊老师既是我的班主任，也是我的语文老师，她每天早上在黑板的左下角上写一首唐诗，要求我们必须背诵下来，背不下来，不能回家。那时的我不知道，这是一种多么好的教学方式啊，每天一首，一年下来，就是二百多首。那天，我给熊老师说："我之所以有了今天的成绩，就是你那时给我打下了深厚的文学功底啊。"

熊老师对我们非常严格，甚至是一种严厉。在我的印象里，她批评起同学来那真是如滔滔江河，汹涌澎湃。记得一天早晨刚上课，熊老师往讲台一站，就把一些同学狠狠地批评了一顿，后来才知道我们班的一位同学得了一种很厉害的传染病，一些同学竟然私自去看望他。熊老师知道后非常生气，那时，我不懂她为什么会发那么大的火，今天想来，才深深地体会到了熊老师对我们的爱和强烈的责任感，"谁让你们去的，谁让你们去的？说，你们怎么能私自就跑去了？这是传染病，给你们说了多少次了……"直到今天想来，我都能感受到熊老师那急切焦虑的心情。

那天在同学聚会上，一些老师在发言时，都十分歉意地说，上学时，他们对同学们的要求太严厉了，向同学们表示道歉。等我上台后,诚恳地对老师们说道:"就是你们当时的严厉,才成就了今天的我们,就是因为你们的严厉,才让我们成才。我感谢你们的严厉! 你们的严厉是'恨铁成钢',你们的严厉是真正的爱!"

的确,就是因为熊老师的这种严厉成就了我们初三(4)班的辉煌,当时很多品学兼优的学生都在我们班。那天,熊老师给我回忆起了我的同学闫华,还有后来从略阳铁中转来的王玉琴等优秀学生,还谈到了其他的一些同学。后来,熊老师终于想起了我,说我是我们班当时唯一的共青团员。我告诉她,我转来时,我们开始有化学课了,化学老师让报一个化学课代表,她就报了我。现在想来,那真是赶鸭子上架啊。为了不让老师失望,我这形象思维、情感丰富的人,只得天天抱着书本去背那些枯燥的化学符号,真使了不少劲儿吃了不少苦啊。

熊老师听了我的话,大笑起来,说:"那时候真想不到啊,你这么一个胖乎乎的小男孩怎么就成了一个作家了?"

少年,是我们每一个人最为美好的时代,就在那个岁月里,我有幸遇到了一位十分优秀的老师。她在我的人生道路上,为我们打下了坚实的文化基础,让我们懂得了做人的道理,我感谢我的老师。

今天的熊老师已是六十多岁的老人了,慈祥和善,但在我们心里,她还是那个严厉的老师,如一位母亲。我爱您,熊老师,我永远的老师!

秉烛夜读

小　舅

小舅是母亲最小的弟弟，母亲在家里排行老大，她有三个弟弟、一个妹妹。母亲比小舅大整整十六岁。

小舅退休后，就沉浸于空竹的学习之中。

小舅不管做什么，都特别认真。本来，空竹是一种娱乐活动，但是，他却当作一项工作去做，每天投入大量的精力、时间用于空竹的练习，真是功夫不负有心人，几年过去了，小舅在空竹表演方面已经让我们刮目相看了。

今年4月份，他从济南来到了西安看望我父母。其间，在他的影响下，我们全家人也开始了空竹的学习。小舅的理由很充分，不论是从健康的角度还是娱乐的角度看，空竹都是一门非常好的活动项目。连我九岁的女儿，抖起空竹来都是一套一套的。

因为，父母当年大学毕业后，就来到了陕西。只有到了他们探亲的日子时，才带着我回山东济南。而那时的小舅已经响应党中央的号召去山东孤岛建设兵团当"农民"去了。所以，前前后后，我和小舅在一起的日子加起来还不到一百天。儿时的记忆中，小舅总是来去匆匆。这次他来西安住了一个月，也算是我们在一起待得最长的一段时间了。

一次，我问小舅，当年他去农垦时，那时他年龄有多大啊。他说，他才十八岁，而且，还是学校去的四个同学中的一个。

"为什么才有四个同学呢?"我问他。

他说:"因为那里很苦,都不愿意去。"

"那你为什么还要去呢?"我又问。

"那时候我的思想很激进,觉得只有到最艰苦的地方去,才能得到锻炼。"小舅回答我问题时的神态很安静,但我知道,他所说的最艰苦的地方是一个什么样的概念。

他后来告诉我,那个地方曾经是劳改犯劳动的地方,他们这帮学生去了,人家就搬走了。

小舅还告诉我,他们去了一看全都是毛坯房,冬天寒冷,夏天闷热。而且,前两年还不能回家探亲。就是在那种艰苦的条件下,小舅一待就是四年。并且,从一个普通战士干到了副连长。

这四年里,小舅和他的战友们,硬是将一片荒地变成了良田。四年后,他回到了济南,进入某石油公司工作,由于他积极肯干,很快做到了公司的中层领导位置。

在西安的这段时间,在我父母家,他天天不是买这就是买那,而且,一买还很多,气得父母没办法。

可就是这么好的一个人,十多年前,他离婚了。对于小舅母,就是他俩已经离婚十多年的情况下,我们依然还把她当作自家人对待,对她的称呼从来没有改变过。而他们俩虽然离婚了,但两人谁都没有再组建新的家庭。

我问过小舅,既然已经这样了,再说都离婚十多年了,还有必要这样等下去吗? 生活中,遇到有合适的就再找一个吧。

小舅态度很坚定,他说,他不会再找了。虽然,他知道他和小舅母之间可能不会有什么结果了,但是,他还是要等下去。

我知道,在小舅的心里还有一个破镜重圆的梦想。他常告诉我,年轻时,他没有好好地珍惜这段感情,他就要为自己曾经的鲁莽而承担起应有的责任。

我曾经多次和人们探讨这个问题,为什么本来很恩爱的两个人最终要分离。一些人的答案是,离婚不外乎四个原因:一是第三者插足;二是家庭暴力,还有两个原因就是赌博和吸毒。但是,小舅和小舅母两人的离婚与这四条丝毫没有牵扯。那么,为什么他们两个最终分手了呢?正如许多人不理解的是,是什么原因使这两个好人不能长久地生活在一起呢?答案总是五花八门,最后,我总结的原因:一是性格的因素;二就是因为都是好人,就更多地为别人着想,这样自然地就把自己和家人冷落了。

人毕竟都是有感情有感知的,在这种情况下,就很容易产生出一种不平衡的心态。于是,在长久的酝酿中,终于有一天爆发了。

对于小舅的这种行径我是深有感触的,那天,他回济南,我去火车站送他。作为外甥的我心疼快六十岁的小舅,就把他的大包抢过来背在了我的身上。那个包里,除了装着父母送的,还有他自己买的东西,十分沉重,有四五十斤的样子。进了站,正走着,我突然发现身边的小舅不见了。回头再找,他在拥挤的人群中,提着两个大包气喘吁吁地挪动着,还说,要帮人家把包送进车厢,可问题是这边车都快开了,这车厢一东一西的,哪有那个时间啊。当然,我并不反对他去帮助别人,只是时间太紧张了,条件实在是不允许啊。

从这件事上,我突然想到了他和小舅母平时相处时的情景,我想这一定也是其中的一个原因了。人和人的交流,朋友和朋友的交往,亲人和亲人的相处,都要有一个度。许多人,在刚开始认识的时候,彼此都很客气,礼节做得也很周到。可是,随着交往的密切,特别是成了很好的朋友或者一家人后,就会觉得都是自家人,就不要那么讲究了。说话也直了，面子也不讲了，做事更是随性，有什么说什么，却不知，就在我们自觉与不自觉间已经种下了不愉快的种子，随着时间的推移，等这种子发芽长大后，就为以后的争吵埋下了伏笔。也就会在一次次的冲突中，最终化为不可调和的矛盾了。

小舅用他的人生教训给我上了一课，使我更加明白了，家庭成员之间的相敬如宾不是单纯地客套，而是实实在在的一门学问啊。

秉烛夜读

苗 健 伟

—— 一个积极向上的兄弟

苗健伟是我的朋友。

健伟年轻,充满了活力。他身上的那种积极向上的精神也是我特别欣赏的。这几年,特别是随着四十而不惑门槛的跨过,我对人生中的很多事情都抱着一切随缘的态度,对任何事情只有追求,不再苛求,一切顺其自然。而与健伟的相识,我也认为是命中有缘,所以,对这份友谊也就格外珍惜了。

健伟常说的一句话是"我为什么如此之幸运",而我的座右铭则是"活着,并努力地快乐着"。但我很清楚,作为一个凡尘俗子,在当今这个生存压力越来越强的社会里,单纯的快乐将是多么艰难。但是,我坚持认为,不论我们在什么样的环境中,什么样的条件下,我们都必须要具备一种快乐的心情!因为,我们每一个人所散发出的快乐或者不快乐的信息总会影响着他人。当我们每天努力地保持着快乐、积极的心态时,我们的朋友和亲人们也一定会在我们这种乐观的态度中,分享生活的快乐!否则,他们也会因我们的坏情绪而影响心情。为此,我们应该做一个快乐源泉的给予者,而不应该是一个不快乐情绪的影响者。

就是因为有着这种心态这种观点,我对同样能以一种感恩之心面对这个世界的朋友就特别地关爱了。我和健伟就是因为心智相通,便走得很近。那天,健伟就告诉我,他要参加周六狮子联合会年会,希望我也能去看看。在这之前,我真的不知道还有一个这样的组织,这样的一个团队。

健伟就向我详细介绍了狮子联合会的一些情况,知道这是一个2005年才创建,但现在已在全国各省市发展会员几十万人的大团队,他们的宗旨就是用爱心弘扬中国民间慈善事业,团队成员来自全国各行各业,但更多的则是一些公司的创业者,他们在创业的同时,不忘回馈社会,积极热情地捐助那些需要帮助的人。听了他的介绍,我对这支团队有了兴趣。

周六,我来到了大唐芙蓉园旁边的御宴宫,到的时候,年会已经开始。我没有想到的是,参加会议的人竟然会有那么多,整个大厅都坐满了人。每个人都洋溢着积极乐观向上的神采。就这样,健伟还介绍道,这些人也只是其中的一部分代表,还有很多人没有来。更令我震撼的是,其中,还有许多坐轮椅的朋友,他们曾经在社会爱心者的帮助下走出了生活的困境。如今,他们通过自己的努力,在事业上取得成就的同时,他们又将大爱回馈那些需要帮助的人,他们的这种精神深深地感染了我。

特别令我高兴的是,在此次大会上,健伟也作为一名优秀爱心奉献者,得到了联合会的表彰,看着领奖台上神采奕奕的健伟,我由衷地祝贺他!

接下来的一个小插曲,让我和这些爱心奉献者走在了一起。来之前,我给健伟写了一幅字"龙吟虎啸",会议期间,健伟就将这幅字捐给了大会,大会组织者当场就对这幅字进行了拍卖。

在几轮报价后,一位朋友买下了这幅字,并当场宣布,他将这幅作品献给新当选的会长,希望他带领这支富有爱心、博洒大爱的团队在慈善事业中"龙吟虎啸"。

面对这些事业有成,心存大爱者,此时,我唯有一个愿望,就是祝愿他们,在中国民间慈善事业的大路上,一路走好,越走越好!

美景都在路上

相亲相见知何日，此时此夜难为情

　　《乱世绝恋》是一部很好看的长篇小说，它将历史与现代、真实与虚幻、传说与史载有机地结合起来，通过一群有血有肉的人物故事，将一个里隐王国鲜活地展现在我们的面前。

　　小说遵循了一个永恒不变的生命主题——爱情。在阅读的过程中，随着作者笔下那一个个凄美的爱情故事，让读者们在男女主人公悲欢离合的"相亲相见知何日，此时此夜难为情"的情感旅程中，一同穿越到了一千年前大唐从盛到衰的那个令人唏嘘不已的风沙雨雪的年代。

　　故事发生在凄美而苍凉的——唐朝末年，狼烟四起，天下大乱。907年，梁王朱温废除唐哀帝李柷，篡位称帝，定国号大梁。同时将皇家宗亲及侍从百余人逐出京都洛阳。在被朱温驱逐流离的皇室人员中，有一位天资聪颖、美若天仙的公主——雪阳公主，在途中，她与御前带刀侍卫黄逐风相爱了，但两人门不当户不对，只能将彼此的爱意暗藏心底。

　　朱温为了彻底斩除后患，夺回被雪阳公主他们偷偷带走的那批皇宫宝物，便派大内高手朱景化等人前往追杀。

　　在山东曹州，雪阳公主被朱景化等人围困，命悬一线。黄逐风不顾生死左冲右杀，保得雪阳公主一行数人冲出险境，但两人至此分离。雪阳公主带着价值连城的皇宫宝物，在多股势力的追杀中一路向南,逃到了宾化县里隐小镇,缔造了一座乱世乌托邦——里隐王国。

那夜,救得雪阳公主逃离之后,黄逐风独自一人返身潜回京都洛阳。五年后的某一天,终得机会的黄逐风闯进朱温的寝宫,杀死了荒淫无度的朱温,一把大火烧了朱温的寝宫后院……

雪阳公主所带的珍宝早已是天下贼寇窥探之物,但是,每当有人来此,未等靠近,就被一个蒙面游侠阻杀,使得里隐小镇一直宁静祥安。

但朱景化从未放弃追寻雪阳公主的宝物,这天,得知雪阳公主下落的他带着五百官兵潜入宾化县,开始了一场屠杀。就在危机之时,一位蒙面游侠冲入人群,护卫着雪阳公主……

望着熟悉的身影,雪阳公主猛然清醒,拼命地穿过刀光剑影,一把扯开蒙面大侠脸上的布……她看到的是一张被大火焚烧后面目全非、令人恐怖的脸……

悲痛欲绝的雪阳公主紧紧地抱住了毁容的黄逐风,就在这时,一支支飞来的利箭,如同雨点般射在他们的身上,从此,两人再也没有分开。

小说情节跌宕起伏,迂回曲折而又新奇神秘。每个细节中攫取强烈的阅读快感,令人欲罢不能。

《乱世绝恋》以大唐衰败时期作为小说的历史背景,历经289年20位帝王的大唐王朝在907年,朱温废除唐哀帝李柷篡位称帝,国号大梁始彻底灭亡。中国,继南北朝民族大分裂之后,再一次进入"大混乱、大破坏"的五代十国乱世之秋。作者笔指盛唐末年,朝中宦官专权、朝纲纷乱、腐败丛生、人心涣散是大唐从辉煌走向灭亡的根本原因。

这部长篇小说除了厚重的历史感,"曾经沧海难为水,除却巫山不是云"的悲凉爱情故事以及浪漫主义的色彩外,与时俱进地将阅读的快感与旅游行走中的体验融入这本书中,使得这部书在具备了历史性、知识性的同时,又拥有了一种趣味性。

这个趣味性来自重庆里隐这个实实在在的文化景区。因为里隐洞,有了寻宝的乐趣;因为里隐小镇,有了邂逅爱情的浪漫;因为宝象寺,有了千古一寺的朝圣;因为巴国天潭,有了吉瑞祥云的佛光普照。至此,把"读万卷书,行万里路"这一人生的最高境界,在千古传奇"里隐王国"得到了极致的诠释。

所以,我说《乱世绝恋》是一部很好看的长篇小说!

秉烛夜读

我心中的李耀堂

第一次写《我眼中的李耀堂》是在 2009 年,当时李耀堂还是亿人科技产业有限公司总裁,做的是实业兴国之事。但那时要出一套《周易新解》的想法已经摆在他的日程上了,他告诉我,《周易》是中华之国粹,但是老百姓知之甚浅。所以,他想通过《周易新解》以最亲民的方式走入千家万户。于是,他奔走于海峡两岸之间,拜访各地各界的贤达名师,求得各方之合力与共鸣。记得那天,当他将厚厚的一本《周易新解》书稿和世界各地的国学、易学、医学、文学大师对这本书给予厚望的题词摆到我的面前时,那一刻,他眼中流露出的激情与自信深深地打动了我。瞬间,我便坚信这个有梦想有激情的耀堂,策划的这本书一定能成!果然,今天的《周易新解》这部倡导传统文化的创新力作已在世间广为流传,我对他的认知也从眼里走到了心里。

现在想来,那时的我之所以能够如此坚定地做出这个判断,就是来自他那非同寻常的坚毅与执着。

写耀堂是件十分愉悦的事情。因为,他是一个非常有趣的人,我一直有这样一个执念,那就是这个世界上人很多,有趣的人却很少。有趣的人可以帮助我们激发体内那个有趣的自己,有趣的人还可以开阔我们的眼界,刷新我们的感受。他们对事物有着更加敏感的洞察力,即使身处逆境中,有趣的人也能看到美和自由,给予我们正能量。遇到有趣的人，一定要珍惜。所以，我很珍惜和耀堂的友情。

生活中的耀堂激情如火如光，随时随地地让我们感受到他心中充满的那种对生活对生命所燃烧的激情。他说话的语速很快，逻辑性很强，声音很浑厚，这让他的磁场很大。无论他在陈述还是辩解，他会从几个方面将一件事的前因后果给你详细地讲解深刻地剖析，很快，让听者走出迷雾看到光明的愿景。当然，这绝不是耀堂凭借自己的好口才，而是他对整个事件有了充分了解和洞察。因为看到了事件的本质，从而才能够遵循事物的规律做好每一件事。在我看来，人分好几种好几类，有聪明的，有大聪明的，有智慧的，有大智慧的，而耀堂就是大智慧的人。

大智慧的耀堂做事喜欢出其不意，但他所有的思考立项不是建立在凭空的幻想而是脚踏实地的。无论是他二十世纪八十年代初开办的西安市第一家婚礼用品专卖店，还是后来的立体车库，再到后来的陕西省《周易》研究会，以及世界《周易》高峰论坛，一个接一个地做得是风起云涌。

《周易新解》，耀堂开始有这个创意的时候，很多朋友并不看好。可是结果——耀堂不但做成了，而且做成了一部经久不衰的长销书。从出版至今已重印十余次，发行近十万册。就在几天前，当我们再一次相见的时候，他又欣喜地告诉我，《周易新解》的新版又发行了。

我说，我写了十几部书，却没有一部能像你这本书长销不衰啊。

听了我的话，耀堂脸上充溢着满是自信的微笑。

耀堂告诉我，他在做企业的时候，上任何新项目前一定要先做一段时间的调研，要从市场需求，发展前景以及可能出现的"瓶颈"

秉烛夜读

等各个方面都要经过深思熟虑的思考后，才能最终决定做还是不做。一切拍脑门决定上马的事情既是对自己不负责也是对别人不负责，更是对社会不负责。耀堂的人生信念就是这个世界上的万事理相通，世上没有做不成的事，只有不想做事的人，只要留意身边的人和事，取他人之长，结合自身的智慧不断创新，就一定能够梦想成真。

我相信他所说的这一切，陕西省《周易》研究会的成立，见证了耀堂做事的严谨与视野的宽广。在耀堂之前，有许多热心《周易》研究的专家学者想在陕西成立这么一个组织机构，为更多的热衷于《周易》学术的同人提供一个交流学习的平台，但是，都因为后来的种种原因，最终个个是折戟沉沙，无功而返。

耀堂以弘扬中国优秀传统文化，特别是在陕西这片土地上以加强道学思想的交流学习传承为己任，以文化兴国为理念，以始终不灭之热情，四处奔跑，进高校，找专家，游四方，拜大家，求支持，得理解，赢得了各方的认可，最终在他的执着与坚持下，陕西省《周易》研究会成立了。

难能可贵的是，耀堂没有满足于研究会的成立，更没有将《周易》研究会成为一个形式或是一个名头，而是将这个研究会办得风风火火，如火如荼。世界《周易》高峰论坛连续召开，使得周易这门古老的哲学研究在陕西以至于在全国甚至在世界产生了一定的影响。

耀堂是一个勤于思考的人，又是一个善于行走的人，他把自己当成一个"行者"，将自己置身于行走中，在行走中，不同的地域风情，不一样的风土人情，不但带给他宽广的视野，还让他在行万里路中提升了自己的格局。

耀堂又是一个善良的人，他热情地帮助支持那些他身边需要帮助的人。一次，在《周易》研究会的一个年会上。会间，突然就有一位中年女士冲到台前抢话筒要讲话，但是被微笑的李耀堂劝阻了，当时的情景令我们很惊愕。

后来，我才听知情人说，那位女士之所以如此激动地上去要讲话，是因为那年她的女儿考上了大学，由于当时一些客观原因，那时的她身无分文，为了让女儿能够上大学，她决定贷款。但是，贷款需要担保，她就想到了李耀堂。当李耀堂询问她为什么要贷款，并得知是为了让孩子上大学时，当即，他将自己身上携带的几千元钱全部拿了出来，交给了她，又安排身边的工作人员赶紧去给孩子买上学用的一些生活用品，以解她的燃眉之急。那天开会，这位女士就是想向所有的参会人员讲述她内心的感激之情，但被耀堂坚决地制止了。

善良的人，运气都不会差。因为，人们都愿意和善良的人交朋友。耀堂又很好客，所以，他周边的各色朋友就非常多，其中也就不乏江湖中传说的各种奇人了。那么，奇人到底有还是没有？究竟是传说，还是真实地生活在这个我们共同拥有的世界里？耀堂为了打开我们内心的这个困惑，于是，就决定出一本书，这书的名字就是《中国奇人访谈录》，目的就是把他身边的或者是他所听说的奇人都找出来，写出来，让更多的人通过这本书去了解这个世界。他说，世界真的很大，而我们只是了解了其中的点滴而已。有些事情我们没有亲眼看到，但并不意味着它们就不存在。我就是想把这些不可思议的人以及在这些人身上发生的不可思议的事情真实地反映出来——但是，我自己不做出任何评判。

因为，耀堂有了这种思考，于是，就有了今天我们所看到的这部《中国奇人访谈录》。

《中国奇人访谈录》所记录的都是隐藏于我们生活中间，却又

秉烛夜读

实实在在发生的生动例子，但它绝不是猎奇，更不是刻意渲染一种所谓的神秘文化，而是在每一个人物事件中寻找易学、中医、美学、文学、民俗、艺术等中华传统文化的基因和元素。

由于种种原因，今天的我们对根植于这片土地已有几千年的传统文化却知之甚少。即使对《周易》的理解，很多人还停留在风水、命理等层面，殊不知，这些只是群经之首的《周易》浩瀚内涵的部分而已。

即便是对风水、命理学，李耀堂也有他自己的深入诠释，他说："风水＝自然规律＋美学。"古人指的风水就是自然规律的集大成，是人类生活与进步的总结。我们的先祖为了生存，关注的是选择怎样的环境才能更有利于人们长居久安，在长期的总结提炼中，形成了风水这一门自然学科。随着时代的发展，今天的我们生活方式发生了很大的变化，但是自然规律、生命规律则不以人的意志为转移。历史经验多次告诉我们，唯有尊重规律才是尊重爱惜生命之根本。在拥有最佳的生活和工作环境中，做到心情舒畅，才能万事皆顺。

现今有一个很有意思的现象，就是当我们走进各大校园时，会有90%的年轻人说不清道不明我们的十二属相，更谈不上知其内涵。但问及西方的星座几乎无人不知无人不晓。殊不知，人的命运怎能被十二种星座中的一种而局限呢？

李耀堂从《周易新解》中感悟出："周易预测学根据每个人不同的属相及生辰，可以推演出几十万种运势，并指导人们如何积淀善行、走出迷境。"为此，耀堂从人们最关注并与生活息息相关的结合点入手，结合易医同源——易学和生活环境相关，医学和生命健康相连等，在周易的发祥地——陕西，建造一座中华周易园，给来自世界各地的传统文化爱好者搭建一个互动平台！

在这个平台上，李耀堂将已经引起高度关注的《周易新解》准备翻译成英文版，让中国传统文化走向世界！

今天的李耀堂最迫切的愿望就是践行"中华巨龙中国行"活动。他告诉我们，他的设想是从丝绸之路起点长安扬帆启航，由35（意指31省市、港澳台、世界华侨华人）辆车组成一条"中华巨龙"。其意为凝聚中华力量，满载中华文化国粹，播撒中华文化之种，让这条文化巨龙穿行在中国大地上，这将是前所未有的世界奇观。向世界传递一个信息，一种精神——中华巨龙再次腾飞！

我对不断给自己设立并超越新目标的李耀堂始终充满着信任，不仅仅是因为我们的友情，更重要的是因为他始终如一地努力做好自己，用真诚、用责任、用执着把自己的人生活得丰富多彩，在单程线的人生旅程中因为努力与奋进而饱含快乐，并因此而影响着周围的其他人，一同快乐。

这就是我心中的李耀堂，一个热爱生活热爱生命的人！

耀东,将梦想成真的人

周六早晨刚醒,还赖在床上不想起来。手机就传来了一条信息的提示音。拿过手机一看,上面竟显示当天下午前往广州的机票信息,顿觉诧异。虽然,这几年,每次到外面讲课或采风,也都是人家订好所乘班次,再通过手机告知我,可是,那都是提前沟通好的。这条信息来得却是没头没脑的——不等我想明白,手机铃响了,是傅耀东打来的。他告诉我,让我赶紧往机场赶,参加他公司明天的十二年店庆。

我还想婉拒,理由是这几天事情太多。但傅耀东已不容我多说,快速说道:"明天开完会,你想什么时候回就什么时候回,绝不拦你,你的什么事都不耽误。"

我知道耀东的性格,一言九鼎。耀东是我的中学同学,十二年前,他在西安做服装还有建材生意,那时我们天天在一起,他还特意聘我做他公司的文化总监,说是文化总监,其实就是陪他天天喝酒聊天。

有一段时间,他说他想在西安开一家咖啡厅,或者茶社。那些日子,我们两个跑遍了西安所有的茶馆咖啡厅,喝遍了这里的所有咖啡和茶水。可是,最后他告诉我,他要去广州卖西凤酒。我当即劝他别去了,一是咱天天在一起吃香的喝辣的,虽小富但即安啊。二是到广州卖西凤酒,那不是开玩笑吗? 那个地方潮湿炎热,怎么

184

能习惯了大西北的西风烈？

耀东不仅不听我的劝说，还反过来劝我，辞了公职和他一起南下。

我是一个既保守又守旧的人，哪敢如他所言。于是，在我们长谈且彼此没有说服对方的情况下，第二天，他拉了三十万元的西凤酒去了广州，我则在西安按部就班地度过一天天安逸却毫无挑战的日子。

我俩联系的频率从开始的频繁到后来越来越少，以至于一年间也就问候一两次了。中间，他也邀请过我，虽态度诚恳，但我一直也没有很好的机会，始终没有成行。

这次公司十二年店庆，耀东却直接给我安排了行程，他的理由也很充分，十二年一个轮回，也应该见个面，彼此做个盘点了。

上午还在电话里纠结，下午我已经到了广州。耀东心诚，又是大奔接机又是五星级酒店安排，让我一路上心里直盘算，心道老同学间干吗搞得那么复杂的。耀东说了："你别以为只是对你这样，所有来广州的朋友全都一个待遇，更何况咱俩这种兄弟情了。"

时间虽紧张，但耀东把我的行程安排得有序，广州第一高楼小蛮腰也上了，珠江也游了，五羊开泰也拜了，几千块钱一只的帝王蟹也品了。晚上，他出酒店和我分手时，问我："十二年前咱俩的约定你记得不？"

记得肯定是记得了，但嘴上我却连连说忘了忘了。

我清楚地记得，十二年前，他说他要挣一个亿，并要求我在文坛上争取弄到巴金的成就。十二年过去了，虽然我也没敢浪费时间，创作出版了十几本书，但我深知自己与巴金先生的距离绝对是遥遥无期。

听了我的回答，耀东若有所思，没再说什么，只是说明天店庆

秉烛夜读

185

上见。

第二天公司店庆，所有的员工都来了，耀东先请我给大家讲了一堂企业文化，接着，他就上台了。我没有想到耀东在介绍我俩的关系时，突然说到，当年，他刚刚起步创业的那几年，非常艰辛。曾经有一次他给员工发工资都成了问题。在万般无奈下，他想到了我，要向我借两万元钱。耀东说，十几年前，萧迹的工资每月也就是一千来块钱，再说，那时的两万元和现在的有着天大的差别。但是，他真的没有想到的是，他第一天给我张口，第二天，我就把两万元拿给了他。

我打断了他，说："还有这事？不可能吧！我这么抠的人，怎么可能给别人借钱？"

耀东笑道："你忘了，但我记着，我身边的人都记着。"

我接着问他："你还了没？"

他说："废话，肯定还了。"

我说："唉，要是没还就好了，我就是原始股了。"

今天的耀东已经实现了他的梦想，他的资产已经达到了他十二年前给自己定的目标，一个亿。

那天，在机场分手时，我跟他说，当年他离开西安到广州打拼，我还十分不理解。为什么一切都已经很稳妥的情况下，他再次破釜沉舟，跑到广州从零开始，而且进入了一个崭新的领域。

不等他答话，我继续说道："真有意思，这次我来广州的前一天晚上，我的一个朋友请我在西安最高楼上的西餐厅吃饭。朋友说之所以选这里，就是希望我能够站得更高看得更远。但那楼最高也就50多层，等我来到了广州这高600米，100多层，国内第一高塔小蛮腰时，我就明白了你之所以选择来这里，是因为你的目标更高更远。"

　　一个有梦想,并且,执着地在梦想的道路上一路前行的人,还会有什么理由不成功呢!

秉
烛
夜
读

虾　趣
——人生之乐趣

　　宝鸡,古称陈仓,青铜器之家乡,南秦岭北高塬中间横亘东去之渭河,天然的自然环境造就了这里物华天宝,人杰地灵,成为艺术家的大堂,一批批造诣精深的书画家、作家从这里走出陕西,走向中国。同时,还有一大批的书画家扎根于这片沃土,吸天地之灵气,埋头耕耘,醉心于艺术的快乐世界,女画家武洁丽就是其中一位佼佼者,活跃于宝鸡画坛。

　　武洁丽笔下的虾,灵动活泼,栩栩如生,情趣盎然,神韵充盈,用淡墨掷笔,绘成躯体,浸润之色,更显虾的晶莹剔透之感,处处显示着齐氏绘虾之风格。

　　这皆因为武洁丽在习虾之初,就从高处入手,她先是查阅学习了大量有关齐白石画虾的理论及技巧,并以临摹齐老先生笔下的"虾"入门,苦练其技,从而在整个"习虾"的过程中吸取了齐白石老先生绘画之精髓,深受其画风的影响。

　　齐白石老先生作为画虾第一人,他画虾可谓是画坛一绝,以浓墨竖点为睛,横写为脑,落墨成金,笔笔传神。他在下笔画虾时,既能巧妙地利用墨色和笔痕表现虾的结构和质感,又以富有金石味的笔法描绘虾须和长臂钳,使纯墨色的结构里也有着丰富的意味,有着高妙的技巧。武洁丽深得齐老先生曾说过的"学我者生,似我者死"的绘画理论精粹,将虾的神态、虾的有弹力的透明体、虾在水中游走的动势,在技与墨的天然合一中,运用艺术的"形""质""动"三要素圆满地表现出来,形成了武洁丽自己的画虾风格。

我们知道画家写生皆来自生活,所画之作品,必都洋溢着对生活的热爱。武洁丽就是这样一个人,她热爱生活、热爱大自然,把对生活的热爱倾注于她所描绘的艺术作品中。

武洁丽说她之所以选择画虾,除了喜欢虾那晶莹剔透的形美之外,她更喜欢虾在水里行进时的一伸一屈带给她的人生启示。有句话说得好,人生没有十全十美的事,每个人在成长的过程中都会遇到各种各样的误解和不如意。能伸能屈,就是处事做人中的一种弹性,反之,人如果太刚硬就容易被折断了。能伸能屈绝不是委曲求全,而是一种积极智慧的人生态度。毕竟,人生苦短,事事利弊权衡,事事讨巧计较,人生也就太狭隘乏味了。所以,这也就是她喜欢画虾的主要原因了。

武洁丽是一位教育工作者,八小时之内忙于教书育人,八小时之外沉浸于绘虾的乐趣之中。她告诉我,虾趣,便是她的人生之乐趣。因为,乐在其中,我相信武洁丽的"虾"在艺术的海洋里一定是扬帆远行,必定会走得很远很远。她的《虾趣》的一次次获奖,她艺术作品的一次次展出,便是一个很好的见证了。

秉烛夜读

飘若浮云，矫若惊龙

——品读桑俊书法艺术之美

认识桑俊是在 2012 年的深秋，那时，我正在山东淄博举办"问道山水"书画展。其间，曲阜孔府研究员、同样喜好书画收藏的朱福半老师带着我和著名山水画家于健伯先生一起前往桑俊的工作室，便有了我和桑俊的相识相知。

初识桑俊，感觉就很好，浑身上下洒脱爽朗、干净利索，一见便知是一位地地道道的山东汉子。工作室艺术气息很重，周围墙壁上挂满了书画作品，有朋友的，当然，也有他的，一件件作品爆发着浓郁的艺术冲击力，让我顿时有了熏醉的感觉。嗅着氤氲的墨香，桑俊为我们沏上香茗，于是，在我们愉快的畅谈中，我了解了桑俊，也知道了眼前的这位干练、超逸的汉子，在书法艺术的道路上已经走了很远。

桑俊现在是中国书法家协会会员、中国书法艺术研究院艺术委员会委员，曾任淄博市民间文艺家协会副主席。在书法艺术领域，真是硕果累累，作品更是屡屡获奖。在他少年时，就以他的勤学苦练，在第一届海内外青少年书法大赛中荣获了"金星奖"一等奖；随后，在龙年"九成宫杯"全国书法大赛中又获得了三等奖；接着，又在福建省"旅游杯"全国书法大展及"峨眉杯"全国书法大赛中又分别获得了一等奖；后又在"洗笔泉杯"全国书法大赛中荣获三等奖;先后入展第一届全国榜书大展和第一届国际"赛克勤杯"书法展,并被《淄博日报》与泰光集团推介为淄博市实力派书法家。

我深知在桑俊荣耀的背后,一定是艰苦的努力和克己修心的苦练。果然,听桑俊介绍说,他对书法的认识亦是自欧赵楷书起步,兼习张黑女、张猛龙。数十年来,他就是凭着自己的坚毅、执着、勤奋,濡笔展纸,临池不辍,为自己的书法艺术打下了坚实的基础。后来,桑俊又转向对二王、米芾诸家的研修,力取百家之长,注重笔法的精到、线条的质感,并将音韵符号融入书法的节奏里,形成了一种形律相合的动感,从而,使我们在品阅桑俊的书法作品时,感受到了力透纸背的笔意奔放,洒脱自如。

近年来,桑俊又主攻草书,习怀素、学张旭。令人欣然的是,通过他的磨砺,在这个领域里,他亦取得了一定的造诣。读他的草书,"飘若浮云,矫若惊龙",同时具有一种"崩浪雷奔"的艺术美感,真可谓"势来不可止,势去不可遏",在静止的纸上跳跃着动态的音符。

我知道这一切皆因他师从于古圣先贤,涉猎各类典籍,经过反复研习历代书法碑帖,掌握结字规律,体味古今书理,吸纳百家之长,造就了自己良好的书法学养。因为有了丰富的涵养,便有了他的胸有成竹,从而使他的作品"险而不怪,潇洒畅达,超然入胜,毫无雕饰,变化出于自然,新奇仍能守法,斯谓之高手也"。

"书为心画",生活中,桑俊是一个真实的人,因为真实,便有了生命的韧性与张力,求得了人与字的天人合一。在力求深刻领悟书法真谛的过程中,赋予了他书法作品更深的精神文化内涵。也就是在他融会贯通,为己所用,在传统的基础上提高书艺的同时,形成了他雍容大气、雄健沉稳、清隽古朴的书法艺术风格,从而达到了人格、品格、书格的统一、完美与升华。

会通古今，道法自然

书法，为汉字所独有的书写艺术。书法又是书法家个性的流露，书法程式是一个书法家在书写过程中，对生命的体悟。一部好的书法作品，必然是书者心怀的自然流露、性情的自然宣泄，从而给予我们一个赏心悦目的欣赏美感。

品读张广敏的书法作品就是这样一个愉悦的审美过程，在他的作品中，字里行间充满了激情，有生命感，潇洒而富有灵气。

张广敏在书法实践中，所涉及的类型很多，包括隶、楷、行、草等，特别是他的楷书，在风格上，他追求北体的雄强朴厚和南帖的典雅灵动，其笔下的带有北凉遗风的北体楷书，线条灵动，墨趣盎然、个性鲜明，让人赏怀难忘。

我们知道，欣赏一幅书画作品，分目观、心悟与神会三个过程，主要包括书法作品形式美的欣赏，美与心灵之愉悦，直至欣赏者人书合一，直达天地之境界，带给人无穷的魅力与享受，这也是我们推崇书法的主要目的。这就要求书法作品必然是一个书法家的心灵写照，其艺术价值必然体现在：一是书法艺术本身的价值；二是书法家自身人格形象的价值，只有沉下心来内外兼修书法才能经得起时间的考验。相反，仅仅满足于研究技法，满足于终日钻进书斋里研读碑帖字形，而忽视对诗书、文学、绘画、科学等门类的研究，那样的书法是没有生命力的，只有内秀与涵养兼备，又有对生活与时代的体验,这样的书法才是真正的书法。显然,张广敏深刻地意识到了这一点,他从学习书法伊始,就注重自身素养的修炼,纵览群书,积福缘善,丰富了自己的内涵。

我们常说,书法要有自己的特点,要进得去出得来,既要有传统,更要有创新和个性。就是在继承传统的同时,一定要有所突破,并形成自己的语言。也就是我们常说的会通古今,道法自然。否则,便成了人云亦云,看似眼花缭乱却结构单一,字形大统,便少了品味的趣味了。那么,如何形成自己的风格,形成自己的语言,研究书法者都知道,书法者讲究三分才气,三分努力,三分骨气,一分技巧,什么样的人写什么样的字,这已成了定论。为此,张广敏在研习碑帖,夯实基本功的同时,努力寻找书法的规律,从规律中摸索属于自己的语言,致使他的书法作品形成了自己隽永、圆润、清正、静美的特点。

中国书法的美学核心就是用笔,结体,布白与情感、意境,这种具体而一般的艺术法则,包含着深层次的人文哲理,没有十年磨一剑的毅力,是绝不可能理解的,更不要说表现在作品中了。在张广敏的书法创作中,我们清晰地感受到,既体现出他深厚的传统功力,又不拘于前人成法,在书法的海洋中,任灵性与情感自由发挥,涉笔成趣。

张广敏在审美上触类旁通的能力很强,在学习古人的同时能融会其他各家,表现自己的心绪。他把书法作为生命体验的一种表述方式,不断地化解传统书法对自我的影响。这就要求我们在欣赏广敏先生的书法作品时,不但要关注他的书法本身,更要关注他对生命对人生的体验以及他通过书法对世界的一种理解。

最难能可贵的是张广敏本人是冷静的,虽然,他一次又一次地在国家各类书法大赛中获奖,但是,对一位已将书法融入了自己生命中的他来说,这一切仅是一个过程一个回顾,因为,他的路更远更长。

美景都在路上

《迷局》
——迷失中的自赎

　　田冲是我的老朋友了，现供职在《西安商报》，任副总编。做媒体工作多年，练就了一双锐眼，市井百态，人性善恶，皆烂熟于心。散文随笔通讯报告几十年磨一剑，锻造出了一剑封喉的好文笔。于是，一部直击当代人性迷失和救赎，直击当代年轻人情感软肋的现实主义长篇小说《迷局》就在我们的期待中横空出世了；且出手即不凡，贾平凹给题写的书名，陈忠实、肖云儒、高建群、方英文等陕西文坛众重要人物皆登场联袂推荐，摇臂呐喊，以壮其威。致使小说出版后连着印刷了三次，但仍是供不应求。

　　紧跟着《迷局》闪耀入围第九届茅盾文学奖，随之又得到了诺贝尔文学奖终身评委马悦然先生的高度肯定。这一系列如同核辐射般的冲击波，一方面充分验证了这部作品的厚重和力度，另一方面也说明了田冲做人的成功以及他的人格魅力。田冲在我的眼里始终是一位坦荡热情、聪慧睿智的朋友，特别是他的一言九鼎，热心助人，让他在众朋友中留下了非常好的口碑，正如那句老话：金杯银杯不如朋友们的口碑。

　　《迷局》推出后，如同巨石抛入湖泊，引来了文学评论界的高度重视，被誉为当代"青春时彷徨，成功后迷茫"深刻剖析人性最有力的一部作品，让读者在阅读的喜悦中，去思考我们在这个世界上不断地奋斗的同时我们究竟想要什么。当曾经的目标在我们不断地荆棘前行中终于攀登至顶峰的时候,我们却心生疑惑,这到底是不是我们想要的? 时间去哪儿了? 曾经的我又去哪儿了?

《迷局》描写了一位从农村走进城市的大学毕业生秦风的个人成长心路,他从工厂转行到报社工作,经过一步步的个人奋斗终成为报社领导。秦风在打拼的过程中以及个人获得成功后,与几位女性产生纠葛,在情感上迷失了方向。本书全方位地展示了在经济大潮冲击下个人对成功的渴望和自我价值与追求的迷失。小说情节跌宕起伏,故事迷离曲折、人物情事纠缠,让人读后欲罢不能。

我以为一部好的作品,在无情揭露社会、人性、现实的同时,必须给读者以思想及灵魂深处思考的空间,并在思索中心存希望。《迷局》显然是成功的,在情节的细微处,透露出的是在急速变幻的社会生活中知识分子内心的困顿。正是这些融入作品深处的情感展现,使小说有了认知社会、感受生命独到的深度。

我们知道一部作品的厚度和深度,是和作者的格局、视野以及思想的高度分不开的。田冲的媒体工作生涯为他的《迷局》创作提供了丰富深厚的生活底蕴,同时,因为看见了太多的人和事,了解了更多的人性,以及对社会的平面张力和立体透视感让他的思想深刻而理性,从而保证了他作为一个写作者在创作中的高度俯瞰。因为站得高而看得深远,《迷局》中的主人公都因名、利、情、色、欲而深陷其中。但田冲是清醒的,所以,他给他笔下的人物设了一个迷局,并让我们随着秦风的成长经历而亦陷“迷局”不得解脱。然而,此时的田冲先生却笑嘻嘻地隐在书后,轻轻地写下了这样几个字:《迷局》——迷失中的自赎。

人品高洁画自高

袁芳老师是我十分敬重的一位老人，幽默、豁达、坚强，就是这种性格和人生态度，使得她的作品充满了一种人文思想，品读她的艺术作品自然地就有了一种人心向善的美感。

记得，第一次见到袁芳老师的作品是在西铁文研会的办公室里，墙上挂着一幅工笔画，上面用篆书工整地写着"九鱼图"，鱼在水中活灵活现，几根水草淡抹其间，整幅画面碧波荡漾、生机蓬勃。那时，观其画，品其功，决然想不到那竟是一幅被她弃之不要的草稿。后来，听文研会副会长程代才先生说，这是袁老师在给她相濡以沫六十载的胡忠斯老先生过七十大寿时，特意精心创作的，这只是其中一幅草稿，真正的作品则悬挂在她家的客厅里，《九鱼图》就是取其长长久久、年年有余的寓意。

那时，我就在想一幅习作就如此精美，那么，其正品不知如何震撼了。不久，当我在她家看到《九鱼图》时，欣赏到的早已不是一幅优美的工笔画了，是透过字画强烈地感受到画家所表现的那种生命的活力。每一条鱼的身上都散发着一种生命的光芒，那是吸收了自然的精华而充满的快乐与喜悦。在她的这幅《九鱼图》里，生机盎然的影像扑面而来，纯净、自然、祥和。

我们知道字如其人，自古以来，大凡在书画领域有所建树者，一定都是身具极好的学养、人品。清代王昱说："立品之人，笔墨外

197

自有一种正大光明之概。"而在袁芳老师的作品中,我们能够感受到一种正能量。这些作品表现了她坚毅的品格与处世的豁达。我相信,这一切一定都是来自她对生活的态度。

果然,从后来我们的交流中,我得知袁芳老师 1930 年出生于辽宁复县,1948 年考入东北铁道学院,是老一代中极少有的受过高等教育的女子。毕业后,她曾留校工作,1949 年调到东铁文工团工作,曾跟随东北铁路文工团赴朝鲜慰问演出。1951 年合并到中铁文工团,1954 年调铁道部第六工程局,从事教育方面工作,之后又做过医务工作,于 1983 年离休。

袁芳老师的身上具有中华传统女性的美德,从 1954 年与胡忠斯老先生成家至今,几十年风风雨雨相伴中她始终坚定地站在胡老的身后,支持着他的工作。从参加宝成铁路、兰青铁路、西南三线铁路建设时,多次举家辗转到荒凉、条件极其艰苦的地方工作。同时,袁芳老师还要孝敬父母、照料四个孩子,还要担负胡老先生两个妹妹的学费,生活异常艰苦。但他们一路走来,风雨同舟,从没有半句怨言。也就是这种饱满的人生经历,练就了她的性格,成就了她的格局。

1983 年,袁芳老师离休后没有离而退之,而是拿起了画笔开始了她人生的第二次辉煌。从六十五岁开始习画,凭着勤奋和悟性进步飞快。她师古而不拟古,讲究画面结构的安排,她既注重传统笔墨的开合,又追求经营位置的理念,画面变化丰富而又统一和谐,这样一来,她的画作便充满了时代新意。特别是运笔含蓄,不急不慢,情到笔到,运斤成风,不仅能准确描绘现实中的花卉禽鸟、高山流水,更重要的是又能体现天人合一的审美理念,既表达出画家借自然以抒发时代情感的胸怀,又反映了当下生活的情趣。品读袁芳老师的作品,少了炫技,多了一份对人性的关注和对生命的歌唱,感觉就像她的为人处世一样,富有涵养以及对生活的热爱。

袁芳老师曾经告诉我,她的艺术理念就是艺术家要以博爱、平和的态度面对生活,面对大众;艺术家的责任就是通过自己的作品向人们传递真善美,仁信义正。她不但说到也做到了。同时,她的书画作品越来越多地被人们所关注喜爱,并在各类书画大赛中多次获奖。

袁芳老师淡泊名利,宁静致远。她常说:"我画画就是热爱生活,陶冶情趣。"也正是在欣赏她那一幅幅富有情趣、充满亲和力的作品中,我们的身心感受到愉悦,真好!

《白衣江湖》是一部振聋发聩的良心之作

曾几何时,医生在我们的心中是至高无上的,是崇高的职业,因为他们关系着每一个人的生死健康。对于任何一个人来说,最重要的唯有生死。于是,对医生有人就这样歌颂道:"如果没有你们,哪里会有那么多重见光明的天使? 如果没有你们,哪里会有那么多新生命的欢笑? 如果没有你们,哪里会有那么多亲人感动的泪水?"

人们称他们为白衣天使,天使是美的象征,他们在天堂和人间飞翔,按照上帝的旨意,解救人间的疾苦。他们纯洁,他们善良;他们救死扶伤,他们童叟无欺。所以,他们当之无愧。

可是,曾几何时,天使坠落了。一起起医患纠纷,一件件发生在天使身上的血光之灾,将天使变成了人们心中恐惧的"恶魔"。医生,一夜间也成了一种危险职业,这是为什么?

就在我们困惑不解,将更多的无奈与愤怒投向医院的时候,高众的长篇小说《白衣江湖》被东方出版社隆重推出了。书中作者的简介这样写道:高众,曾服役于北京卫戍区某部,历任卫生所所长、医师、卫生队副队长,心血管内科专业。寥寥几笔,让我们对这部长篇小说立即心生了一种信任,这是一位从医疗系统内部走出来的作家,因为长期工作在这个领域,又从这个领域中走出来,那么,他所看到的他所经历的一定是最真实、最客观的,他一定会告诉我们一个最翔实的白衣江湖。

果然，作者洋洋洒洒，在顺畅、细腻、深刻的描绘中，向我们展示了这样一个白衣江湖：某省著名的心内科主任白世怀在市场经济的冲击下一直坚守医者仁心，但他在退休前因为自己得意门生滞美不归而遭到了免职处分。坚持效益至上的副主任刘加林成了心内科的临时负责人，带领全科人员向市场要效益，但在医生们拿到高奖金的同时医疗上出现了一个又一个问题。医生之间，医生与病人之间，科室与科室之间一下子陷入了一个无法摆脱的魔圈。就在大家认识到金钱不是一切，开始怀念白世怀当主任的时候，白世怀又一次回到了科室，却是他人生的终结。

作者的笔是辛辣的，他一语破的地写道："治病救人本是医生的天职所在，因此被誉为天使，然而，当天使的翅膀缀上沉重的金钱，天使必然要坠落。"

张玫，一位心内科副主任，她的父亲因为得了食管癌住进了他们自己的医院，托了熟人的她，没有想到的是最后结账时竟是两万八，其中手术费两千块钱，七天抗生素就花费了一万七，这还是医院有熟人，这还是自己供职的医院。多么令人触目惊心，多么令人震撼。这哪里是救人于危难，这明明是明火执仗！

但是，《白衣江湖》并没有停留在医疗"揭秘"层面上，更没有满足于平白的叙述与客观真实的白描中，而是站在更高的社会乃至人性的层面进行深入的剖析，进行了更深层的刻画，用笔如刀，入木三分，笔锋直指当前的医疗制度——如果不把"向市场要效益"的制度彻底解决，天使注定成为魔鬼。因为，这些医生也是普通人，他们也要养家糊口，他们也向往高品质的生活。但是，当制度将他们的收入与病人挂靠在一起的时候，那就是打开了潘多拉盒子。

秉烛夜读

同时,这又是一部浪漫主义题材的长篇小说,金钱至上的刘加林在瘟疫来临之时却做出了感人的决定,展现出了医生的职业素养和人性的力量,最终在抗击"非典"过后选择隐退。医生康博面对医院过分追求效益的体制,毅然决然地选择了辞职,用自己的行为对这个社会中的一些不良现象做了力所能及的反抗。

何谓江湖?行走天地间就是江湖。天地之道,在高与深;圣人之道,在隐与匿。非独忠信仁义也,中正而已矣!我想高众的《白衣江湖》就是在向往倡导一个公平、良知的白衣世界吧。

艺术的生命，生命的艺术

——书画摄影家樊德山先生艺术之掠影

　　樊德山先生是一位摄影家，我是在西铁文研会年会上认识他的，只见他背着一个硕大的长镜头照相机，手里又拿一个莱卡相机热情地在人群中来回穿梭着给大家照相留影。先生满头银发，身体健硕，声音洪亮且行走如飞，那时还以为德山先生只是六十出头。后来听老作家程代才先生介绍说，德山先生早已经是七十多岁的耄耋老人了，行伍出身，后又多年投身于摄影艺术事业，年轻时为了拍一幅成功的摄影艺术作品起早贪黑，忍酷暑，冒严寒，行万里路，硬是将身体练就成了一副铁板之躯。程先生的一席话，让我对这位老人为了艺术的献身精神而生出了一种由衷的敬意。

　　后来，又是在程老师的陪同下，一起去德山先生家里拜访。那天，先生打开房门，热情地招呼我们进屋。首先映入我们眼帘的是四壁墙柜内排满了的各式各样的产自世界各地不同时期的照相机，毫不夸张地说，他家就是一个小型的照相机博物馆了。此时的我才知道德山先生不仅是一位摄影家，还是一位收藏家，从莱卡、康泰克斯到柯达、富士、佳能等等，一系列的不同类型不同品牌的照相机在他这里成就了一部照相机的发展史。

　　随着对德山先生的深入了解，我知道了我面前的这位精神矍铄的老人竟然是一位人生富有传奇色彩的老艺术家，他童年丧母，

秉烛夜读

少年失父，十六岁入纱厂当学徒，十八岁从军入伍，在军营里凭着自己坚强的毅力和超人的悟性赢得了艺术之桂冠，走进中南海向中央领导做献礼演出，并和周恩来总理同台高歌，后写剧本搞摄影，轰轰烈烈，一路凯歌。转业后来到了陕西省政法管理干部学院任工会主席，直至六十花甲。一路坎坷半生辉煌的德山先生已是笑看风生云起，淡定人生，从此沉醉于艺术的世界，将自己的人生之曲谱写得更是五彩缤纷。

在他家的客厅里悬挂的一幅虾趣图，虾在纸上，却像游动在水中一样鲜活，活蹦乱跳神气活现，一节节的虾身透明且富有弹性，长长的虾须和虾螯似乎随着水的波动而游动。晶莹剔透的虾群，让人感受到虾的张力跃出纸面直扑而来，整个画面充满了一种力量和活力。同时，又将虾的阴柔与虾的阳刚和谐地融合在了一起，看着虾的腹节小脚和虾须似乎在不停地划动，绵绵不断地向前游动着，使欣赏者感受到了一种积极向上的亲近自然、爱护自然、和谐自然的共鸣之内力，从而达到了作者与观者间的心灵沟通艺术共享。整部作品有白石之风韵，又脱于白石风格而独具自己的个性之美。

果然，这幅落墨成金、笔笔传神、来自生活超越生活、灵动活泼、栩栩如生、神韵充盈的虾趣图正是德山先生的笔下精品。原来，先生浸心于摄影世界的同时，他一直墨海泛舟，沉醉丁虾趣的绘画世界。为此，他还在西安民乐园文化一条街置"卧龙堂"一处，广结天下贤者达人。目的只有一个，就是以文会友，以画会友，以墨会友。

德山先生常给我说：生活是艺术的，艺术是七彩斑斓的。所以，他要用手中的照相机去再现大自然的美，用手中的画笔去描绘美丽的大自然。不管岁月多么无情，他始终会用富有激情的生命去描绘大自然，谱写艺术的生命，生命的艺术。

美景都在路上

青春之浴中的艺术与爱情

——浅谈《普鲁斯特对阵谷克多》的当代意义

首先,我想说的是《普鲁斯特对阵谷克多》是帮助我们了解法国文学,甚至西方文学的一部非常重要的作品。

《普鲁斯特对阵谷克多》中的马塞尔·普鲁斯特(Marcel Proust,1871 年 7 月 10 日—1922 年 11 月 18 日)是意识流文学的先驱与大师,二十世纪法国伟大的小说家之一,也是二十世纪世界文学史上最伟大的小说家之一。代表作是长篇巨著《追忆似水年华》。其他作品还有长篇小说《让·桑德伊》、短篇小说集《欢乐与时日》、文学评论集《驳圣伯夫》等。1984 年 6 月,法国《读书》杂志公布了在由法国、西班牙、德国、英国、意大利五国报刊联合举办的读者评选欧洲十名"最伟大作家"活动中,普鲁斯特名列第六。

让·谷克多1889 年 7 月 5 日生于迈松拉菲特,1963 年 10 月 11 日卒于米伊拉福雷。谷克多,是法国著名的导演兼编剧。在二十世纪的现代主义和先锋艺术史中,几乎每个领域都绕不开让·谷克多这位身形瘦高、举止优雅的法国人的影子。谷克多生而猖狂,多才多艺,不仅是导演兼编剧,还是诗人、小说家、画家和演员。他酷爱电影,利用电影来表现自我。从他的影片《诗人之血》到《奥尔菲的遗言》可以看到他对自己精神困扰所做的忏悔和持续不断的自我寻求。这些影片有很强烈的潜意识描写,具有浓厚的超现实主义色彩。

在 1909 年至 1922 年之间，普鲁斯特和比他小近二十岁的谷克多建立起了一段特殊而复杂的友谊，甚至"爱情"。就是这种特殊的情感交集贯穿了他们的后半生。我们常说，性格决定命运，普鲁斯特和谷克多两个不同的性格特征造就了他俩迥异的人生结局。他们"一个裹挟着似乎无法抓紧的自我，一个生性易变"。但两个人都才华横溢，在世界文学史上均书写下了浓重的一笔。

《普鲁斯特对阵谷克多》的作者是法国著名的小说家、散文家、文艺批评家克罗德·阿尔诺，他还是一位著名的传记作家。他曾创作出版了《谷克多传》，获得了法国费米娜散文奖、法兰西学院散文奖等众多奖项。在他的这部书中，通过对普鲁斯特和谷克多两人的成长背景、成长经历以及因此而形成的性格，并对在这种性格下所造就的不同的创作风格的刻画描写，回答了他们之所以能取得伟大文学成就的原因。语言简练，文笔深刻，从两位文坛牛人的相识、相知、相爱，至欣赏、妒忌、精神背叛，到影响作家作品风格的故事细节的再现，直至对他们内心秘密的剖析以及探索，让我们在了解探知两个伟大作家内心世界的同时，也对我们自己的内心世界进行了反思。正如克洛德·阿尔诺在序言中所言："每个人都隐藏着一个秘密，一个痛苦的秘密，这就是我们的内心。"

《普鲁斯特对阵谷克多》充分满足了读者的好奇心和求知欲。但是，作者克洛德绝没有满足于对普鲁斯特和谷克多生活隐私的一种窥探，而是通过对这二位作家复杂情感、精神世界和心灵深处的挖掘和分析，让我们深入地了解了两位作家的创作心路，并从他们的创作经历中去了解那个时代的法国，以及法国文学的特点。

自然地，当我们在享受阅读带给我们的快感和愉悦时，我们就要特别地感谢译者藏小佳老师了。藏老师现在供职西北工业大学外国语学院,从事现当代法国文学及普鲁斯特的研究,出版专著、译著多部。正是她的勤奋努力、笔耕不辍,将法国优秀的文学作品介绍给我们,正如她自己所说:百年后的今天,我在这段斑驳的关系中观赏两人的青春之浴,从他们遥远的文字和内心世界中辨识出熟悉而迷惑的喜悦和忧伤,体会到艺术和爱情带来的感受。

那就让我们一起在这本书的徜徉阅读中,去体会艺术与爱情的感受吧。

秉烛夜读

野马·印象

曾经看过一幅油画,画中一匹矫健的骏马奔跑在无边无际的旷野,画名就是《野马》。

初识野马的时候,我立刻就想到了画中的那匹充满了生命张力的"野马",在他身上蕴藏着一种顽强和激情。我知道这样的人绝对不会甘于一成不变的,平淡无奇的生活,而是把自己燃烧起来,将有限的生命活出斑斓的色彩。

果然,随着与野马的交往,我知道了面前的这个男人集作家、诗人、油画家、演员、导演、媒体人于一身,他把每一个爱好发挥得淋漓尽致。野马毕业于吉林大学哲学系,曾在北京、深圳、瑞士、美国从事诗歌和文学艺术创作,出版了长篇小说《马上就亮》《沿着东北方向》,在民族音乐电影《半个月亮爬上来》中担任副导演和演员。

有朋友问我,野马怎么会有那么大的精力和激情去从事如此多的跨界艺术的尝试与创作? 我说这都来自他对生命的珍惜和热爱。因为,生命的激情源自一个人心灵之爱。

但是毕业于哲学系的野马,他的爱不是泛滥的,而是扎根于理性的思考。正如他告诉我,他之所以将自己的笔名起作野马,是因为野的必然是自然的,是真实的,而来自真实的文字肯定是有力量的。所以,野马的文字没有无病呻吟,无故弄玄虚之造作,而是将追求语言的快感和思想的率性表达作为自己创作的坚守。在看似原始却又理性的思索中，将人性之根本毫无掩饰地不留情面地展现在我们的面前，将虚假砸碎。文艺评论家孙卫对野马这样写道：现象级的经历成就了现象级的野马，也成就了野马现象级的文字。二十世纪八十年代养育了野马，给予了他开放的心灵和智慧的头脑，更给予了他不凡的气度。

正如，在《鞋和庄严的出口》中，他写道："有太阳的午后/蓝天和倒扣花盆的并置/鞋和庄严的出口/语言走在前边/英法德日的口腔/汉语的舌头/明晃晃的牙齿/在上风口处站立/基本可以威风八面/必须吃点东西才可以生产尊严……"

野马的每一个诗句都如一枚枚炸雷，在寂寥的夜色惊醒了每一个沉睡的或装睡的读者，在华章异彩、高潮跌宕中体验阅读的快感。他凭借着这首《鞋和庄严的出口》，在近日出版的《中国当代诗人100家》中入选中国当代诗人百家行列。

最近和野马见面是在一个周六，西安广播电台 FM95.0 主持人伊兰的《周六会客厅》。我和野马、汤姐、紫藤几个人做一期文化节目，畅谈野马的新作《正大光明》。

我知道野马的本名叫马亮，所以，他出过一本书叫《马上就亮》。后来，他又给自己起了一个笔名，叫马略词，我理解为姓马的人比较瓷实，也就有了他的第二本书《沿着东北方向》，因为瓷实的人都比较倔强不拐弯，所以，他能沿着东北方向一路前行。

他书名的平淡却掩盖不住内容的精彩，很有嚼头，于是，沿袭着这种风格他又给我们抛掷来了一本叫《正大光明》的新书，我很自然地就联想到了古时县太爷大堂之上的光明正大。野马笑我，说我把他的书名看小了，"正大光明"四个字那是北京故宫太和殿上的金色牌匾。因为，他写的小说积极向上，主人公走得正行得端,所以人生之结局必然光明。

　　那天,看着野马坚定的眼睛和不容置疑的神态,我就在想,这位可真的就是一匹野马,在艺术的荒原上纵横驰骋,一路向前,最终修得正果——正大光明。

我的同学路涛

　　路涛是我郑州大学时的同学,上学时就是一个文艺青年,那个时代正流行机械舞,每次系里举办文艺晚会的时候,路涛的节目都是其中的一个亮点。缘由就是他的舞跳得实在是太好了,时不时地一个范儿就会引起同学们兴奋的尖叫声。除了跳舞,路涛还爱抱着个吉他,一天到晚地四处走动,同窗几载没有听他弹过,后来,才搞明白了那是他泡学妹的道具。

　　但凡喜欢艺术的人,性格上大都懒散,喜欢自由,毕竟艺术讲的是天马行空,灵感驰骋。不像管理,管理讲究的是制度讲究的是规范,一个单位一个团队再谈以人为本,制度之下无亲远。这对于喜欢浪漫的人来讲,不论是管理还是被管理无疑都是一种灾难。可是,就这个曾经的文艺男青年竟成了老板,张罗了一帮人组建了一个路仕达旅游公司。十几年来,人家是越干越大,越做越强,分公司如雨后春笋,天南海北地冒新芽。他告诉我,做旅游公司就是好,边玩边赚钱。但我清楚,他是哄我的。谁都知道,这个世界上人人都想富,只要有挣钱的机会,那都是挤破了脑袋往里钻。旅游业更是如此,你想玩着挣钱,谁不想玩着挣钱? 所以,这个圈子里的竞争也是十分激烈,路仕达能走到今天,早已把路涛扔在油锅里过了好几遍了,路涛曾经的细皮嫩肉也已是皮糙肉厚了。但路涛的性格就是这样,啥时候都是一副乐呵呵的样子。脑袋大身子厚,这种个性天然地有一种抵御打击的能力。所以，不论风来雨至，他都会张开两个胖胖的小手，对着风雨轻声道："让暴风雨来得更猛烈些吧。"

记得那年还在郑州大学的时候，一天，我和路涛在宿舍不期而遇，斜靠在人家的床铺上胡扯瞎谈。那时的路涛是同学中璀璨耀眼的明星，到哪里都是谈笑风生，口若悬河。那天，不知怎么的就说到了他毕业后的打算，他说以后想去《故事会》做个编辑，闲暇之余也写一些自己喜欢的文字。可能那是我俩最认真的一次聊天。一贯桀骜不驯的他，那一刻小眼睛变得深邃睿智，还真把我吓了一跳，心里暗道这位从来都没有正形的主其实内心方圆得很哩。

毕业后，我们谁也不理谁，彼此在各自的轨道上飞速旋转。我继续做我那上学时就有的梦，不断地写作。等我十几部长篇小说陆续推出，刚刚轻舒一口气的时候，路涛就携带着他的散文集《一路走来》从中原来到了长安。

当我打开这本书时，那个快乐潇洒的路涛即刻闪亮登场了。见字如见人，还是上学时的那个路涛，幽默、诙谐。特别是他的语言，带着天然的黏劲，黏得你是欲罢不能，死心塌地地跟着他的文字四处飘了。

然而，我随着他的创作历程一路走来，我曾经熟知的路涛一下子变得陌生起来，猛然间明白，路涛才是一个真正的智者。正如文中简介所写，《一路走来》是一部感悟心灵成长，涉及哲学、心理学，以及走遍世界的见闻和作者从事旅游行业观察思考的综合书籍。大智若"戏"的路涛，在他玩世不恭的表面之下，是一个严肃的始终用冷峻的目光去注视生命的智者。正如著名作家陈忠实老师曾经说过的，"一个作家不但要体验生活，更重要的是体验生命"。

路涛做到了。

这就是我的同学路涛，悄然隐于浪子，游子之后的才子。

长安鱼头，年年有余

参加陕西文学艺术家白鹿原采风活动时我认识了薛涛，有缘的是我俩还一同住进了鹿和原舍酒店的 8011 房间。因为朝夕相处，对薛涛就有了近距离的了解，三大一小——肚大，头大，呼噜大，眼睛小，人则撩得很。

一见面，我就跟他说："你比我小，以后你得管我叫哥。"从此，我就多了一个兄弟，而且是才华横溢的兄弟。横溢到啥程度？著名作家陈忠实生前专门为他写了六个大字:长安鱼头薛涛！

什么是头？《说文解字》里说得很清楚，那就是第一，头等，领头。一个意思，就是第一等。长安鱼头，说白了，就是长安画鱼的第一人。能得到这样的称誉，可不是人家陈老师随手递个高帽子，那是薛涛实力的验证。用我的话说，就是三个字"实力赢"。

我以为薛涛笔下的鱼，用活灵活现、惟妙惟肖、呼之欲出等这些词语来表现，那真是太俗了。在美院前后八年的学习深造，从素描、色彩、设计到摄影，直至国画的数十年坚持不懈的努力，为薛涛笔下的"鱼"之升华打下了深厚的基础。可以说，在薛涛画的世界里，他和鱼早已融为一体，鱼中有我，我中有鱼。正如他自己所言，当他画鱼的时候，他已然成了鱼，鱼也就成了他。但是，这不是薛涛最终想要的，他要的是美学范畴的，形而上的，在哲学高度的思维空间去表现他笔下的鱼。

薛涛说:绘画是画家对这个世界理解后的一种表达方式。他之所以选择画鱼,首先是鱼和人同根。在人走上陆地之前,人是生活在水中的。就是现在,婴儿出生前依然是在母亲子宫的水里吸取营养。可以说,鱼是和人类最亲近的一种生物。鱼的自由自在,鱼的无欲则刚,鱼的佛性禅意也正是每一个人内心永远追求的一种高意境。只是,随着社会的进步,人类被越来越多的贪欲所吞噬,忘记了本性中的东西。首先,他画鱼就是想通过这一幅幅沉浸于水波荡漾的鱼,启示人们,什么才是我们真正需要的东西。其次,鱼又是中华民族的一种图腾。"年年有余,鱼跃龙门,白鱼入舟"这些美好的愿望,良好的愿景千百年来一直融入中华传统文化的血脉之中,不论在什么样的环境条件下,始终给人以希望和憧憬。因为有了希望,所以,人类从没有停止过探索前行的脚步。

正是基于这样的思考与格局,在薛涛的"鱼"中,我们已然看不到那些形而下的"炫技",扑面而来的是一种正能量,一种积极向上的精神,感受着那种对大自然的敬畏之意和对世间万物的感恩之心。并且,在这种心灵的交流和共鸣中达到艺术的熏陶和感染,让我们的生命体验和对世界的感悟变得更加美好。

山东好汉张利

因为历史上山东有了秦琼秦叔宝,有了武松武二郎,有了辛弃疾,有了戚继光,于是,就有了"自古英雄出山东"的美誉。

我的朋友张利是山东人,每次和他在一起时,我就会想到"山东好汉"四个字用在他的身上真是名副其实。国字脸,高身板,大嗓门,做人做事更是雷厉风行,一言九鼎,仁信义正。

记得第一次见到他的时候,是好几年前的事了。那天,在明国兄的安排下,和一群来自山东的企业家聚餐。席间,他话很少,很低调,但酒风非常好,杯杯畅饮,绝无"滴滴"计较之说。人常言,"酒风如作风,连喝杯酒都计较的人,那做人做事更是斤斤计较了,谁还敢托付于他?"张利为人处事正如他的酒风,坦坦荡荡,洒脱爽直。

张利是山东浩岳西北公司总经理、陕西浩岳实业有限公司董事长,事业有成。在陕西盖了一大堆的高楼大厦,日常工作十分繁忙,做事更是大手笔,可是,做人却是心思细腻。记得有一次,他到我们家来看望我的父母。其间,父亲说了一句"来陕西多年,但一直没有去过铜川的药王山"。细心的他听罢,第二天就开着他的商务大奔来到家里,带着我们全家去了药王山。

我跟他说:"派个司机就可以了,怎好让你个大董事长亲自带我们去?"

张利告诉我,他的事情的确多,他也考虑了想让司机带我们去。可是,他又一想我的父母都是八十岁的人了,一路上必须要小心谨慎,让谁去他都不放心。于是,干脆自己开车来了。

　　他轻描淡写的一席话,却让我的心温暖如春,为有这样一个朋友而欣慰。

　　2017年2月24日,父亲永远地离开了我。虽然,父亲临终前叮嘱我们不要告诉别人,以免叨扰大家。可是,我还是在心痛至极之时,那天晚上在我的微信中表达了一种悲凉痛苦的心境。但是,很快我就删掉了。可就是在这极短的时间里被张利看到了,他马上把电话打了过来。当他问明了情况后,立即让儿子连夜开车从淄博赶到西安。他自己之所以不能前来,是因为嫂夫人当时亦是癌症晚期,他寸步不能离,就派儿子夜奔千里替他赶来为我的父亲送行。

　　张利为朋友是两肋插刀,事必躬亲,对自己却是将所有的问题都自己扛。那天,当我亦是从别的地方得知我贤淑温雅的嫂夫人在与病魔苦苦战斗多年,终以不敌而撒手人寰,驾鹤西去后,我再也不能自已,哀伤恸哭。同样悲伤至极的张利兄知道我身体有恙,怕我哀伤至极伤身还反过来安慰我——这就是张利,我的一个兄长般的朋友。

　　有时,我常想,我本一介书生无权无财,但就是因为有了张利这些朋友对我的热情无私的支持,才让我一路走来,顺风顺水。而我也唯有努力地做得更好,才能承担起这份厚重的友情。

神　医

　　汤恩波老先生是陕西医学界的一位传奇人物,老先生在世的时候驱瘟疫,医百病,悬壶济世,救死扶伤。关于他的传说坊间很多。

　　亦是人生的一种机缘,我先后和先生的两位千金相识,并成了很好的朋友。先生的二女儿汤颖红,曾是西安电视台某档关于健康养生栏目的制片人。2007 年,我的第五部长篇小说《平凡人生》出版,为了加强宣传,在汤姐的热情帮助下,我上了她的节目,谁承想效果非常好,从此,打开了我频频出镜的大门。这让我很感谢汤姐,因为心存感恩,她在我的生命旅途中再也不曾离去。

　　后来,又是通过汤姐我认识了她的妹妹,现为美国《桥报》的记者玛丽,我称她为杨姐,我们一见如故。杨姐不但文章写得好,而且还是一位摄影家,还精心为我照了一组照片。

　　有一次,杨姐从美国回来,热情地召集了一帮朋友到女画家廖婉凝的画室小坐品茗,这让我又结识了几位好朋友,设计师杨化亮、天润中医院院长谢彦兵、《长安夜话》主诗人晓辉、外院老师王静,还有一位就是杨姐的父亲汤老先生曾经的弟子万民生先生。

　　万先生跟随汤老先生多年,深得其医学精髓。现在是西安著名的中医,精通针灸。他就给我们讲述了几件关于汤老先生行医期间的一些往事。作为事件的见证人、当事人,这就不仅使那些传说得到了验证,更是让一位医德高尚的老中医从遥远的岁月中走到我们的面前,让我们强烈地感受着一位老中医的人格力量。

万先生说,一次他陪老先生外出行医,走在渭河滩上,遇到了一个村民。当得知他们是郎中时,连忙请汤先生一行到家里,说是老太爷病了。

汤先生听说村民家中有病人,二话没说,连忙带着万民生一起来到了病人家中。进了院门,见是一大户人家,气氛和睦,一派祥和。用万先生的话说,看其情景实在是不像会发生不幸事件的家庭。

等汤先生坐下后,这家主人便详细告知了原委。原来老人已八十有余,身体一直很好,只是前几天受了一些风寒,躺在炕上。医生看过说无大碍,过几天就好。只是作为长子的他还是不放心,既然先生今天路过家门便是天意,就请先生再给把把脉,如果先生诊断结果和先前医生的一样,他们也就放心了。

主人在叙述的同时,已叫家人烧水做饭,要款待先生一行。

汤先生听罢,水都没喝,就来到了老爷子的房间,老爷子躺在床上,神态安然。先生上前打了招呼,静心把脉,这手一搭上,先生脸色就不好看了,过了好一会儿,先生做出松了一口气的样子对老爷子说:"老爷子,您老就是受了点儿风寒,好好休息几天就好了。"

言罢,回到堂上,一边吩咐万民生赶紧收拾东西走人,一边问主人家,家人是否都在跟前。

主人答道:"都在,前几天得知老爷子病了,都不放心回来了。医生看了说没事,这不,都正准备回去了。"接着,主人问道,"先生开的啥药方?"

汤先生道:"不开了。"

主人一愣,开口道:"啥? 咋?"

汤先生轻叹一声,说:"明日九点前,家人都不要走。"

说话间,先生就要辞别,主人心思已乱,但还要挽留吃饭,汤先生头都不回地转身而去。走了很远,跟在旁边的万民生问先生:"先生,咱为啥连饭都不吃了? 这把人饿得前胸贴后背了。"

先生道:"咱就是再饿,这饭也不能吃啊。"

万民生又问:"为啥?"

先生道:"人家要准备后事了,哪有心思吃饭啊?"

万民生还是不放心地说:"我看那老人神态安详,会不会您看错了?"

先生看了他一眼,叹息一声,说:"我真希望看错啊。"

不久,就传来了消息,那位老爷子第二天九点前走了。

万民生又给我们讲了一件往事,说某村一家出了怪事,家里孕妇肚里的娃竟然天天在哭。好多人不信,可是,到家里一看,果然在孕妇的肚子里传出来清晰的婴儿啼哭的声音。人们都私下说,这女的肯定是鬼怪附体了,还有的说,这女的本身就是鬼怪。说得这家人天天十分惶恐,不知道咋办。有人就建议请巫婆对这个孕妇驱魔,还有人说这娃坚决不能生,生出来还不知道是啥妖魔鬼怪呢。

这事就让先生知道了,叫上万民生连忙赶到孕妇家里。见孕妇痛苦不堪地躺在床上,家人更是愁苦万分,不知所措。先生上前细听,果然,在这孕妇的肚子里传来了婴儿的啼哭声。

先生对孕妇一番细心地望闻问切后,便叫家人拿来一只瓷碗,又要了一些绿豆。他让妇人站起来,右手掌托豆,先生则左手执碗,右手牵着妇人的左手在堂内缓缓地行走,众人站立在周围皆静静地看着,先生和这女子一起走了十来圈,突然,先生将手中的瓷碗朝地上猛地摔去,一声轻脆的响声把大家都吓了一跳,孕妇更是惊吓得浑身一颤,如果不是先生牵着,人就吓得坐在地上了,手里的绿豆洒了一地。

先生让孕妇稍稍休整一下,静了心,又让她将洒了一地的绿豆一粒粒地给拾起来。孕妇将绿豆都拾起来后,肚子里的婴儿啼哭声再也没有了。

不久,这女子生下了一个健康可爱的大胖小子。

那天,等离开了这家,一直跟随着的万民生问先生:"是不是这孕妇肚子里真的有鬼神?您碗一摔把它吓跑了。"

先生笑道:"亏你还是学医的,哪里有鬼神之说?脐带绕在婴儿的嘴上了,不顺就有了声。我这一吓她,她身体肯定要动,就是为了把胎位给她调整过来。"

"那为啥要拾绿豆呢?"万民生还是不解地道。

"她拾绿豆就要弯腰,每弯腰一次就是一个微调的过程。"先生细心地解释道。

先生一生光明磊落,正气凛然。可谓正气压邪气,正义不怵胆。

在西安化觉巷,曾经有一马氏人家,家道中兴,世代做官,家财万贯。到了新中国成立前,这家人便越发张扬了,行事做人越发地不低调,于是,在一次又一次的显富中,终于被劫匪盯上了。

月黑杀人夜,风高放火天。就在这么一个风疾夜黑的晚上,一群劫匪拜访了马家。这是一帮杀人不眨眼的匪徒,不但劫财还撕票。好在那天主人外出不在家逃过一劫,其余的上自小老婆下至打更的做饭的一个不留地全部杀死,全埋在了后院地下。劫匪下手如此之狠，不留活口，我想必是熟人作案，这又让我想起了一位刑警告诉我的，一般凶杀案70%都是熟人作案，可见，处处小心才是人间正道啊。不管怎么说，至此，这家家道败落，一蹶不振。盛传这家院内闹鬼，雨夜还能听到女人哀怨的哭声和"还我命来"的哀号，后院更是从此无人敢去，杂草丛生了。

汤先生为了方便更多的人求医就诊，就租下了马家后院的九间房开诊所行医。有好心人怕汤先生不知道这些坊间传说，就将马家先前之事告诉了汤先生，力劝他最好不要在这里开诊所，还是换个地方好。

先生听罢笑道："我是行医之人，救死扶伤乃是医生之本，我行之正道。还怕什么孤魂野鬼？"

说来也奇怪，自从先生在这里行了医，这座院落曾经的阴戾之气荡然无存，呈现一片新的勃勃生机。

我的中医老师万民生先生

我的亦师亦友万民生先生人称万一针,手到针到,针到病除。皆因名师出高徒。他告诉我,他十六岁时拜汤恩波先生为师,二十九岁时辞师西行,跟随汤先生整整十三个年头,深得汤先生医德之精髓。

我常听他谈到自己的恩师汤老先生,他告诉我,一个好医生不仅能治病救人,尊重生命,同时还要懂得尊重死亡。他说,人之生死是自然规律,医生不仅要知道怎么去救治一个病人,同时,还要知道如何去帮助病人坦然地面对死亡。任何一个有良知的医生都不能拿病人当实验品,更不能因为贪财而无视现实毫无节制地去治疗,徒增病人的负担,延长病人的痛苦。

万老师给我讲述了发生在他身上的两件事情,一件是他年轻时找了一个女朋友,女孩子非常漂亮。那天,他把女朋友领到了汤先生的跟前,汤先生很关切地询问了女孩子的一些情况,又请他们吃了午饭。等万民生将女孩子送回去后,先生仰天长叹,轻声说道:"女娃是个好女娃,可是,命不过而立之年啊。"

万先生听罢惊诧不已,因为,他很清楚不过而立之年就是不过三十岁啊。

万先生告诉我,虽然先生这样说,但他还是心怀侥幸心理,希望先生这次走眼。"那时我也年轻,好像对生死没有那么强烈的感觉。只是我们自己缘分没到，最终，她还是离我而去了。"

十几年后的一天，万老师遇到了他们共同的一个老友，再问起她的情况时，老友说，她不到二十九岁就离开了人世，尽管，她和她的家人付出了所有的努力。

万先生说："汤老先生真乃一神医啊。我的表妹找了一个男朋友，一次小伙子得了病，来请汤先生诊断。先生望闻问切后，悄悄告诉我，这个小伙子有××病，不适合结婚，让我劝表妹还是不要结婚了吧。"

但是，万老师的表妹没有听从汤老先生的劝说，最终嫁给了这个小伙子。可是，两人在一起才生活了几年，小伙子就在一次犯病中辞世，万先生的表妹年纪轻轻的就守了寡。

在××中医医院坐诊的万先生，教我懂得了七绝脉，也就是七种特殊脉象，凡出现这七种脉象的人，中医就是不治之症了。也就是说，凡遇到这七种脉象的人，郎中就放弃治疗了。甚至，通过脉象可以判断病人生存时日。这让我想起了父亲患病之时，一段时间脉搏跳动极快，我在医院陪他，每天都要给他切脉测心率。父亲脉跳之触感，至今感受于我的指间。万先生明示我七绝脉之后，我才知道那时的父亲已经在向我辞别了。只是我知识浅陋，不知父亲已至生死桥旁，我还在乐观等待。如果那时知道父亲与我相陪已不长久，我就不会六神无主地四处寻医奔走，而是静静地坐在他的身旁。告诉他，我是多么爱他，我亲爱的父亲。

秉烛夜读

223

老　冉

老冉是我的朋友，我们是 1992 年认识的，至今二十六年了。一般来说，两个人的友谊能够保持十年以上那基本上都是经过风雨考验的，是可以交一辈子的。老冉是湖北人，大学毕业时，因为恋人是三秦妹子，所以，他就为了爱情从湖北跟到了陕西，分配在了陕西宝鸡的一家铁路企业里，我们就成了同事。

他虽然只比我大二十来天，但有道是天上九头鸟，地上湖北佬，他那智商、情商远远高于我数千倍。1994 年，我们俩先后从宝鸡调到了西安，我到了局团委工作，他则到了一所院校做了老师。记得，有一次参加考试。我是考生，他是监考官。大家都紧张地答卷的时候，他一会儿给我送一瓶矿泉水，一会儿给我递个毛巾，还一个劲儿地相当殷勤地与我说话。当然，说话内容我已经忘了。但让我紧张的情绪得到了缓解，一会儿喝水一会儿擦脸的，结果是考试成绩一塌糊涂。

情商高的人最大的特点就是干什么成什么，老冉很快是桃李天下，身边总有追随者，当然以漂亮女生居多，好在桃色新闻我没有听到，至于是我孤陋寡闻，还是他手段隐晦，我在这里就不追究了。

不久，我夫人也调到了西安，老冉就给我在学校旁边借得一套房子让我们住了两三年，所谓借，就是房租和水电费全免，着实给我省了不小的一笔款项。老冉生长在湖北，天生的好厨子，特别是炖排骨汤，十分美味。搞得我隔三岔五地就要跑到他家里饕餮一番，直到现在他还时不时地亲自整一满桌子的排骨、牛肉……打乱了我养生的计划。

智商高的人，往往不安于现状，他在学校做老师做得风生云起的时候，竟然下海了。自己做了老板，好几次公司招人，他还让我做了面试官。最让我记忆犹新的是待笔试、面试结束后，他对最终要招进公司的人都要亲自过一下，常问一个问题就是你希望给你多少报酬。

被招的人一般都是翻翻眼珠，琢磨一会儿，吐出一个数字。老冉听罢点点头，说："行，我再给你加××。"

结果就是被招的人对他是忠心耿耿。

那段时间，用朋友们的话说他就跟搭上了火箭，因为人好，人缘就好，大家都喜欢和他做生意。我一直坚信这样一个观点，能做成大事的人，最最基本的一条就是诚、信、仁、义，很快，他公司的利润从百万做到了五千万。正要往八千万整的时候，天有不测风云，具体原因我就不说了，一句话，成在义气，败在义气。他讲义气，可有人不讲义气，一不小心，牵扯到了一场官司。等一切烟消云散后，他选择了闭门谢客，关门读书。我以为从此他将沉沦，没想到，几年过去了，他又利用互联网的商机，重振旗鼓。

那天，我津津有味地啃着他做的排骨，听着他那带着武汉方言的普通话，说道："怎么做好理财，就是不能光做匣匣，要做耙耙。怎么才能做好耙耙……给你说，你也听不懂。"

泰　山　帮

　　我微信有上百个群，其中有一个群叫泰山帮。之所以起这个名字，是因为这个群里的朋友都是我山东的兄弟。

　　缘于我在创作长篇武侠小说《楼观秘籍》的时候，小说中写到了一个泰山帮。之所以名为泰山帮，是因为泰山不仅是山东的象征，更是大丈夫敢作敢为的象征，泰山石敢当。

　　为什么要在这部武侠小说中写一群来自山东的英雄，是因为生活里我有一帮的山东朋友。他们大都是从山东来陕西创业的，有做工程的，有做商贸的，也有在省市各系统工作的。个个事业做得风起云涌，于是，我就以他们为生活素材，将人物原型直接嵌进了我的小说中。小说人物用的都是真名真姓，并将他们的公司直接命名为××帮，刘斌的山东浩岳公司就是浩岳帮，苗健伟的智者集团就是智者帮。于是，这部时代背景在大唐的武侠小说，人物却都是我身边一个个鲜活的朋友，小说写得有趣更有味了。

　　小说出版后，我们就在微信上建了一个群，并将这个群命名为泰山帮。当然，与帮派没有任何关系，只是兄弟间情义无价的一个平台。

　　我祖籍山东，天生就有一种"地域优越感"，当然这纯属是个人"狭隘"的虚荣心作祟。我以为主要还是与少年时读了大量的描写英雄壮士的文字有关，这些铭刻在心里的英雄秦琼秦叔宝，山东梁

226

山众好汉，以及后来的辛弃疾、戚继光一个个都出自山东，以至于在我年少之时，内心就生出了一种行侠仗义走天下的英雄气概。虽然，最终没有成为一个英雄一个侠客，但是，那种对身怀侠客精神的朋友们心生的敬佩之情则是根深蒂固了。

其实，身边的这些山东朋友，在他们各自的领域里一个个均是英雄。只是大时代不同了，千百年前，他们就是劫富济贫、匡扶正义的侠客义士，如今，他们则带着一帮兄弟做企业、干实体、创利润、争效益，虽然，表现方式不同了，但是，那种"仁信义正"的侠客精神是一致的。

在他们身上没了那种斤斤计较，没了那种猥琐卑劣，更没有了钩心斗角，尔虞我诈。敢于把一切都放在桌面上，坦荡磊落，大气爽直。君子爱财，取之有道。彼此之间相互提携相互支持，而不是釜底抽薪。他们对我的帮助更是无私而热情。孙明国老兄在山东给我举办了一个在社会上引起强烈反响的"问道山水"书画展，至今一想起心里都是饱饱的感动，还有徐波、徐春生、张利……一个个是山东兄弟情义深，情义无价。

秉烛夜读

那高高的山巅上,列车呼啸而去

那天下午,在电梯里遇到了西铁文研会会长郑子云先生,郑会长说,他正在编辑一部纪念宝成铁路六十周年专刊,问我有没有现成的文章。郑会长的一句话,一下勾起了我的遐想,六十周年的宝成铁路与我有着扯不断的情缘。二十世纪六十年代初父亲大学毕业时,因为学的是电气化铁路专业,当时共和国唯一的电气化铁路就是由宝鸡起始向南翻越秦岭而至凤州的宝凤段。二十多岁的父亲毅然决然地做出他人生中的第一个重大选择,辞别山东济南家乡来到了陕西宝鸡第二故乡,进入了铁路部门工作。母亲山东师范大学毕业后,跟随父亲也来到了大西北,一晃就是一个甲子。今天,我亦五十有余了,作为铁路第二代,我在铁路工作亦有二十八年了。父亲则在 2017 年那个春天的早晨,永远地离开了我们,离开了他曾经为之奋斗的宝成铁路。

宝鸡,一座因铁路建设而发展起来的城市,作为陇海与宝成铁路的重要枢纽,在这座城市里,我度过了最美好的青春岁月。作为铁路子弟,伴随着铁轨出生成长,至今,耳边常常萦绕着电力机车汽笛的声响,眼前闪现着飞龙一般的列车在秦岭山中穿云破雾蜿蜒前行,直到那高高的山巅上,呼啸而去……刚上班的那两年,我在宝鸡水电段试验室工作,和师傅们奔波于宝成铁路宝鸡水电段辖内各变电所做高压试验,后来,我调到了西安铁路分局团委。

1995年夏,按照分局团委工作安排,为了挖掘宣传"宝成精神",我从宝鸡从宝成线徒步走到了略阳,采访沿线的铁路职工。在退休老工人那里,我了解到了当年修建宝成铁路的艰辛,以及养护这段铁路的艰难,更了解了铁路人为了这一段铁路所付出的青春热血与生命,写下那篇直到今天读起来,依然让我热血沸腾的长篇报告文学《远山的呼唤》。

二十多年过去了,当年我采访的许多老铁路人都已经离世了,记得那年在观音山车站,我采访到了一对姓孙的父子领工员。父亲曾经参与了宝成铁路的修建。宝成铁路建成后,他和许多的战友一样,脱下军装就地复员成为一名铁路工人,在观音山车站工务工区养护他曾经修建的铁路三十余年。退休后,他将铁镐交给了自己的儿子,但他是人退休工作不退休,天天还和正常上班一样,和儿子一起在这段早已融入了他鲜血与汗水的线路上继续工作直到离世。记得他曾经告诉我:"我不会走的,因为,我的许多兄弟就埋在这沿线的各个小站,我们活着的时候在一起,死后也要在一起,有他们在我的身边,我心里踏实。"在他的精神感召和指导下,儿子孙景忠没有辜负父亲的厚望成为一名技术能手。后来也成长为一名领工员,分局团委还授予他为青年楷模。

宝成铁路,就是因为有了这样的老铁路人和从他们手中接过铁镐,同时接过职责和责任的第二代、第三代铁路人,铁路建设才有了今天的飞速发展。也就是因为有了他们,才有了铁路的辉煌和荣光。

龙吟虎啸

一部超出铁路行业意义的深度反思之作
——读萧迹《大铁路》

茅盾文学奖评委　李　星

在笔者的记忆中,改革开放三十年来,很少有一个行业如铁路这样始终成为中国社会关注的热点之一。二十世纪八十年代,是货运车皮的大紧张时期;从二十世纪九十年代至新世纪的头几年,随着旅游热和农民工问题所带来的"一票难求",是"春运""长假"的人口大"迁徙";近年来,一次又一次的火车大提速,高铁及所带来的快捷及安全事故……人们和大众媒体盼铁路、爱铁路、恨铁路、骂铁路,以致一场事故、一个贪官的下马、一个审计的问题,都可使舆论汹涌、街谈巷议,一个"铁老大"的称号包含了人们对它巨大的期待,又反映了多少人内心的不满。但是,除了媒体和网络的一事一议,作为一个文学界的人,笔者却很少读到来自居于旋涡中心的铁路人和铁路作者,对于那些社会大众关注的正面回应。是的,我们有不少的描写和反映铁路题材的报告文学、小说、散文作品,但基本上都是歌颂重大工程建设的伟大业绩,决策者的高瞻远瞩等等,而对于铁路系统的日常生活,那些常年坚守在铁路沿线,保证火车安全畅通的普通职工的生存、生活,却极少涉及。正是在这样的社会和文学大背景下,铁路作家萧迹先生的长篇小说《大铁路》就有了非同寻常的意义和价值。

本书中贯于铁路前面的"大",显然不是自高自大意义上的大,

龙吟虎啸

233

而是铁路人的博大情怀,是他们牺牲奉献精神的伟大。小说的全部构思和结构正是立足于此,归结于此。它是从一个老铁路职工八十岁生日的家庭聚会开始的,然而他的两个儿子、一个女儿、一个已成年的孙子的缺席让这种中国民间历来重视的家庭活动,冷清开始,寂寞结束。这让那些读惯了史诗性宏大叙事的文学作品的读者,很觉突兀。一个既非领导又非一线职工的老人的生日怎么能与意念中的铁路之大联系起来,然而读罢全书人们很快就会对作者独特的立意和构思心领神会。正是从老魏头这个铁路世家,第二代、第三代的工作和生活开始,切入了常常被忽视的普通铁路职工的现实生存,不仅让人们看到了他们无私的奉献,还看到了他们的艰困和置疑。铁路职业的家族化承传,是由特殊的行业历史和社会原因所形成的独特现象,正是这种客观存在,给长篇的构思和结构提供了真实的生活依据,也提供了切入真实细微的铁路职工日常工作和生活的契机,使得它不仅具有鲜明的行业特征,而且有利于揭示新中国铁路历史的社会和时代特征。

也正是以真实的生活和工作情境,表现出为了国家经济和民生大动脉的畅通、发展,普通铁路职工所做出的巨大牺牲和高尚的职业精神。从列车长魏小燕和丈夫金武学因两地分居而离婚,到金武学的父亲在他年幼时死于一次修路炸山的事故,而他自己却因过度劳累,而昏死在工作现场。从大学毕业的孙新军本来已当上了一个段的段长助理,但在一次生产力布局调整、站段的合并中,却被降职为一个车间书记,新婚妻子张曼却因寂寞而陷入网恋,到工务段车间主任老魏头的二儿子魏宝江因赶任务违规背上严重处分,最后因脑梗而半身瘫痪,而他的无工作的妻子高艳丽,却卷入非法集资案,负债累累;就连售票状元陈书婷也因为磨不开高艳丽的面子,卖了两张票而背上下岗三个月的处分。小说对铁路职工的生存状况做出了令人信服的生动展示,这些都对加强行业之间、人与人之间沟通理解,维护社会和谐大有益处。然而,小说的目的并不在于为他们艰难的生存喊冤叫屈,而是在某些不公正的社会舆论和畸形的社会经济背景上,表现他们职业的责任感、使命感及荣誉感、自豪感。为此,中年瘫痪的魏宝江无怨无悔,受人尊敬;金武学昏死一线,终于换来原妻的理解和永久的怀念;魏小燕本写好了辞职书,但在最后一班中,以自己的无私、冷静,忠于职守,换来了数百名旅客的生命,坚定和深化了自己的职业感情;魏立伟在频繁的机车升级换代中,本已力不从心、身心疲惫,但在高铁新科技的召唤下,刻苦钻研新技术,为国家赢得荣誉。

寻找对老一代铁路职工的英雄业绩的记忆,弘扬先辈光荣传统,是《大铁路》情节结构中的一根鲜亮的主线,一曲热烈动人的昂扬旋律。老魏头、老罗头、老金头,孙新军的父亲,牺牲时还很年轻的小罗工长,都是他们的光荣代表和英雄典型。在战争年代。在二十世纪五六十年代的和平建设年代,他们都曾出生入死,忘我拼搏,创造了新中国铁路建设的辉煌。光荣退休后,仍然言传身教,甚至不愿在城市过安逸生活,与子女们在铁路一线同甘苦、共患难。他们是真正地支撑新中国铁路事业的脊梁,也是中华民族的伟大脊梁。

热爱铁路事业,热爱铁路人,对他们的酸甜苦辣感同身受的理解和关爱,作为几代铁路人代言者的倾诉欲望,在《大铁路》中之所以让人们感到真实可信、真切感人,一个重要因素是作者不仅有着直击甚至以生命和热血铸就的惨烈生活真实的勇气,而且有着在以往同类题材作品中很稀缺的强烈的反省意识和尖锐的批判锋芒,其矛头,亦即反思的方向直指现存的半军事化的制度和管理体制。早在第一章中作者就通过代理局长马志刚及站长魏松山的感

龙吟虎啸

受和观察,透视了铁路系统生活中存在的严重的只求速度,不问实效的"形象工程",应付频繁的部、局各类名目检查的"面子工程""政绩工程"。为了环境"清洁",可以将路边置放的钢轨扔下江,一个年轻工长可以为了几个扣件被小偷杀死,而他的父亲无力阻止这种无端毁弃巨大铁路资产的罪恶行为。从根源上说,魏宝江的无奈违纪乃至因脑梗而瘫痪,金武学的家庭破裂,以至于倒毙现场,孙新军的离婚,年轻的魏小燕、魏立伟的萌生离意,都与那种"一级盯一级",检查活动过多,"干部包保愈演愈烈"的"瞎折腾"有关。在现有的管理和运作体制下,铁路职工,包括各级管理干部,都成了缺少积极性、主动性、创造性的一架疯狂运转的机器上的齿轮和螺丝钉。正如孙新军所感慨的,"常常是一个阶段开展一个活动,一个活动就有一系列要求","领导检查工作,必须依靠规章,可实际上却是令规、口规","全凭一张嘴,怎么说都是对的,搞得职工不知如何工作"。孙新军在考研后与魏宝江在告别酒桌上的肺腑之言,虽然有些长,但纵览全书情节和人物命运关系,在文本结构中有着十分重要的地位,这就是:呼唤和渴望政企分离,淘汰在历史上形成的半军事化这种落后于时代的管理体制,尊重职工的积极性和创造性,尊重他们的休息权基本人权。

正是从这个意义上,笔者以为《大铁路》的主题和制度反思、批判,在当前中国社会经济、政治、文化生活中,具有十分重要的突出意义。甚至可以说,它是当前中国经济生活中所呈现的许多问题的巨大抽象,一个以局部见全部、超出行业范围的文学象征。

无可讳言,即使以纪实体的长篇艺术要求看,《大铁路》也存在着激情和思考、倾诉的愿望大于艺术形象塑造方面的不足和某些生涩,但在当前普遍存在的回避社会现实矛盾,作家纷纷都陷入炫技误区的中国文学大背景下,《大铁路》作者所表现的直面和反思经济、社会领域的矛盾和问题,呼唤体制改革的勇气,就显得十分宝贵。文学,从来不只是书斋中的玩物,风花雪月式的消遣,而首先应该是丰沃的现实土壤中的思想和精神之花,是对时代和人民心声的热烈回应。

龙吟虎啸

平凡人生中的人性光辉

——评萧迹的《平凡人生》

李 星

因为去了一趟美国,回来后又赶上西安的酷暑,耽误的一些事情又要赶着做,萧迹先生的长篇小说《平凡人生》今天才看完。令我高兴的是,这是一部令人感动并非常吸引人的书,整个阅读过程也就成了一种温馨而愉快的体验。

我们正在经历的是一个社会物质生产力空前发达,而人们的道德意识和精神操守却又匮乏的时代,似乎人人都把自己的生活目标定在对于钱财的占有与对物质生活的提高上面,商业化原则不仅侵蚀到一般人际交往,还侵蚀到亲属和家庭伦理之中,连亲人之间也常常充满着利益的评估与利害的算计。《平凡人生》中的安景林夫妇在长达半个多世纪的日子里,悉心抚育侄女及其后代,并从不计较得失甚至坚决拒绝回报的事迹,虽然平凡,但体现的是伦理亲情的纯洁、爱的高尚、人格的完美。它唤起的是人们对自己精神纯洁度的思考和反省,是在欲望充斥时代人的尊严感和高贵感。《平凡人生》肯定的是在普通人身上所闪耀的爱的光辉,是民族的传统美德,在当前现实生活和人与人关系中,这是十分宝贵的!

萧迹先生不愧是已经出版了四部长篇小说的作家,他不仅很会讲故事,而且知道作为一部文学作品,力量应该往哪里用。第一,他很会制造悬念,不仅一开始就给读者一个巨大的关于安仲华、宋晓凤身世的悬念，在后来的揭秘中，他又不断制造新悬念，如母女为何不和的悬念，安仲华客死美国的悬念，然后又是宋晓凤婚姻的悬念。第二，他始终将人物命运的遭遇曲折作为叙事的主体。一开始小说就以安景林一家人为主，将战乱时代一家人的生与死、团聚与分离作为叙述的重点，新中国成立后，虽然处于和平年代，但在极"左"思潮、政治运动不断的年代，这个有着"海外关系"的家庭，他们的坎坷处境与不幸遭遇又成为作者叙事的中心。改革开放后，一家团聚，但安景林夫妇、安仲华、宋晓凤命运的归宿仍然没有画上句号，仍然在恩怨情仇、高下美丑之间展开，整个《平凡人生》展示的是在时代和历史的大背景下，一家几代人命运的情节链。第三，虽然在大时代中，安景林及其哥哥安田景的人生经历具有传奇的性质，但作品面对的究竟是普通人家，生老病死，柴米油盐酱醋茶的日常生活。于是如何在日常生活中发现文学的意义与平凡人生的价值，就成为作家创作的关键之一。萧迹能够在日常生活中发现最为动人的人间情感，并在对这普通人间情感的开掘中，展示人生选择的艰难、人性的弱点、行为的美丑以及道德的高下。安仲华小时候的寻母之举，导致安景林对她由"代管"到像亲生女儿一样抚养。安仲华由对女儿的亏欠感到对她严格要求的母爱；宋晓凤与父母之间难言的隔阂，她对安景林夫妇的特殊情感，以及她婚姻的选择；安仲华夫妇在多次选择中的自私表现，安景林夫妇的委曲求全与大义无私……可以说都是小说中表现人物心理感情的关节，萧迹写得十分真实，对人物心理情感演变的把握也十分准确，表现了作者洞悉人情世态，在日常生活表象中发现普通而深层次的生活内涵的能力。托尔斯泰将文学的意义解释为情感的交流。动人者，莫过于情感，萧迹可以说抓住了文学的根本。

　　《平凡人生》的缺点和不足也是明显的，一是由于缺乏充分而

239

深入的采访条件,对日军入侵后,安景林及其一家人命运的描写是生动的,但对当时社会氛围的表现有些单薄。对坐火车流亡的情景表现是具体真实的,但对在战争年代安景林从长沙到马照勤的家,从马家到济南老家的还愿之旅,表现得过于简单。另外,安景林母亲招待儿子及女友的细节也失真实,饺子、面条、大饼在那个年代竟是如此易得? 二是从总体上说作者的叙述语言是简洁流畅的,但仔细推敲也不无遗憾。首先是一般化的当前媒体语词过多,如"心态""共识""诚信"等;其次是人物语言个性化不强,脱离开了特定身份背景,尤其是后来安景林的语言,完全知识分子化了。三是安景林一家的命运曲折大多数时间是特定的历史和时代所决定的,作品的主题之一就是大时代下普通人的命运,但其折射时代的力度、广度和深度仍感有所不足,这似乎也与准备不足有关。虽然有这些不足,但并没有从根本上影响《平凡人生》的意义和价值,这里坦率指出来,也是寄希望于作者在以后的文学创作中有更大的进步。

高铁——挟雷携电飞驰向前
——评萧迹长篇小说《大铁路》的艺术价值

陕西文学院院长　常智奇

　　二十一世纪初叶中国历史前进的列车,伴随着改革开放的汽笛长鸣,穿云破雾,风驰电掣般呼啸在昆仑之巅、长城内外、华北平原、南国湖畔。古老的神州大地焕发了新时代的青春,各行各业、各个领域、各条战线,人们解放思想、革新观念、开拓前进,既享受着创造生活的喜悦,又经历着前所未有的历史阵痛、矛盾冲突、工作重负、情感撕扯,这是推动文明社会前进的创造者必须付出的代价。人类历史的前进,是历史的创造者用鲜活的生命和血肉之躯填平了前进道路上的深谷大川,用一代又一代人的累累白骨扛起了落后的、陈腐的、泰山压顶般的历史大闸门,让前进的列车隆隆驶过黑暗、迷茫的精神隧洞。青年作家萧迹的长篇小说《大铁路》(安徽文艺出版社 2011 年 8 月版),就是表现这种思想情感的一本书。作者以其长期身居铁路基层的切身体验,站在人民是历史的创造者的立场上,饱蘸社会主义的革命激情,热情地讴歌了投身于中国铁路建设第一线的干部和群众,在六次提速和高铁建设中可歌可泣的英雄壮举,艺术地再现了中国铁路去腐生机、励精图治、开拓前进的生活图景。

　　《大铁路》是一部表现平凡人生的英雄主义的正气歌。作品中的老魏头、魏松山、魏小燕、魏宝江、魏立伟、魏大妈、亚楠、高艳丽、陈书婷、老金头、金武学、罗工长、小罗工长……都是生活在社会底层的铁路职工和基层干部,但他们都是中国铁路的脊梁。他们犹如铁路上的铺路石,载起历史的列车隆隆向前。他们把青春和生命献给了铁路,无怨无悔。他们在柴、米、油、盐的生存熬煎中,不忘肩上的担负;在世俗人生中怀揣着一颗不辱使命之心,面对排山倒海春运大潮的涌来,急人民之所急、想人民之所想,克服重重困难,保证过年回家的人们早日团圆;他们面对铁路的接连大战,白天黑夜连轴转,长时间回不了家,休不了假,致使夫妻关系破裂,家庭生活毁于一旦,乃至献出了自己年轻的生命;他们在高铁施工建设中迎八面来风,顶霜雪酷暑,满含豪情地饮下了一杯又一杯生活的苦酒……这是一批普通劳动者的平凡人生,但作者表现了他们平凡中的奉献、世俗中的超拔、疼痛中的坚忍、重负中的奋起、失落中的守望。正因为这些精神、情感、意志、操守、品质、气节充盈在这些凡人琐事的场景和形象之中,才使这部作品具有一种不同凡响的英雄主义的气质。

《大铁路》敢于正视中国铁路在市场经济条件下,国企面临的矛盾冲突。作品的第六章"水灾"对赵主任的心理活动中有这样的喟叹:"他对铁路目前的管理也是颇有看法的,市场经济都发展到今天的地步了,铁路依旧是计划经济下的那一套:行政命令替代企业现代化管理,长官命令高于一切。在管理上采取的是'大统一'的方法,把铁路运输指挥的高度集中统一,延展到铁路经营管理的各个领域。本来,作为企业,追求效益是它的一种本能,但在铁路是向铁道部要定编,要机构,要投资的积极性更高,推进企业集约经营的内在动力却很少,导致整个企业上上下下都以应对检查为主要工作。不计成本,只为政治,哪里再有心思去开拓市场,去发挥企业的作用? 在企业里竟然形成了'一朝天子一朝臣'的奇怪现象,政策没有延续性,一个领导一个做法,搞得下级无所适从。"为迎接检查,工务段段长刘克强带领干部职工把好端端的枕木和钢轨扔到河里、埋在地下;铁路上的干部职工面对强大的工作压力,身体和精神到了崩溃的边缘……作者在全书的"尾声"中写道:"新华社北京 2011 年 2 月 12 日电,据中组部有关负责同志证实,铁道部部长、党组书记刘志军涉嫌严重违纪,中央已决定免去其党组书记职务。2011 年 2 月 25 日,全国人大常委会经表决决定免去刘志军的铁道部部长职务。"这表明我们党和国家对建设现代化的中国铁路是有决心和信心的。作者之所以能这样,敢这样真诚而率直地批评转型期铁路改革中存在的问题,是因为他对铁路干部职工爱得太深。

《大铁路》视野宽,角度广,思想性强。作品展现了从一般员工到站长,从局长到部长,从退休老人到家属孩子,从家庭爱情到创先争优,从生日庆典到抢险救灾……多层次、多角度的生活方式和生存状况。这里有老罗工长的忠诚坚守,有马志刚的冷静原则,有魏宝江的敬业献身,有魏立伟的壮怀激烈,有孙新军的拯救情怀,有老魏头的质朴明智,有魏小燕的机智勇敢……这种鲜活的人物形象和广阔的生活场景的描写,使作品中灌注的那股振兴民族铁路事业的精神力量得到了充分的彰显。作者写铁路建设中的超负荷,为的是表现一股泰山压顶不弯腰的大山精神;写铁路人面对市场经济的迷茫和困惑,为的是表现一种主人翁的坚守与献身。作者怀着一颗赤子之心,热情讴歌铁路人的特别能吃苦能战斗的精神品德,为社会主义文学创作的画廊中增添了新的笔墨。作者在大题材、大视野、大境界中追求大主题、大感情、大思想。正因为这样,这部作品才具有一种气度恢宏的审美情调。

《大铁路》结构严谨、线索清晰、叙述明快、语言素净,在现实主

龙吟虎啸

243

义写真的艺术表达中蕴含着一种理想主义的革命激情。"老魏头带着他的弟兄们从朝鲜战场归来，身上的硝烟味还没散尽，就一头扎进了这积雪三尺的松山山区"；魏宝江为张曼离孙新军而去找网恋的小老板抱不平，"把小老板打翻在地，上去又是一阵拳打脚踢，差一点把他打死，小老板只能作揖求饶了"；金武学因为爱而尊重了小燕的选择，"他为小燕而祈祷，希望她幸福"；魏立伟与麦韦斯的打赌……这一切情节的安排、细节的设置、场景的描绘，都蕴含着一种理想主义的豪情和精神。

总之，《大铁路》是一部新中国建立以来，正面歌颂铁路人精神风貌，展示了共和国铁路转型期铁路人的心灵阵痛和历史重负，然而又不甘沉落、奋然拼搏前行的优秀作品。

萧迹只为苍生绘彩异

叶 辛

　　萧迹说,所有的艺术都是相通的。别人说这话时,我在心里还打个问号,萧迹这样说,我绝对相信。因为,萧迹让艺术之花在他的花园里百花齐放,争奇斗艳。文学创作,萧迹是硕果累累,十几部长篇小说,几十篇中短篇小说,数千篇(首)散文诗歌,五百万字的文学作品,让他在这个领域里游刃有余。书法篆刻更是稍显风骚,他的"问道山水"个人书法作品展在文化大省山东亮起了一道风景,多部作品被雕刻于名山大川古刹。一不小心,彩笔绘世界。雄鹰傲苍穹,莲花佛手擎。

　　无论是文学作品,还是书画作品,萧迹给予读者的都是积极向上的正能量。萧迹说,当潘多拉盒子打开的时候,这个世界充满了邪恶、瘟疫、背叛……唯有希望让人有了活下去的勇气和信心。所以,无论他创作什么,都紧紧地握住希望的橄榄枝,即使成为别人眼里的一个另类,像堂吉诃德一样被人"冷笑",但是,他坚信有希望就有了爱,有爱,这个世界就不会冷漠。

　　纵览萧迹的作品,无不深入骨髓地彰显着一种人性的悲悯和博爱。萧迹出身一个知识分子家庭,缘自从小培育的对知识的尊重,养成了他好读书、好学习的习惯。萧迹说,他非常感谢父母对他的宽容与包容,使得他在成长的过程中,始终沉醉并快乐于自己的爱好之中,"父母除了给予我建议外,从不武断命令我必须做什

龙吟虎啸

245

么。他们以自己的榜样力量让我知道做好事,做好人是一件多么快乐的事情"。

因为家庭的宽容,使得萧迹能自由地畅游在自己的世界里,少年时就能够去尝试各种自己喜欢或者说向往的领域,于是,武术、音乐、文学、绘画甚至宗教,这些不同领域的学习体验,最终让萧迹品尝到了生活反馈的琼液,所以,在他的小说里,我们看到的是"异彩缤纷",爱情、都市、武侠、悬疑……各种体裁的小说丰富了萧迹的笔下世界。

有一次,萧迹告诉我心软不是坏事,心软可以让你容易原谅他人。可以原谅别人的人,生命质量终不会差的。请相信,所有的坏人都会受到惩罚,这不是宿命论,这是规律,是生活。让生活去履行它的职责,我们只需要做好我们自己的事。

在这种观念支撑下,萧迹活得洒脱,活得随心所欲。因为心中没有太多的想法,他就可以用一种坦然的目光,简单简洁的方式去面对周围的人和事,让自己和别人都享受到轻松的没有压力和目的的舒服感。

萧迹说,想画就画,想写就写,只为苍生绘异彩;或沏一壶茶,和朋友就那么坐着,望着星空一语不发。

望着星空一语不发,我也向往这种平静散淡的生活。

文海泳士
——萧迹人文印象
中国杂文专业委员会副会长　焦仁贵

　　萧迹是笔名,本名于泳。我一直唤他本名,一是相识几十年,喊惯了,惯性难改。二是觉得"于泳"二字恰合其状,他就像文学大海里的一名泳士,从对海感兴趣,初涉海滩,触水入海,展臂蹬腿,漂浮渐进,由浅入深,逐入深处。面对风浪,背负凶险,磨炼泳技,泳往直前,恋海嗜泳,不曾离岸,真泳士也。在文学的大海里,有喜而不敢涉水的,有技不浮身淹死的,有被风浪吞没的,有体力不支自沉的。文学的淘汰率很高,冲到队伍前边,达到某种高度很难,保持名次,维持高度更难。稍事休息,文笔松怠,就被人赶超,被时代遗忘。以于泳的现状,不是保持,更不是遗忘,而是冲刺,突破自我,达到质的深度,站上新的高峰。

　　萧迹者,销迹也,把文迹消掉,把墨痕抹去,不留文字的蛛丝马迹,文学之迹与我何事?我是于泳,我有本职,我要吃饭,我要生存,我要养家糊口,我才不干那"不务正业"的事呢! 这是我的猜想,没有问过于泳。不过他脑子里出现这两个字,且把它署在自己的每部大作上,让于泳隐藏,让萧迹风光,内心是不会轻松的。我知道他为文学失去了不少,有些本该得到的因为写作被舍弃了,有些本属于自己的,因为文学被剥夺了,有些不该有的麻烦因为写作添上了,为文学他不该忍的忍了,受够了。但还有人穷追不舍,有

龙吟虎啸

247

一期《清秋》杂志登了他获奖的消息，总编程代才接到一个电话，说获奖是假的。让对方拿出证据，证明是假的，他又拿不出。告诉他，我们核实过证书，不会有假，对方还死缠不放，威胁如不更正要上告，非要把于泳弄臭，从文坛上拉下来不可。老程气得直跺脚。这事没敢告诉于泳，怕他生闲气。如此销迹，尚难安宁，若不萧迹，麻烦会更多。自古奇才多磨难，不被人嫉是庸才。

有一次和孙天才聊天，他谈到另一位作家的创作经验：先把堆堆弄大。过去文坛上不讲堆堆，讲本本，有一本书主义。一本书成名，一本书吃一辈子，一本书被人反复记着，那是计划经济时代的现象，体制在起作用。市场经济绝不会有此等作用，市场文学因袭了市场经济的规律，动辄被淘汰，读者不再买账。不甘寂寞，要想露头，争获奖项，抛一本，试试反应，再抛一本，探探口味，一本走红天下知。堆堆是为了目标和影响，因此，现在的文坛弄堆堆很普遍，比谁的堆堆大，没有堆堆，拿着一本书在那里晃悠，太没劲了。这里有一个量与质的变化问题，文学的规律是量变到质变，量的积累是质变的前提，熟能生巧，厚积薄发，所谓一鸣惊人，必是久默积音。如果对近现代中国文学作一个分析，就会发现，文盛时代，兴旺现象，都是量质相等相促或量大于质，而后名篇传世。萧迹的堆堆也不小，足有500多万字，400多篇（部），堆堆里的内容可不单一，有长篇小说、中篇小说、短篇小说、武侠小说、散文、随笔。不单是文学堆大，还有书画堆，那一堆也不小。首先单以堆论文，以堆衡人，那就有点儿小瞧于泳了，这堆里最低水平是变成铅字，达到发表出版水平；其次是获得过赞语，得到过著名作家陈忠实、茅盾文学奖评委李星、著名评论家常智奇等大家专家点评，甚或迎来了粉丝崇拜者。曾获得大奖，得到文学界的肯定和表彰。这堆堆有些专业作家未必能达到，有些著名作家未必有他大，有些写家终生也堆不了那么高,何况他才四十六岁,创作正当年,堆的时间还在后头呢!

面对这浩瀚文字,我们虽无法全部阅读,但翻页浏览,一目十行地阅,节章篇段地品味,也是一种享受。亦可感受到作者的文字韵律流畅,作品构思巧妙,描写细致入微,情节波澜起伏,发人深省,令人深思,掩卷回味无穷。可见其对文学投入之倾情倾力。"如何在保持原有风貌的基础上创新?如何能够实现凤凰涅槃式的突破,如何走出金庸、古龙、梁羽生这些大师曾经创造的辉煌但又随着时代的变化而已近似公式化的套路?如何在求新求变中,又不失武侠小说的特有韵味?"这段写在《楼观秘籍》后记中的创作感言,并非针对此书而言,而是他整个文学创作的追求和目标。创新,突破,摆脱套路,实现特有。创作思路很清晰,个性很鲜明,目标很远大。

我曾到过他的趣缘斋,有的是别人给他弄的,有的是自己弄的,有仿古之意。古代文人多时尚,修一个斋(书房),布一个轩(画室),刻一部书,讨一个小,雇一台轿,时约三五文友,谝闲聊天,吟风弄月,诵诗作画。于泳的斋轩里有书、有画、有字,都是自己的杰作。有石头,有茶道,有香炉,有佛像,有诗书飘香之味,有香烟缭绕之境,禅意浓浓。他的朋友中有和尚,有道士,有宗教人士,有高僧大德,一本《楼观秘籍》是他对道教研究的结果。由此可见他的信仰和文化品位。意大利精神病学者伦勃罗梭认为,世界上很多作家、艺术家是于精神忧郁、狂热、疯癫的病态而产生杰出的艺术作品。他在《天才论·天才与疯狂》中说:"天才和疯狂虽然不该混为一谈,但是两者的类似之处,充分证明在一个人身上,天才和疯狂并不互相排斥。"弗洛伊德认为这种现象是潜藏在下意识里的某种"生命力"。由此可看出作家、艺术家的伤神残心现象。一部长篇的创作,过程中要设身处地地与作品中人物的喜怒哀乐相伴随,伤心处痛哭流涕,高兴时手舞足蹈,处在非常的状态,久之其行为动作,言谈举止显得怪异,作家付出心血,付出汗水,也付出神魂,能作为救心挽魂,恢复心灵元气的,唯有宗教。弘一大师的出家,令弟子们疑惑后得出的结论是,他上了人生的最高层——三楼,即宗教,二楼在哪里呢? 精神,一楼呢? 衣食。文学即人学,人学在哪里呢? 在人生的三层楼里,作家写人,不但要把三个楼层的人全部读懂弄通,还得深入人的心魂最深处,即精神和信仰。不入宗教,焉得真谛? 于泳的斋轩及宗教情结,证明他的成果及用心过及,也将预示他的后发,在文坛上闹出更大的动响。

于泳有很好的良知,知恩报恩,他对帮助过他的人,扶持过他的人,在人生的关键时或困难中鼎力过的人,记在心里,报答在行动中。在文友们的交往中,他有传统的尊老谦逊之心,只要年龄比他大的,只要爱好文学,有共同的文学话题,哪怕文绩比他差很远,甚或只是爱好而已,他都尊敬谦逊,从不在他们面前自以为是,给人轻狂之感。这种人品和文品很难得,尤其在有成就的年轻人中,几乎罕见。王国维在《人间词话》中说:"三代以下之诗人,无过于屈子、渊明、子美、子瞻者。此四子者,若无文学之天才,其人格亦自足千古。故无高尚伟大之人格,而有高尚伟大之文学者,始末之有也。"他认为伟大的文学家必须有高尚的人格,人格卑劣者不可能创作出伟大的文学作品。好人品得道,坏人品失道,得道多助多力多信心,失道寡助寡力失信心。人品与创作,表面看似乎没有多大关系,在有成就的作家中,也可以找出人品很糟糕的例子。人品对创作的影响是潜在的。我曾做过文学的组织工作,为作者服务,在我接触的作者中,以创作的天赋和才能看,有两个年轻作者前途无量,可在中国的文坛上占一席之地,一个短篇小说获得了仅次于茅奖的全国大奖，但获奖使他得了"高人病"，圈内人他一个也看不起，圈外人他更不屑一看了，就连我们这些为他服务的工作者，因侍候不周而矛盾重重，今日这个困难没解决，明日那个成绩没看够，后日创作要专业，最后不辞而别，永不往来，他也从文坛永远消失，没了文迹。另一个因创作之绩获益匪浅，因才气受聘于新闻的处级岗位，但趾高气扬，看不上彼此形成，他看不上人不理人，人看不上他找气出，反映告状垫黑砖，群起而攻之，他也在那岗位上待不下去了。失去方知珍贵，心理的打击，人也病了，心也灰了，文学从此与他无缘。人品与创作的结合点在于心，文学需要静心，需要专心，而人品不好的结果是心烦意乱，今日这个不顺眼，烦心，明日觉得那个有负我，闹心，后日有人跟我过不去，伤心，统统都是人非我是，心何以承受，还谈什么创作？于泳天赋，才奇，人和，他能日出万字，文思泉涌，源源不断，不纷扰于他而专于创，不乱心于杂而聚于一，人品人际助他天才的发挥。

对于一个作家的评价，主要看其才、赋、勤，这些都具备后，出人头地，一鸣惊人，夺魁戴冠，占席传名，只是时间问题。于泳大概处在这样的时间段，几百万字的作品已经证实了他的文学天赋、才气和勤奋，但离他自己的文学梦想还差距甚远。突破或更上层楼成为苦恼。苦熬过后会有新的辉煌，是祝愿也是期盼。

龙吟虎啸

说说萧迹

孙天才

萧迹的原名叫于泳，我不知道于泳后来为何用了这个笔名。当然，萧也是百家姓中的姓氏之一，那个骑马月下追韩信的伯乐就叫萧何。迹，是留下的印子或痕迹。贾平凹就写过诸如心迹、人迹、月迹的文章。这样说来，萧迹则是一种声音美妙的影子，或是一种音乐的踪迹之大意了，是从一个生命内部奏响的如风一般飘荡的快乐足迹、笔迹、音迹之大意也。因为这种颇有艺术意味的内涵，加之他的文章都署此名，朋友们见了面，就不再叫于泳为于泳了，而总是叫他萧迹。

我与萧迹都在铁路系统工作，他是我多年的朋友，也是我的兄弟之一。记得一二十年前吧，具体哪一年回忆不起来了，与萧迹第一次见面握手的时候，感觉他的手心汗津津的，两双手像是要粘在一块一样。他对我说，他的身体很奇异，一是手上的汗如泉涌，总是湿淋淋的，手帕和纸巾是要随身带的；二是晚上洗脚，脚泡在半盆水中，就能听见那水汩汩地响，边泡脚边翻看书报，等书报看完的时候，那半盆水也就在一种吱吱如婴儿吮奶的声音中被一吸而去了。从那以后，我就觉得这个叫萧迹的家伙身上有一种特殊的东西，非凡夫俗子也。

萧迹生于山东济南，那是一座泉城，市里市外到处都有喷涌的泉水。当然，最著名的就是趵突泉和大明湖了。于泳之"泳"，也谐

"涌"也。他的父亲是文化人，在密集如珠的涌泉中过日子，早出晚归又如游泳于其中，儿子有如此诗意的名字也就很自然了。我的母亲也是山东人，那地方叫菏泽，满地都是荷塘闪烁的光华。我们有着共同的生命基因和文化根脉。萧迹生于陕西宝鸡，那是一座山城，周人、秦人从那里起根发苗，也是中国的青铜器之乡。最著名者如"何尊"，那上面有"中国"二字最早的铭记。我在鸡峰山下工作了十三年，那里的一草一木我是能如数家珍的。萧迹成长的环境和生活背景，我也是熟悉的。萧迹的大学生活是在郑州度过的，那是一座由火车拉出来的城市。市中心的后母戊鼎和"二七"双塔，以及四通八达的铁路网，彰显着中原大地海纳百川的广阔。萧迹是在郑州大学获得文学学位的，我是在河南大学获得哲学学位的，我们同样接受了中原文化的熏陶。此后，我们都来到西安工作，那种汉唐文化及明清建筑的遗风，又让我们在一种诸如秦砖汉瓦唐塔明城墙的雄浑气魄中共同走到了今天。可以说，在萧迹身上，有齐鲁文化、中原文化、周秦文化、汉唐文化的积淀和融合，这种多文化的相互交融和集成，对萧迹作品的风格影响是显而易见的。

在十多年前吧，萧迹在一个企业的团委工作，那一根洞箫鸣奏出的第一乐章名之《团委书记》。这部小说的主人公名叫楚天闻，在一次次的困难与挫折面前，这个血气方刚的年轻人始终没有放弃的那种奋斗精神，给我留下的印象是深刻的。这部作品出版的时候，正是共青团干部在中国政坛上风起云涌的年代。因其主旋律的主旨和对那个年代的年轻干部的艺术化呈现，关注度是非常高的。这部作品获得了团中央的"五个一工程"奖，也获得了中国铁路文学奖。应该说，萧迹的起点还是很高的，是旗开得胜。之后，萧迹调到了宣传部门工作，他又以同样的贴近而创作了长篇小

龙吟虎啸

说《宣传处长》。但那个叫百里行的宣传处长更多的是当时的世道人心，特别是官场虚夸浮躁的形式主义的一个代表性人物。上面喜欢轰轰烈烈的假大空，下面就尽力做那些让上面满意高兴的文章，人们似乎都津津乐道于那种不打粮食的"面子工程"，并追求一种劳民伤财的所谓"轰动效应"。记忆深刻的还有一点是，那些大大小小的领导在饭桌上的奢侈浪费，以及那些五花八门的荤段子。一桌饭，一席话，就把那些"两面人"的丑恶原形暴露无遗了。从那时起，我感觉萧迹的作品中多了批判的锋芒，也时时能听到他对官场上那些不良习气和作风霹雳鞭打的声音和振聋发聩的呐喊。

不久，萧迹又调到了一个新的部门。在那里，他依然坚持文学创作。但有伯乐如胡忠斯等老领导的呵护，他始终坚持着文学之梦。也正是那些年，他以井喷式的创作，完成了《面子》《活给别人看》《谁是你的情人》《古城》《平凡人生》《网上杀手》《网络那端》等长篇、中篇、短篇小说。后来的这些书，因为我工作忙，无暇全部读完，仅看了《平凡人生》。《平凡人生》有著名评论家、茅盾文学奖评委李星的高评，我就不在此多说了。但这一时期萧迹的多产高产，也如济南之多泉，是令人惊异的。记得有一次，他到我这里来，说他有灵感的时候，一晚上能敲一两万字，而且全部是盲打。出手真快呀，我是望尘莫及的。也因为这些书稿的密集出版，使他成为中国作家协会会员、陕西作协签约作家、西安市百名骨干艺术家，可谓是声名鹊起、崭露头角了。

萧迹今年才四十六岁，他是崇尚"读万卷书，行万里路，交八方友"的古训的。这几年，他行游四方，勤于笔耕，又创作了《大铁路》《楼观秘籍》，还有《请珍惜在一起的日子》等，散文也写得情真意切。《大铁路》由安徽文艺出版社推出，也获得了安徽省第十二届"五个一工程"奖。而《楼观秘籍》则被媒体称作"填补了陕西武侠小说的空白"，是很吸引眼球的。

　　纵观萧迹四五百万字的作品，他与陕西作品整体上具有浓厚的乡土气息不同，他的作品是以反映现代城市生活为主要内容的，写古城的现代面貌，写主旋律色彩的现实主义的朝气与希望，以独特的敏锐性探索包括婚姻困境在内的人们生活中的矛盾纠葛、情感归宿和精神指向。有人说，现代文学景观是以传统文学、青春文学、网络文学之并行发展而呈现展开的。在诸多类型的新文学形态中，萧迹无疑都做出了自己的尝试。他也是以这种多样化的选题和多侧面的人物为背景，而力求能多维度地展现这个世界的面貌，让人们能从整体上把握这个世界的昨天、今天和明天。但我在与萧迹的多次促膝谈心中，坚持自己的观点：辩证法的全面与形而上学的深刻。作为朋友与兄长，我曾建议萧迹应该寻找一块真正属于自己的根据地。因为生命有限、阅历有限，所有伟大的作家也只能写自己最熟悉的东西。当然，萧迹年轻，激情四射又遍历秦鲁豫，广交各路英雄，才华横溢，他可能有能力将这个世界全面而又深刻、广泛而又深厚地表达出来，以形成自己的大气象。这种雄心与胆气，这种追求与追问精神，还是应该称道的。他还有时间，不像我等已廉颇老矣，还是有希望在赤橙黄绿青蓝紫的多棱镜中形成自己的光辉的。

　　可能萧迹是对的，应该承认，从个人气质上，他身上有鲁人的豪放、秦人的坚韧、豫人的圆通，加之他的勤奋广纳。这也体现在他的书法绘画上之灵通。文书画皆能美善形之，古今来都能一贯而通。这可能是萧迹更大的追求吧。我们拭目以待！

　　与萧迹的最近一次聚会，是在临潼尝来尝往酒店。那天，他提了三瓶"问道仙"酒，我们结拜了"四君子"。在场面上，他是能让每个人都感到舒服的。那天，我对萧迹说了三句话，一是感谢他为我

龙
吟
虎
啸

255

写的那篇《老家是每个人灵魂的最后归宿》，那篇文章带给我的同样是阅读的震撼和快乐。二是很抱歉，我曾答应给他写一篇文章，但话说了几年了，却一直未能动笔。君子一言，力争在 2014 年最后一天好坏都要兑现。三是希望他能把这样的创作状态和勤奋精神坚持住，像当下流行的那句话——把爱情进行到底。此文临结尾之时，又闻萧迹的长篇小说《平·安》创作完成，真为他高兴。祝这个汲取秦鲁豫大地之灵气，而又年轻旺盛的生命之树能在来年结出更大的果子。

也说萧迹

劳　夫

作家孙天才最近写了一篇文章《说说萧迹》，反响甚大，一时在朋友圈里，人人争说萧迹。有人问我萧迹到底是一个什么样的人，我说，萧迹是一个生动、有趣，特别有亲和力的人。那天萧迹邀请众文友，在他临潼尝来尝往的工作室进行叙谈。也邀了我，人陆续到齐了，有十五六人，但包间小座席便不好安排。坐一桌则人多，坐两桌则气凉。正在为难之际，萧迹一声大叫："干脆放到工作室大厅的条案上，如何？"大家一看，百平米的大厅，七米长的书案。欢聚一堂，适得其所。便将两桌的茶饭，一起摆上了书案。

菜摆好，萧迹正欲说祝词，却突然停电了，点上六支红蜡烛，叙谈便充满了几分朦胧，几分浪漫。萧迹首先朗诵了他为这次叙谈会所作的一首诗。萧迹是很有朗诵诗文的才能，诗文让他吟诵得抑扬顿挫、声情并茂，这是我一生中听到朗诵诗文最好的两个朋友之一。大家的情绪，随着他诗文的内容、朗诵的感情跌宕起伏。

他的朗诵一停，文友们便掌声阵阵，评论纷纷。有一个文友调侃地说，"诗写得确实很好，但诗不如诵，诵不如声，关键是萧迹有一副很有磁性的男中音，极具吸引力（对异性尤甚）"。众人听闻，一片欢笑。

这时爱好写诗的小张主动地站了起来，朗诵了自己的散文诗《这一刻》，朴实的文字、淡淡的忧思，使全场一下子静了下来，小张

龙吟虎啸

257

一脸文静地说，我再给大家朗诵一首普希金的诗《假如生活欺骗了你》：

> 假如生活欺骗了你，
> 不要悲伤，不要心急。
> 忧郁的日子需要镇静，
> 相信吧，快乐的日子即将来临。
> 心儿永远向往着未来，
> 现在却常是忧郁。
> 一切都是瞬息，一切都将会过去，
> 而那过去了的，就会成为亲切的怀恋。

小张起了个头，半数的人都跟着和诵了起来，我心中大惊，在这个浮躁的时代，在萧迹的身边，竟然还有这样一群以朗诵普希金的诗为乐趣的人。人以群分，我深深地感受到了萧迹的人格力量。

初来的小李，娇小腼腆，显得拘谨，萧迹不停地招呼小李，使小李很快地融入了这个热烈的气氛中。不管谁只要稍显落寂，萧迹总能及时发现，或问候、或玩笑。特别是他绘声绘色自嘲自侃地讲了自己上小学的时候，如何与女同学初恋的故事，风趣雅致，生动诙谐。最后他一脸诚挚地告诫大家，谈恋爱十岁以下的女孩子靠不住啊！大家初闻一惊，后忍俊不禁，欢歌笑语。

天真的小李，很认真地问道："萧老师你现在还想念你初恋的女同学吗？"他愣了一下，因为大家都知道这是萧迹移植加现编的。他灵机一动随口道："我的灵魂现在已经附在了小王的身上，现在请我们当中年龄最小的美女小王用我的灵魂来回答你。"众人的目光唰地齐聚在了小王的身上，小王满面通红，不知所答。萧迹急忙说："灵魂方才附体,信息正在传送,容随后回答。现在请小胡朗诵他发表在《美文》上的散文《家乡的小溪》。"小胡大大方方地站了起来,大厅里充满了小胡深情的吟诵声。小胡朗诵完了大家还沉浸在小胡散文优美的意境里。

十一点了,夏大姐说："时间不早了,请萧迹即兴作诗,对今天的叙谈诵而记之。"众人齐呼一声好,不少人都将手机调到了录音。萧迹站起来,酝酿了一下自己的情绪,围着条案,边走边诵,慷慨激昂,充满深情。特别是走到了条案空着的那一端,猛地跳到了桌子上,张开双臂,高诵道:"让我们昂起高贵的头颅,扬起勤奋的翅膀,去迎接明天的阳光吧……"

在回来的车上,我想起了当年胡适先生对徐志摩的评价:只要有志摩参加的聚会,他总能细心地照顾到每一个人的情绪,使大家如沐春风,欢歌笑语。他在,聚会便俗而不失其雅,雅而不落其寡。所以志摩是朋友中的水泥,别的人都是沙石,只有徐志摩才可以把所有的人凝聚起来。

萧迹身上便有这样的品质。

龙吟虎啸

激情四射的萧迹

高 坊

近几年来，萧迹高昂的创作热情、丰硕的创作成果就像一匹黑马出现在陕西文坛，引起文学界广泛关注。茅盾文学奖获得者陈忠实先生认为萧迹是一位行业作家，也是一位颇具才华的年轻作家；茅盾文学奖评委李星则评价萧迹的小说引人入胜，很会巧妙设置悬念，抓住读者。

萧迹生于山东济南，中学阶段就读于宝鸡铁一中，1990 年毕业于郑州大学中文系，原名于泳，萧迹是他的笔名。为什么起这样一个笔名呢？这里有一个小故事，他大学毕业后先在铁路局团委工作，后来到宣传部做企业对外新闻报道工作。自己不仅要经常深入基层，采写新闻稿件，还要联系接待中央、省市级部门的记者，在业内的圈子里，以记者的身份采访撰稿，但比起那些大记者，他认为自己理所当然的就是小记者了，谐音就是萧迹。这个笔名，还包含着作者的另外一个初衷，就是销声匿迹，不想张扬。今天，萧迹又对他的这个笔名有了一个新的诠释：那就是一生走来，留下潇洒的足迹。

从此，中国文坛出现了一个叫萧迹的年轻实力派作家。十多年间他默默地耕耘于文学创作，通过一部部作品给予读者一个又一个惊喜；通过作品不知觉间在陕西乃至全国文坛张扬起来，并有不断扩大的趋势。

萧迹的开山之作是长篇小说《团委书记》，这是他在团委工作时写的，因其主旋律的主旨和现实主义的笔法，恰逢共青团干部风起云涌的时代，这部书一经出版便获得了广泛关注、诸多好评，这部作品获得了团中央第七届"五个一工程"奖，也获得了中国铁路文学奖。

后来，萧迹调到局宣传部门工作，仍然从最熟悉的生活写起，创作了反映官场百态的长篇小说《宣传处长》，把官场上的面子工程、酒桌文化写得绘声绘色，充满了批判的锋芒，显示了作家独特的敏锐性。

不久，萧迹又调到一个行政管理部门工作。除了繁杂的管理工作之外，他仍然充满了观察生活，文学创作的热情。不仅完成了自己熟悉的，与行业有关与兴趣有关的《大铁路》《面子》《活给别人看》《谁是你的情人》《古城》以及《网上杀手》《平·安》《网络那端》等长篇、中短篇小说，以及散文集《请珍惜在一起的日子》。而且，还完成了行业之外的长篇小说《平凡人生》，开辟了更加广阔的创作道路。尤其是长篇武侠小说《楼观秘籍》的出版引起陕西文坛的高度重视，被称为"填补了陕西武侠小说的空白"。

龙吟虎啸

纵观萧迹的创作道路，我觉得有几个显著的特征：一、始终贴近生活，把握主旋律，不搞风花雪月，无病呻吟那一套，走的是现实主义道路；二、在陕西这块古老的土地上，以乡土文化为基调的众多作家群中，他独辟蹊径，反映古城西安现代生活方方面面，对当代人们在改革发展过程中诸多矛盾纠葛进行了有益的思考和探索；三、创作内容丰富多彩，千姿百态，有社会关注、家国风云、官场生活、爱情婚姻、网络杀手等等，勾勒了一幅都市生活百态图。

短短十多年里，萧迹创作出版了五百多万字的作品，而且都是在业余时间完成的。有专业作家倾其一生也难以达到的成就,其中甘苦可想而知,令人敬佩!

是什么原因使萧迹取得这样骄人的成就呢?

家庭的熏陶。父母都是二十世纪五六十年代的大学生,父亲是一个大型企业的总工,母亲是中学的高级教师,也是剪纸艺术的专家。妻子是一位贤惠并支持丈夫写作的老师。

扎实的专业功底。大学时代的中文学习,生于鲁,长于秦,学于豫,勤奋广纳,有了丰厚的知识储备。

丰富的生活阅历。萧迹热情豁达,喜交四方朋友,一个个现实生活的鲜活故事,一个个创作灵感由此而生。

我和萧迹有过一次促膝畅谈,还有几次聚餐,他邀我写一篇评论,半年过去了,迟迟没有动笔。直到前不久,我们共同参加了一位老先生八十岁寿辰的寿宴,才使我茅塞顿开,找到了文章的切入点。

那次寿宴别开生面,丰富有趣。名家演唱,现场击鼓抽奖,还有即兴表演。平常温文尔雅,低调做人的萧迹走到台前,一改内敛的风格,在微醉中手舞足蹈,热情洋溢。他说,当年曹植七步成诗,我今天一步成诗。在大家"5、4、3、2、1"的呐喊中,萧迹一步迈出之后,即刻一首反映酒宴祝寿的长诗由此而生,他丰富的肢体语言伴随着抑扬顿挫的富有情感的朗诵,感染了在座的各方嘉宾,引起了一阵阵叫好,把这次普通的寿宴推向了高潮!

那一刻,我明白了,激情四射正是萧迹文学创作的原动力!

他井喷式地一年一部长篇小说创作出版,有时他一天一夜可以写出一两万字的作品,除了小说,在散文、书法、绘画、音乐等诸多领域都取得了可观的成绩,他不仅写现代人的故事,还写古代人的故事,武侠小说《楼观秘籍》的探索就不难理解了。

今天的萧迹才四十多岁，正值盛年。愿他激情常在，青春永葆，创作出更好更多的作品！

龙吟虎啸

萧迹印象

史建政

尽管西安市北大街××咖啡屋二楼的光线较暗,但丝毫掩盖不住萧迹抑扬顿挫的话语,话语伴着简单的手语,使笔者按捺不住内心的涟漪,这气氛似乎显得与这家台湾料理不协调。与萧迹邂逅都是身边的朋友牵线搭桥,记得二十多年前,尚未成年的萧迹由济南到德州我朋友家串门,当时上初中的萧迹正学做菜,便跑到菜市上买了几种蔬菜。时间不长,几盘色香味俱佳的菜就上了饭桌,结果一家人饭罢菜净,厨房里去除的菜根,也不知啥时候被丢进楼下的垃圾箱。朋友面带微笑,朋友的夫人说于泳(萧迹本名)将来干厨师是把好手,未承想阴差阳错,今年三十多岁效力于西安铁路局的萧迹,竟奇迹般地挤进了现代作家的行列。

"写作只是我众多爱好中的一个!"萧迹谦虚地说道。

萧迹因高血压已吃了八年降压药,他耗时六七年出版了六部长篇小说,都是伴着降压药成就的,他不喝酒亦不能饮用提神的咖啡和浓茶,这正合我意。于是便要了一壶味温的菊花茶,但这丝毫不影响萧迹的兴致,笔者不经意说出的几个小故事,他立刻按自己的构思,草拟出引人入胜的情节。说到小说中的情节和细节,萧迹认为情节就如同千转百回的一条大河,细节则是这河上的一个个旋涡,这旋涡不能雷同,但要贯通,细节的设置是微妙而不能草率的,不能像老太太的裹脚布,应当让人感到生活的节律,感到生活的美。就像一个人划孤舟在这条河上荡漾，当进入一个春意盎然、鸟语花香的地方，不允许你太长地去观赏逗留，因为还有别样的天地在等待着你，否则，你就会偏离方向，因为只有顺着这条大河，才能汇入大海……萧迹穿一件米黄色的西装上衣，也许因为时令的差异，那上衣的颜色似乎有些过于时尚，他觉察到我在注视他的服饰，便换了话题。萧迹说加上未出版的两部长篇，已有了八部长篇，后写的这本去年国庆节启笔，现二十万字的长篇也已脱稿，就等送出版社了！如此这般，要沿用老的写作方法显然不行，要把握时代要求，他说了从《网上杀手》《宣传处长》《活给别人看》《团委书记》到《平凡人生》的写作过程。当然，除了取材，在写作手法上也要力求新颖，在快节奏的社会环境中，读者不会跟着作者去"杞人忧天"，只有从开始就紧紧抓住读者，才能收到好的效果，因此，很自然地设置悬念，显得尤为重要。2006年4月由中国社会出版社出版的《平凡人生》，是萧迹作品中没有行业痕迹的作品，茅盾文学奖评委李星评论该书，巧妙设置悬念，是该书的一大写作特点；陈忠实认为萧迹是行业作家颇具才华的年轻作家。萧迹出名后，不少大学都邀请萧迹去讲课或专题讲座，他常常忙中偷闲练习书法。说到萧迹笔名的由来，因做了一年企业新闻宣传工作，比起那些大记者，自己理所当然的就是"小记者"，取前两字的谐音便是"萧迹"，萧迹也有销声匿迹的意思，也表明作者不想张扬的初衷，结果却与作者的初衷相悖，其作品在北京、西安等地图书市场排上了排行榜的前列。至于萧迹给自己的定位"业余"，只是把自己的职业作为谋生的手段，"业余"寄托着萧迹那厚重的社会责任感和孜孜不倦的探索精神。

"齐鲁文化博大精深，有机会要去老家看看！"

个子不高的萧迹的老家是在山东文登，说起老家，身处秦地的

265

萧迹沉思了一会儿这样说道。萧迹突然向我伸出了两只手，但见两手的手面上湿漉漉的，我下意识地拍了他手一下，自己的手也沾满了汗水。他告诉我，每当他激动或写小说时，手上总是出这么多汗，因此要准备一块毛巾，不时地将手上的汗水擦干净，以防止汗水损坏键盘。跟萧迹会面前，我见到了他的家人，不巧萧迹外出有事不在家。他的宝贝女儿于何彦悦刚满四岁，萧迹回到家里，只要女儿在家，总要扑到父亲的怀里，萧迹总要给女儿讲个故事或给点小礼物什么的，要不女儿是不会放过父亲的。萧迹的夫人是位老师，这位何老师只要见到丈夫，笑容便堆到了脸上，因为萧迹在外面做事，也有说不尽的酸甜苦辣，他只把甜和笑声带回家里，带给妻子女儿，其他的便自我消化掉了。萧夫人眼角上那淡淡的鱼尾纹，萧迹把它看成写书以外的最得意的作品！萧迹的父母都是二十世纪六十年代毕业的大学生，还有一个女儿，就是萧迹的姐姐，她是化学方面的专家，现在在北京某单位供职。两位老人如今已退休在家安享幸福的晚年，老人只为儿子的高血压犯愁，觉得儿子把本职工作做好就够了，不该再搞什么小说创作了，那样对身体危害很大，毕竟年过七旬的两位老人只有萧迹一个儿子！

"萧迹能放弃那种强烈的社会责任感吗？"

笔者默默地在问自己，也把这样的信息传达给了两位老人，老人沉默下来，我索性认真地将自己知道的医治高血压的几个法子告诉了俩老人，他俩似乎获得了极大的安慰，见状，我忐忑不安的心情总算平静下来了。

⋯⋯

说到成功，萧迹有自己的想法。爱迪生说过：成功就是百分之九十九的努力加百分之一的天分，但是，百分之一的天分远远大于百分之九十九的努力。萧迹认为，一般都把"但是"后面的话省去，是不全面的。成功里面,个人天分的差异当然不能被忽视。说到以后的路,聪明的萧迹没有再往下说,我不禁恍然大悟,他已用爱迪生说的话做了回答,这就是我眼中的萧迹!

龙吟虎啸

素练风霜起，苍鹰画作殊

雷　达

　　鹰是一种猛禽，在大自然中，它孤傲强劲，搏击长空而成为禽兽中无可置疑的鹰王。特别是鹰之再生，和它面对生死长啸苍天的不屈精神，长久以来成为艺术家们笔下最为青睐的创作素材。自古至今，画鹰的大画家远有八大山人，现有潘天寿、齐白石、李苦禅……他们站在各自不同的对世界对人生对自然的观察角度去理解鹰，并在理解的基础上去创作他们心中的鹰之精神，将"鹰"变为艺术界的一道风景。

　　但是，由于鹰的凶猛和倔强，又使得许多画家不敢触及鹰的领域。我们知道，只要拥有绘画基础，且通过长期的观摩、长久地绘画训练的人都可以画出鹰的结构、鹰的形。但是，鹰的雄劲、鹰的精神，特别是鹰的不怒自威、犀利刚毅，大道之下的隐匿则不是任何一位画家敢于挑战的了。

　　表现鹰的气质，需要的是艺术家对鹰的正确理解，这种理解不是单凭一种直接的观察就能得来的，更需要的是画家本人的素养和厚度。否则，画出的鹰是死鹰，是印刷品工艺品而不是艺术品。

　　萧迹画鹰，画的是酣畅淋漓。

　　萧迹说，中华民族不仅仅有谦谦君子，更需要如鹰一般的血性方刚。文章合为时而著，这个"时"就是在任何时代都要倡导那种积极向上的宁折不屈的顽强精神。

268

于是,萧迹这位被誉为陕西第一部武侠小说的作者,起笔绘鹰。萧迹首先是一位作家,十几部长篇小说奠定了他观察人生的多角度和视野的宽角度,以及对这个世界的理解深度。这样,保证了他起笔的高度。又由于萧迹涉猎了文学、音乐、书法,还有中华传统文化《周易》的研究,使得他在绘鹰时多了一份对所有生命因尊重而生出的另一种生命感悟。

萧迹笔下的鹰,立于石而垂羽,俯视而不鸣,可是,再观鹰之眼,咄咄逼人,鹰之再生,鹰之复活,鹰之搏击长空。

萧迹为了画出鹰的血性,首先激起自己心中的血性。他告诉我们,他长久地写书读书,使自己身上浸染了太多太深的书卷气,绘鹰时曾一度找不到鹰的凶猛和残烈。为此,他专门报了一个散打拳击班,在搏击流血中激起自己男人的血性。他还走进罗布泊无人区、阿尔金山无人区,在无人区的行走中,在没有任何生命迹象的无人区中感受生命的力量。

萧迹画鹰王,他说,先要把自己变成一只鹰王,用鹰王的眼睛去看鹰,理解鹰认识鹰,这样才能在笔墨的世界里,鹰之复活,鹰之再生。

龙吟虎啸

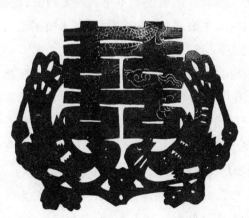

萧迹，一个温暖的朋友

慕容春雪

在我所有的朋友中，萧迹始终是一个另类。当然，他的另类不是那种让人生厌的故弄玄虚，也不是那种自视清高的个性。虽然，萧迹完全有这个实力去随心张扬自己的个性，毕竟，那十几部长篇小说约五百万字的作品，以及题材的涉猎广泛已经坐实了他的才高八斗，学富五车。但是，在萧迹身上，让我们时刻感受到的是他那低至尘埃的谦逊。

萧迹的谦逊不是装出来的，是从他的心底自然蕴生的。在与他的交往中，时时感受到的是一种舒适和恰到好处的迎来送往。

由于职业特性，在我的身边不乏写书的朋友，于是，常常看到这样一番场景，谁只要出版了一本书就四处奔波，轮番轰炸，吹着大喇叭宣传炒作，生怕别人不知道，可是翻来覆去还是跑不出自己的那个圈子。

萧迹每次出版新作品，轻描淡写得如同品一杯新茶。我们只是在各种畅销书排行榜上才知道了他又创作出版了新的作品。记得那年他的《团委书记》出版后，曾一度占据在北京图书大厦的排行榜上，且在十部畅销书中，唯一小说类的就是萧迹的这部《团委书记》，可他却是在我们问过之后，才首肯确有其事。

萧迹朋友多，人脉广，问他为什么不借朋友之力炒作宣传。萧迹告诉我，炒作总要费力耗时求人的，求人就是麻烦人，麻烦人则是世界上最麻烦的事情了。再说了,朋友之交,真水无香,越是朋友越不能麻烦朋友。再说,他写作就是为了享受创作过程中的那个快乐,一本书出版了,他的这个享受过程就结束了,剩下的事就是享受下一部作品的快乐了。至于书是否大卖,则是出版社、书店和读者的事情,肯定不是他的事了。

这就让我明白了,为什么他的作品先后获得各种奖项后,他自己却连奖杯、证书都不去取,至今还安然放在人家的仓库里。

就是因为萧迹体验写作的快乐,又因为快乐的写作衍生出了更多的创作快乐。萧迹在文学创作的同时,他还涉猎书法、绘画、音乐的创作。那天,在报纸上看到一篇关于萧迹画鹰的报道,才知道他的鹰王已经鹰击长空,鹏程万里,笑傲江湖。书法作品亦早已收藏于国内外多家机构,雕刻于名山古刹之中。

萧迹说,所有的艺术,所有的宗教都是相通的,最终起决定作用的不是技巧,而是博览群书,感悟人生。

因为读书因为感悟,萧迹对人生亦有了深刻的认知。他说,所有的东西,对任何一个人来说都是替社会暂时保管。不管你是用什么办法得到的,最后还得回归社会。与其争来争去,不如顺其自然。"人生苦短,短暂之人生岁月,与其时时争斗,坠入身心之不快。不如,减少欲望,与众人分享快乐。"

有了这种人生的观念,萧迹做人做事就多了一份豁达和纯净,不攀比、不后悔,一切顺其自然。与他交往如小溪潺潺,缓缓而行。他的那部长篇小说《平·安》,平一点安。他说,现在的人个个行色匆匆,忙忙碌碌,说白了,就是为了那个"欲"。欲望强了,焦躁自然多了。所以,生活应该简单一点,平缓一点,自然就安全了,平安即福。

萧迹,就是这样一个温暖的朋友。我常跟朋友们说,萧迹的

龙吟虎啸

"趣缘斋"，就是一处人生路上的风雨亭，不管我们走多远走多累，在他那里一杯清茶，一盏清酒，一句淡淡的问候，那种疲惫那种倦怠就在静静的空间里烟消云散了。

感心动情有余叹

——解读《大铁路》践行的主流特色

萧强虎

一场悄然而至的雪雨让凝结冰壳的高速公路成为汽车不能动弹的禁地，翱翔铁鸟也因起降坪摇身一变成为溜冰场而铩羽蜷窝，使得千百万计民工和旅客都把春节返乡的希望寄予铁路蛛网上，然而因天灾、运能以及设备问题的制约，归途上充满了太多的艰辛和无奈。为了撑起化解社会压力的重负，从铁路局各机关到如同联动机齿轮的机务、车务、电务、工务、车辆、供电、公安等部门，透过局长马志刚、车站领导班子魏松山、吴广明、张亦可以及售票员陈书婷、火车司机魏立伟、列车长魏小燕、站警金武学、工务电务工长等的行为节奏，展现出一轴永远高速且运转不息的磅礴史诗画卷。这就是萧迹的《大铁路》读后留存给我的主体印象。

作者凭借丰富的铁路知识和艺术功底，直面社会与理想的现实真相，展开文学的憧憬想象，探索希望的方向。在这部 20 万字的长篇小说中，创作以不同"螺丝钉"作用的人物为经，以大战役的组合场景为纬，把铁路人在当今时代中的生活情趣和深层心境真实而艺术地表现了出来。主人公的经历、思想、价值取向，尤其爱情、亲情、社会及时代交错的经历，对社会、对人生的感悟等等，合奏出了人性、灵性与诗性的和谐，让读者不能不触之感心动情和有所启迪。

龙吟虎啸

273

中国铁路是有着半军事化传统的大一统企业,有着最强组织纪律性和牺牲精神的 200 多万一线职工,以占世界铁路 6% 的营业里程,完成了世界铁路约四分之一的换算周转量。无论其创造的旅客周转量、货物发送量、换算周转量还是实现的运输密度,在全世界都位居第一,可谓一支最任劳任怨默默奉献的产业工人队伍。尤其是中国改革开放后的一年一度大春运,他们可以说比所有运输行业人员付出的心血汗水都多,得到的报酬也最微薄,但是一直遭受着最多的嘲讽和指斥。这是因为,国家地区经济发展不平衡带来的社会问题被不公平地压在了这个最大运载能力的企业上,以致被广大民众赋予不现实的期望值外,真实状况不为人了解也是滋生成见的重要原因。多少年来,表现铁路的文学作品除了站、车、工务、工程题材的有限内容外,基本上难得一见这个国有最大企业的全貌展现。铁路行业工种的自成系统包罗万象,不仅让自己的业余作家感觉驾驭能力的不足,专业作家也不得不望而生畏。

《大铁路》正是基于对这种状态的突破,在铁路人家国情怀的大格局上进行了深层次挖掘,告诉读者鲜为人知的许许多多:"列车长魏小燕不停地来回巡视着车厢的各种情况,此时,旅客们有昏昏欲睡的,有聊天打牌的,一个旅客不满地嘟囔着,怎么又临时停车了?这时,天上下起了毛毛细雨。魏宝江他们顾不上汗水还是雨水,只是不停地干着,上螺栓……他们必须在'天窗点'内完成施工,对于铁路来言,时间就是一切——终于道岔接上了。就在道岔接轨,施工顺利完成的最后一刹那,刚才那群如虎如豹的施工队员们有些已经疲乏地倒在了地上。"其实,无论狂风暴雨,无论酷暑寒冬,无论黑夜白昼,任何一趟驰行列车的前前后后,都有着无数车务、机务、工务、电务、车辆职工在保驾护航。这些铁路人中,许多人已在铁路干了几十年,然而连卧铺都没有坐过,因为没有时间也没有条件;有的活着时天天都生活工作在沿线小站上,离开人世后也埋在铁路旁边的山坡上,这里是他们唯一熟悉的地方;一些算来二代三代的铁路人,不但重复着父祖辈的职责,有的甚至就在自己父亲原来的那个工区和班组工作,依然终日奔走在沿线小站,顾不上家,顾不上老人孩子;一些在铁路工作的夫妻一两个月都见不上一面,这个回来那个走,匆匆间,只是在两车交会时,招招手,把关心传递给对方……然而,这一切都被习以为常地认同着! 铁路人面对制度与规则,唯一的选择就是服从!

文学是一方水土、一个族群的心灵史,也是一切艺术创作的基础动力。它的与时俱进,它对社会生活层面深度和广度的延伸开拓,对时代的进步发展和人们的热情关注有着推波助澜的重要作用,因为文化是能以一种潜移默化的姿态影响甚至左右生活的。所以说,文学创作也少不了一定的灯塔与风向标效应。《大铁路》以具有波澜壮阔的铁路色彩和广阔空间作背景,选取能表现铁路人精神性格的断片故事支撑其间,通过人物命运的起伏跌宕和心理历程演变引发共鸣,达到发人深省的思考和同化力,这无疑具备思想精深、艺术精湛、制作精致的文学作品特色。

不过,作品的不足之处也是显而易见的,具体表现在人物性格的立体挖掘上不深,缺乏高度集中、大一统、半军事化铁路文化背景下的独特心路历程、生存价值及命运走向之类的探究思考,主人公过于写实和表象化。这说明作家创作的思路还不够开阔,缺乏细节描写的想象能力,对虚构性与事实性处理还有待努力。

好的文学作品依赖丰富的文化积累与生活积累之外,还需多元角度去观察、表达和反映,在探索与发现中创造出自己的气脉、文脉。萧迹是一个有实力的、有抱负的写作者,也是一个情怀真挚眼光敏锐的铁路人。他的大部分作品都凸显了时代的风云激荡,

龙吟虎啸

践行史诗性的写作构思大格局让人寄望颇深。但愿他的新作《大铁路》能够更深刻、更有力地反映出铁路人的精神，成为读者真正魂牵梦萦的好作品。

为鹰王而生

——书画家萧迹大写意《鹰》的品读赏析

春 林

鹰击天风壮,鹏飞海浪春。宋朝司马光的这首诗描绘了雄鹰翱翔、鹏傲沧海的壮丽画面,给人一种积极向上、壮志凌云的气魄。鹰,猛禽,性格孤傲,勇猛,它飞翔于蓝天、白云间,不畏艰难给人以力量和强劲。因此,它常常成为诗人画家笔下的常客。

在中国书画历史上画鹰的著名画家数不胜数,宋代的宋徽宗、李迪,明代的林良、吕纪,清代的八大山人,近代的徐悲鸿、齐白石、潘天寿、李苦禅等都是画鹰的高手,在他们的笔墨世界里,鹰或高飞于苍天白云,或沉思于孤石松柏,它们的孤傲、雄强、奇崛跃然纸上,成为我们心中一个个向往正能量的图腾。

今天,在我众多的书画师友中唯萧迹画鹰,开始得知他画鹰时我并不感到惊奇,因为在我的心里这位大才子想做任何事情,只要他喜欢,结果都会掷地有声的。记得那年小聚,席间酒酣之时,他突然宣布要写长篇小说,不等我们搞清楚他的酒话能持续多久,人家已一路走下来,谈笑风生中已经创作出版了十几部长篇小说,且本本都是畅销书。如换成别人,这十年来的辛苦创作,早已累得是面呈菜色了。但他依旧是红光满面,以一年一部书的速度向我们展示着他的文学才华。不久,他又告诉我们,他要练写书法了。中国的汉字特别是书法那是有着几千年的文化沉淀,一代代的书法

龙吟虎啸

277

大家们早已将书法这门艺术推到了极致，要想在这里面蹚水喝一壶，没有几十年的功底，水没沾湿人就沉底了。谁知，萧迹又给我们创造了一个奇迹，没过多久，他就在书画大省山东举办了个人书法展，书法作品几年间已悬挂于各路名山古刹，润格竟也是一路高攀。

很快，便又有了萧迹画鹰的消息，那一刻，冥冥中，我竟然心生一种他早就应该画鹰的感觉。萧迹后来告诉我，他学画鹰前，专程前往草原，从牧民手中买回了一只鹰，天天看，通过和鹰的交流，成为鹰的朋友，去了解鹰的内心世界，直到他胸有雄鹰，再画鹰时，已是随手挥就，一气呵成。接着，他又找遍了李苦禅先生所有的作品，苦研李苦禅生前绘鹰的视频，天天沉迷于鹰的世界。看似轻松洒脱的萧迹，人后却是苦练精进的凤凰涅槃。当然，我们知道无论书法、绘画、音乐还是摄影、雕刻，最终起决定因素的还是个人的文化素质和品德修养。没有深厚的文化底蕴，苦练百年亦是空悲切。萧迹的十几部长篇小说和近百篇文艺理论撑起了他的艺术高度。所以，他画的鹰磅礴朴拙、风神豪放，蕴含了劲健的阳刚之气，达到了笔简意繁的艺术境界。

但是，萧迹没有拘泥于苦禅鹰的风格，很快进行了创新并融入了自己的特色。对于一个艺术家来说，最忌讳的就是跳进去出不来。纵观书画界，无数的书画爱好者之所以经历了几十年的苦练最终不能成为大家，就是进去了出不来，形成不了自己的创作风格，作品中没有自己的语言，一切只是大师作品的翻版。最终成了一个匠人，遗憾终生。

萧迹笔下的鹰有苦禅的特点，更有自己的风格，他画鹰画出了大的气象和格局，表现了自己强烈的个性。他的作品中立鹰较多，他解释为："我画的鹰都是鹰王，鹰王都是稳如泰山，隽永含蓄，锋

美景都在路上

芒不露,所以,都是立鹰,立在石头上的鹰就是实力赢。"当然,这只是一种戏言。其实,作为作家和画家的萧迹,他绘画的目的就是在这个艺术的追求过程中,去感知他眼中的这个世界,并在这个探索感知的过程里,反过来又通过画来表达他对生命的理解,进而在艺术世界里寻求生命的力量,懂得敬畏、懂得珍惜、懂得感恩,懂得感恩这个让我们的生命不断延续的大自然。

龙吟虎啸

279

游走在真实与艺术间的巴山铁路人创业史
——读萧迹的长篇小说《平·安》

陕西社科院文学博士　韩红艳

美景都在路上

　　萧迹的长篇小说《平·安》是以全国最大的集中连片特困的秦巴山区为背景，以西安铁路局巴山工务车间三代铁路人为原型创作的。读完这部小说，既看到一部巴山工务人的"自传"，也感受到铁路人扎根山区、奉献进取的"创业史"。"巴山精神"从概念上说是抽象和平面的，但这部小说赋予了"巴山精神"以具象和鲜活，形象而生动地传递出铁路人的精神追求。掩卷而思，这部小说的魅力在于：用平实的文字，重复了一些看似凡人小事可以汇聚成人间奇迹的规律，展示了工人阶级、劳动人民推动历史发展的磅礴之力。用身边的普通故事，提示我们只要坚持，每个人都可以创造出自己的辉煌人生。

　　巴山工务车间只是铁路千千万万个沿线工区的一个缩影。我曾经实地采访，参观了当年铁路工人住过的土坯房，看到了他们磨面的石碾以及他们曾经使用过的近乎原始的养路工具，听说了一些铁路职工舍小家为大家的感人故事……许许多多的事件和细节都让我惊讶，也深深地打动了我。正是因为有这样一段采访生活，当初读小说《平·安》时，我的第一感觉是触动心扉、格外亲切。

　　而另一个感觉是：作者萧迹下了很大功夫来创作这部小说的。之所以这样说，是因为所有巴山发生的鲜活故事，他几乎全部写进了小说中——为修建襄渝铁路而牺牲的年轻人,他们被埋葬在巴山烈士陵园;桥隧女工王秀文把自己拴在桥上,把孩子拴在床上;工长吴大顺家里的房子被淹,他却因为抢修铁路而不能回去;韩西旺主任为工区的男女牵线搭桥,而自己的孩子却因有不治之症奔波在求医路上;年轻漂亮的女硕士平萍为了爱情,放弃大城市来到巴山工作……这一个个鲜活的事件,都被萧迹逐一描绘和表现出来,还是那么感人、那么生动,仅此便知作者所下的功夫。萧迹作为一名铁路作家,脚踏实地地深入生活,埋头创作铁路题材的作品,比起当下的快餐式创作,使我对他更为佩服,真心点赞。

通览小说,我觉得可贵在于:它以现实主义的手法,描绘并再现了以武新权、平大伟、安卫东、平萍、安唯勇等为代表的三代巴山铁路人的故事,表现了他们曲折的爱情和事业之路,他们曾经的困惑与执着的坚守。《平·安》的书名很有意思,是平安,还是平与安?后来得知准确称呼叫作"平点安",既是直奔主题点明了写的是主人公平家和安家的故事,也是寓意着巴山人对平安的敬畏和追求,更是道破了平凡的人生往往更平安的朴素哲理。

故事中,铁道兵连长武新权救了平大伟,自己却牺牲了。后来平大伟被分配到巴山工区工作,碰到了在危难中救济过他的北京女知青王秀文。故事的曲折和复杂也由此展开:平大伟和工区青工安卫东同时爱上了王秀文。这既是生活中一个屡见不鲜的细小矛盾,又是两人走向不同生活道路的重要契机。而这种不同的生活选择最终会导致出什么样的结果?他们的心理能够平衡吗?他们对艰苦的生活能够安心吗?他们各自的人生能够幸福吗?而他们的儿女又将面对着未来新生活怎样的诱惑和纠结?可以说,巴山铁路职工生活中所面临的一切,都为读者画出了一个个巨大的问号。而作者也在用自己手中的笔,丝丝入扣地做着解答。

龙吟虎啸

281

小说感人之处在于：它塑造了一群推动铁路事业发展的"平凡人"。这些人没有豪言壮语，没有光辉事迹，他们都是血肉之躯，都是有"缺点"的人。作品没有刻意拔高主要人物，而是把他们置放在巴山的真实土壤中，让他们不断地生长。他们喝酒赌博，打架斗殴，甚至安卫东由于触犯法律被抓进了监狱。但就是这样一个人，在巴山逐步改邪归正，最终赢得了爱情。这个改变和救赎的过程，恰好是艺术创作的艰难所在，同时也是作品的魅力所在。显而易见，作者是动了大心思，花了大工夫的。

这部小说接地气，作者花费了大量时间和心血体验采访，小说中的很多故事原封不动地来源于真实生活，主要人物在现实生活中几乎个个都能找到原型。对艺术创作而言，生活的真实往往是一柄双刃剑。既不能没有生活，又不能照搬生活，这是艺术创作的不二选择。在这个问题上，我感觉作品有些拘泥于"生活真实"，使得整部小说的艺术性有所减损。但我认为，这并不影响读者去欣赏小说，反而更能促使大家回到那个熟悉的生活，让那些概念、哲理更接地气。

在浩瀚而丰富的文学长廊中，描写铁路题材、展现铁路职工的作品始终比较少，也因此，萧迹的这部长篇小说值得我们肯定，也值得我们去阅读。

一部为铁路人树碑立传的佳作

——读萧迹先生的长篇小说《平·安》

曹豫龙

最近,我怀着十分崇敬的心情拜读了萧迹先生的长篇小说《平·安》,读完之后,敬佩不已。

《平·安》是萧迹先生创作的第十三部长篇小说。作品以"全国五一劳动奖状"和"全国青年文明号"获得者,西安铁路局安康工务段巴山工务车间的人和事为原型,以热情的笔墨,讴歌了生活和工作在管理区内80%是桥梁隧道、襄渝线海拔最高、生活条件最艰苦的巴山地区的三代铁路人,诠释了"艰苦奋斗、无私奉献、务实创新"的巴山精神。

根据初步阅读的感受,我觉得这部作品主要有以下几方面的特色:

纪实和虚构的巧妙结合,是本书最明显的特点

用长篇小说的文体写先进人物和先进事迹难,用长篇小说文体写一个路内外皆有影响,大家广为熟知的先进单位更难。

动笔之前,摆在作家面前的可能是一大堆工作总结和先进事迹。这些总结和事迹,倘若写一篇通讯报道,可能要相对容易些,但要把它写成一部有艺术感染力的长篇小说,就没有那么容易了。虚构故事情节吧,对一名作家来说,倒不是多难的事。问题是大家看了会认为作品不真实。按真人真事写吧,作家会拘泥于真人真事,难以达到那种艺术效果。

然而,萧迹先生不愧是写过多部长篇小说的有经验的作家,他采取纪实和虚构相结合的方法,将巴山工务车间的一些真实事例,放到了他虚构的人物平大伟、安卫东、韩西旺、王秀文、吴大顺、武新权、平萍、安唯勇、铁蛋等人物身上。如《把自己拴在桥头,把孩子拴在床头》的故事,本来发生在桥梁养护工曹美英身上的,而作家却把它放到了安大伟的妻子王秀文身上。又如,把自己绑在树上指挥施工的故事,本来发生在"钢筋混凝土"式的老工长解和平身上的,而作家却把它放在了车间主任韩西旺身上。再如,隧道渗水导流器本来是巴山工区一批年轻人研制的,而作家却把它写成了由工长吴大顺的儿子铁蛋所研制。如此等等,不一一列举。

这样做,作家既把巴山车间的先进事例写进了作品,又在写作过程中不拘泥于真人真事。而这样,作品就有了真实性,读者读了就有了亲切感。

这是萧迹先生的聪明之举,窃以为,这也为写命题文学的作家提供了可借鉴的范本。

不是以事件为中心,而是以人物为轴心,把人物命运贯穿作品始终,这是本书的又一重要特征。

故事情节是小说的三要素之一。长篇小说需要有一个完整而曲折的故事情节来支撑。所谓完整曲折的故事情节,应当由开端、发展、高潮、结局几部分组成。巴山工务车间的先进事例虽然不少,但相对来说还是比较零散,或者说没有也不可能为作家提供这样完整曲折的故事情节。如果虚构一个完整曲折的故事情节,倒也是能够做到的,但这样做,就有悖于真实再现巴山工务车间铁路人真实风貌的写作初衷了。这就给作家出了一道难题。

然而,富有写作经验的萧迹先生,采取以人物为轴心,把人物命运贯穿作品始终的方法，就轻而易举地解决了这个难题。在作品中，作家以平大伟、安卫东、韩西旺、王秀文、吴大顺等主要人物为轴心，从容地把巴山工务车间零散的事例像穿珍珠一样一颗一颗地穿到了他们身上。这样，既使这些人物更加丰满，又增强了作品的艺术性和感染力。

成功塑造了鲜活的人物形象，是本书的一大亮点

塑造人物形象，既是小说的要素之一，又是作家的艺术使命。在作品中，萧迹先生成功塑造了好几个有血有肉的人物。如，性格内敛、踏实稳健、善做思想工作的平大伟；原本吊儿郎当后来当上车间主任的安卫东；任劳任怨、轻伤不下火线让人把他绑在树上指挥施工的韩西旺；一心扑在工作上老黄牛式的工长吴大顺；作风严厉、舍己救人的连长武新权；等等。在这些人物中，窃以为，安卫东的形象塑造得最为成功。一开始，他是个穿喇叭裤、留爆炸头、工作吊儿郎当的青年工人。他和平大伟同时看上了王秀文，于是就跟平大卫较上了劲：从斗酒到扛枕木，再到技术比武。情场失败以后，他破罐子破摔，擅自离岗，酗酒，打架，两次进看守所。然而，就是这样一个人，经过平大伟等人良苦用心的"调教"，终于有了转变。在一次抗洪抢险中，当平大卫高喊"共产党员跟我来"时，安卫东紧跟着来了句："什么共产党员跟我来，我们群众就不能来。"这轻淡的一句，却让一个真实的安卫东跃然纸上。据了解，当年陕南发洪水时，一些平时表现不出色的年轻人，在关键时就是这么挺身而出的。所以我要说，安卫东这个人物是真实的、典型的。

老到的语言，娴熟的叙事方法，是本书的又一特色。

读了长篇小说《平·安》，我被萧迹先生老到的语言折服。其写人写景，信手拈来，往往几笔就勾勒出一幅图画。

如，他在小说开头写秦巴山的傍晚是这样写道："五月底的秦

龙吟虎啸

285

巴山的傍晚,清新、爽朗。天空就像用水刷洗过一般,没有一丝云雾,蓝晶晶的,又高又远。一轮圆圆的月亮,从远处的山梁上露出半个圆脸来。接着轻轻地一跃,一面银镜便把崇山峻岭照得如同夏日的清晨,山间的树枝花草,还有潺潺的细流,构成了一幅水墨画。"

又如,他在小说的第五章描写青年安卫东时这样写道:"安卫东是从秦巴山深处的黑水县招来的待业青年,来金州工务段前就在家里游手好闲了许久。自来到工区后,天天发牢骚,喊着要走。让他到线上干活跟要他命似的,天天提着个盒式录音机,放着邓丽君小曲,穿喇叭裤,还烫了个爆炸头,特别是那喇叭裤,把屁股包得紧得跟个大面包似的,咋看都不舒服。"

再如,写老年安卫东时,他这样写道:"此时,站在他面前的安卫东,身上哪里还能找到当年那个穿着喇叭裤,烫着爆炸头,一走三晃,见谁都不服的安卫东的影子? 他的头发已经少得不能再少了,唯有象征性的几根围着他的后脑勺排列着,但每一根都精心地梳理着,跟列队操练的士兵一样精神抖擞。走起路来,还是边走边摇晃着,但这时的摇晃已不是故意的,是不得不摇晃了。"

透过这三段文字,萧迹先生的笔力和语言功底,可见一斑。

另外,在作品中,萧迹先生还娴熟地使用了倒叙、插叙、补叙等叙事方法,使作品的结构富于变化,曲折有致,增强了作品的可读性和艺术性。

纵观《平·安》一书,尚有许多可圈可点之处,由于篇幅关系,不再一一赘述。

萧迹·鹰王
—— 鹰之重生

建 军

在陕西文学创作这支庞大的队伍中,自新中国成立之初至今,其创作主流一直是农村题材的文学作品。代表人物从柳青,到后来的路遥、陈忠实、贾平凹,并在他们的影响下,时至飞速发展高度文明的今天,陕西作家还囿于在乡土文学中自得其乐,以至于早已步入现代化都市行列的西安,每每被外地人说起,还以为是一个古老而落后、尘土飞扬的地方。当我们质问人家怎么会对陕西西安有这样的感觉时,人家总是说,你们的小说里都是这样写的嘛,都啥年代了,还有人趴在羊奶子上喝奶呢。想想也是,咱自己文化人笔下的人物都是这样奇葩,怎么能怪别人?

萧迹却始终"无论写什么,咬定主旋律",在他的笔下坚持以现代的西安为背景,刻画一个与时俱进的城市的变化以及面对巨变中的都市人群心态的酸甜苦辣;并通过一个个富有生命力的代表人物,努力地向外界展示着一个高速发展的大西安。从他的《网上杀手》《团委书记》《大铁路》《请珍惜在一起的日子》到他的武侠小说《楼观秘籍》以及新近出版的《平·安》,一扫弥漫于陕西文坛的那种刻意描写低迷、萎靡、绝望、晦涩、落后、土得掉渣的创作特点,彰显着一股正能量。"萧迹说,任何无病呻吟小圈子式的作品,都只能是昙花一现。所以,今后无论我写什么小说都将紧扣主旋律,

要为读者的心中插上希望的橄榄枝……"(《西安日报》记者李晶)

萧迹既写作又画鹰。说起鹰，人们的心里就会浮现一只孤独的雄鹰自由地翱翔于蓝天中。鹰在人们的心里是一种勇猛、顽强、志在千里的图腾。我曾在一部纪录片中看到了这样一组镜头画面：天空，一只鹰在翱翔；草原，一群狼在追逐。突然，鹰飞扑直下，瞬间抓起了一头狼，一声长啸飞跃苍穹。这一幕深深地烙印在了我的心中，凶猛的狼，刹那间竟成了鹰的猎物，不论它怎么挣扎都是英雄末路了。这是怎样的一种震撼啊！鹰的威武、鹰的凶残从此扎根于我的心中。

萧迹学佛问道，始终以慈善、悲悯之心行事做人。但，心怀悲悯之心的萧迹画鹰久矣，其技日臻，其意日高，心神合一。他笔下的鹰充满了与天地相生、相依、相亲之情境情趣，威而不露，温而和顺，内敛安静，无剑拔弩张之凶目，更少了张牙舞爪的凶猛，奋拉着羽毛静静地立于岩石或崖柏上，唯有从其犀利的黑眸中，生出些许天地英雄之自信。这皆因萧迹在画鹰前的长期绘佛的缘故。在学习画鹰前，萧迹精学于佛像的绘画学习，佛学讲究的放下、空我、色不异空空不异色深深地影响着他，这使得他养成了凡事只求随缘且不苛求，又明了因果，便顺其自然不逆势的处世哲学。萧迹常给我们说，生活中真正的高手都是安宁的、安静的，做人处事从不张扬，更不会嚣张。因为他们知道，一个强者是不需要通过肢体语言来告诉别人他的力量。他们的自信来自他们内心的强大，来自因强大而对对手的不屑，更来自他们孤独求败的寂寞。所以，他画鹰且都是鹰之重生后的鹰王，历沧海，阅世态，任你风生云起，我只是临流思远，超然物外。

萧迹画鹰王追求的是自然生态与人文意义两者共同凝聚的生命意象，在这些富有风骨、寂寞且纯粹的鹰王身上，我们感受着鹰的生命气韵与阳刚风范,感受着其动,必有无所不在的力量,其静,则拥微妙安详之美好。我想,这就是萧迹所一直崇尚的那种从精神向自然回归的艺术取向了。

　　品萧迹的鹰,其实是在读天地万物,寓鹰于自然……

龙吟虎啸

把握古城的现代脉搏

——萧迹小说印象

萧迹是一位陕西作家。近年来,文坛上陕军浩大。陕军,让人顿时想到路遥、陈忠实等,其一系列作品曾形成浩荡东征之势,从20世纪90年代初爆发影响,新世纪犹不减弱。然而萧迹似是在编外,其缘由,在主题、内容、语言等各个方面,而最主要在其写作的角度和对象选择。如果说,陕军作家总体带着浓厚的乡土气息,以对古老中国文化底蕴的渲染和追究为特征,那么,萧迹在创作中,却是以反映现代生活种种方面为内容,对现今人们生活中的矛盾纠葛进行思考、探索答案。标题中的"把握",所指的正是他对古城现代生活内在精神的把探的尝试和努力,还不是已然掌握,而后者正是其作品追求所遥遥指向的目标吧。

一、一枚新邮票:古城的现代面貌

萧迹的小说是城市小说,并且以一座特定的城市为对象,在萧迹的小说世界中,这座城市叫唐京。这座城市无疑有所实指,如果我们猜测其所指代正是萧迹成长生活于其中的古城西安,应该不会有太大差池。然而如果将这一指代仅仅归于作者恰恰生活于其中的这种偶然性,大约就有辜负作者深刻用心的可能了。西安是一座古城,其深厚的古意绝不仅在于时间的积淀,而更是政治经济文化的集蕴,它是中国历史上建都时间最长、建都朝代最多、影响力最大的都城,曾为十三朝古都,而作为盛世大唐之都更是它繁华鼎盛的记忆。同时,考古证明,西安是世界历史上第一座城市,其作为城市的基因延传至今,今天作为陕西省会的西安,是中国七大区域中心城市之一,2009 年被列为我国第三"国际化大都市",仅在北京、上海之后。结合如此背景,作者取之为其小说世界原型,且名之为唐京,其立意不可不谓深远。

西安是一座城市,自古至今都以城市文明为文明内涵,然而古今又有不同。如果说其历史充满了作为中心的骄傲,那么其今日则不免包含着转型的艰辛,其作为文明博物馆的历史使其现代化大都市建设的进程更具丰富复杂性,也使生活活动于其中的众生人生更为生动多姿。萧迹为其小说世界所选择的地理空间和时代背景,确立了其小说将以把探古城的现代脉搏为己任,而这不是不具有更为广阔代表性的。

福克纳以其故乡为蓝本,臆造了一个"约克纳帕塔法县",一个在地图上不过"邮票"般大小的地方,进行丰富的叙说,美国南方文明在历史变动中的人文图景,通过典型的独特的人物故事得到了经典的记录。福克纳选择了自己的故乡,再现了自己的故乡,最终找到了自己的故乡,而从开始出发的到所达到的已不是故乡的同一面貌,"邮票"般的"约克纳帕塔法县"是一段文明变迁在文学史上留下的缩影,也成为作者的精神故乡。我们是否可以期待,萧迹小说世界中的唐京市,也将是一枚独特的"邮票",一枚从古老文明中焕发勃勃生机的新"邮票",将一个现代文明的新生身影镌刻在中国当代文学史上。

二、主旋律:现实主义的朝气与希望

萧迹的小说是从身边的现实生活写起的。从《网上杀手》《团委书记》《宣传处长》《平凡人生》到《活给别人看》《谁是你的情人》

《面子》，萧迹小说里再现的是现代都市生活的方方面面，而在萧迹笔下的小说世界，既不是焦躁繁杂的，也不是遁空逃逸的。与时下流行的都市作品相比，贴近生活的现实性和积极向上的主旋律是萧迹小说的特色和亮点。

比如作家写官员，写其职务工作中的纷杂甘苦，津津于所谓的官场密门；相反，萧迹作品中的官员，首先是普通人，他们在所在的职位上面临、解决各种问题，依据的是个人的良心、敬业精神，以及最重要的为社会服务的责任心。《团委书记》《宣传处长》皆是如此。这些以官员为主人公的作品不同于那些隐含官场解密或指南气息的官场小说，也不以现行怪现状发泄不满为情绪特征，而是体现了干净的希望。或者有人会说，《团委书记》与《宣传处长》及其周边尚不能算作官员官场，然而从其小见其大，《团委书记》数番获奖，《宣传处长》连续再版，《活给别人看》多次连续广播，广受欢迎，说明它们代表了读者听众的期望；那一种光明磊落的正气是古城的现代化之路上的精神底蕴，年轻而充满希望。而当写到普通人，如其以之为名的一部作品，作家落笔于普通百姓的"平凡人生"，一面以之再现家国变迁风云动荡的外在历史，另一面在主人公们的人生中体现中华民族爱的精神和力量。正是这种深厚的精神传统延续到最年轻的主人公身上，成为其重要的精神支撑，而这也是贯穿萧迹小说世界中的核心精神。同时，作家更多地关注当下生活的最时新、活跃、敏感的方方面面，比如网络给现代生活所增添的丰富性与复杂性，在其《网上杀手》一篇中，就有生动而且深刻的体现。小说通过精彩紧张的探案故事，探索网络对人们尤其是年轻一代生活以及心灵的影响，集可读性、教育性、趣味性为一体，因而真正赢得读者的喜爱。

萧迹这些作品，描绘现代都市人的世态百相，刻画他们面对机遇与挑战,面对诱惑和欲望时,心灵撞击中的痛苦和人生选择中的煎熬,并且时时伴以理性的分析,其笔法是现实主义的,是对古城新生活的卓越记录,而贯穿其中的,是萧迹与古城共有的年轻的激情。

三、独特的敏锐性:追问现代婚姻困境

钱锺书在《围城》中用"围城"的状态比喻婚姻:里面的人想出来,外面的人想进去。这个比喻被人广泛引用,被认为无比形象。在远远地告别了封建时代的现代社会,婚姻,是爱情的家园,然而这个家园,在今天人们丰富、精彩、忙碌甚至焦虑的社会生活中,它所意味的温暖、安定与幸福似乎分外饱受考验,围城之喻在现实中演绎出无数新版本,婚姻与爱情的离合更是文学、影视等等表现的重要主题。萧迹把探现代生活的脉搏,情感这一敏感话题更是贯通在其小说世界中。而萧迹对之所做的探索和表达,体现了其独特的敏锐性。

"不幸的婚姻,各有各的不幸。"最多最丰富的爱情故事,当主人公痛不欲生,而在心理专家总结起来,却不过根源于爱情的短暂易逝。主人公们为爱情筑起了婚姻的家园,爱情却渐渐消逝,于是家园变成了牢笼,呵护变成了羁绊。而情感专家给人们的建议则是:将爱情转化为亲情,家永远是亲情最好的守护。这样问题就转化为这一转变能否完成,通过道义、良心、责任感等等理性因素。婚姻能否守住爱情,主人公们幸福与否遂取决于此。然而道理虽然清楚,实践起来却好像并不容易,婚姻悲剧依然层出不穷。在萧迹的小说中,主人公的爱情悲剧也并没有跳出这一窠臼,然而不同的在于,作者坚持这一追问,做出了新的解答,或者说,提出了新的问题。

萧迹的多部小说,都涉及婚姻爱情的悲剧。《面子》中的朱小

龙吟虎啸

楠夫妇，《活给别人看》中的姜蒙蒙夫妇，都是人到中年，事业有成，家庭和睦，可是婚姻之内爱情日益枯寂，主人公的人生亦在孤寂中凋敝。还有其他主人公也是因为爱情的绝望而走出婚姻，酿出种种悲剧。这些故事都涉及一个共同的问题，那就是：婚姻是否真的可以在爱情转化为亲情之后得到保障？相爱日久，亲情的产生无疑为爱情增加了温馨，然而期望亲情替代爱情支撑婚姻却不可能，因为完全转化为亲情的爱情已经不再是爱情，仅剩亲情的婚姻可能是不幸的婚姻，难免悲剧的结局。通过主人公们的悲剧故事，萧迹做出了这样的回答。那么，在繁忙的现代生活中的现代人，在何处安放自己的爱情？如何建设幸福的婚姻？萧迹催促我们开始思索。

新世纪十年，文学展现了"以传统文学、青春文学、网络文学三者平行发展为中心，而以诸多类型文学为基础的新的文学形态的稳定化"[i]。在这个文学景观中，萧迹以他的创作坚守在传统文学这一领地上，以现实主义的创作为其填写新的历史。安徽文艺出版社刚刚推出了他的新作《古城》，这部作品以作家秦越为枢纽人物，通过描绘与他相关的各个层面的亲人朋友的人生情景，大幅展现了在现代化进程中的古城的躁动与混乱、挣扎与困境，而在这样的背景里，主人公虽然不无艰难却始终坚持着积极的希望和对理想人生的追求，也终于找到了可以寄托理想的净土，那就是深山中美丽的蜂筒寨。蜂筒寨因为远离尘嚣而保持了美丽，但也因为远离现代文明而囿于贫困，蜂筒寨的命运毋宁说是古城命运的一个缩影。而小说以主人公的理想追求为契机，终于将所有的力量与关注引向对美丽的蜂筒寨的现代文明建设，这一个积极而光明的希望最终照亮了整部作品和所有人物。而以主人公以及其所牵系的众多人生的艰难挣扎、辛苦找寻并最终充满希望的历程，也是古城现代化之路的一种表达吧。以此，萧迹为他自己的创作树立了一个新的里程碑，也是他更新更远的创作的开始，我们满怀期待。

注：[i]参见张颐武《重新想象中国：新世纪文学的新空间》，载《文艺争鸣》2011年2月号（上半月）。

龙吟虎啸

一曲献给铁路兄弟姐妹的赞歌

——长篇小说《平·安》艺术赏析

陈利红

由西安铁路局策划创作的小说《平·安》一书出版发行以来，受到了铁路行业内外文学爱好者的广泛热议和关心巴山精神人士的热切关注。作者萧迹以西安局安康工务段巴山工务车间人物事件为原型，借助小说这个内涵丰富的载体，让生活在秦巴山的三代铁路人演绎了一幕幕跌宕起伏、感人至深的故事，巧妙地诠释了"艰苦奋斗、无私奉献、务实创新"的巴山精神。我以为，正是这种像阳光一样的精神，驱散了秦巴山人苦难的阴霾，迎来了秦巴山人美好的今天。

扣人心弦的小说故事展现了秦巴山人的精神气质

小说聚焦的秦巴山工务车间位于全国最大的集中连片特困地区腹地，自然条件极为恶劣，工作环境极为艰苦。但秦巴山人不屈不挠，以聪明智慧和顽强毅力孜孜不倦地追求着工作和生活的美好，演绎了一幕幕扣人心弦的故事，展现了秦巴山人特有的精神气质。

在艰苦中追寻阳光的温度。小说中，带着青春和梦想的第一代年轻人来到这里，却只能点油灯、吃原粮，住四面透风的干打垒房子，更可怕的是精神的空虚和寂寞。"骨感的现实"一次次碰撞着"丰满的理想"，使以安卫东为代表的部分青年人难以安心留下，一度心态浮躁。艰苦的环境可能会使意志薄弱者颓废,但也可能唤醒人的生存勇气和乐观精神。秦巴山人就是后者,他们不向命运低头,勇敢地向自然挑战,凭借自己的智慧和勤劳的双手,调节单调的生活,改造站区环境。他们在乱石岗上平整出半个篮球场,举办秦巴山运动会,使之成为秦巴山的"奥运会""狂欢节";他们从架水管引山泉、开荒种菜,到后来修水泥路、建生态园和公寓化宿舍等,一步步建设属于自己的家园。他们就是这样自强不息、艰苦奋斗,在与自然的搏斗中积极释放生命正能量,营造着"家"的祥和与温馨氛围,感受着阳光的多彩与温度。

在奉献中感受担当的自在。"在祖国的版图上,铁路修到这里,总得有人来养护。我不来别人就要来。既然来了,在一天,就要干好一天。"这是巴山工务车间一位老工长的手记。没有豪言壮语,没有矫情作秀,就是这么朴实、自然的表达,却道出了秦巴山人的责任、担当与奉献。为了线路的安全畅通,他们常年在崇山峻岭中排查危石,在洪水肆虐时奋勇抢险,他们以雪以雨为令,及时集结,把修建于特殊时期"先天不良"的线路维护成了安全线、放心线。可谁知道他们背后有多少付出呢?韩西旺的儿子得了绝症,他却无暇陪儿子看病;王秀文曾经两次流产,第三次才有了平萍;安卫东买粮遇到山洪暴发,险些送命;多少寄宿的孩子和父母经受着离别的痛苦……但无论在什么情况下,他们心里都始终把工作放在第一位,回到岗位上了,心里就踏实了;线路安全了,心情就舒畅了。最终,他们还让自己读完大学、研究生的孩子回到秦巴山工作。没有一个人说"献了青春献终身,献了终身献子孙"之类的话,但他们的行动是最坚毅、最有力的表达;他们不是怨天尤人地忍受,而是胸怀坦荡地接受;他们在现实的磨砺和思想升华中早已抛弃了奉献的艰涩与不甘,感受着奉献的充实与自在。

在创新中享受成就的快乐。秦巴山工务车间管辖的线路因建于特殊年代,曾被日本专家判过"死刑"——必须报废。但是秦巴山人着眼线路实际,大胆尝试创新,想方设法提高设备质量,保证安全畅通。他们最先提出并采取将被动发现危石侵道改为主动上山排查危石的方法,防患于未然;他们最先用好用活高科技设备,采用科技保安全的做法;他们最先为大学毕业生开设科技攻关工作室,为青年人才提供一个展示才能的平台,引导青年人围绕安全生产难题进行科技攻关。青年人才不负众望,研制出隧道渗水导流器等设备,解决了隧道单侧排水等一大批技术难题……正是秦巴山人的务实创新,使秦巴山工务车间的安全生产持续稳定,成为三十七年无安全事故的车间,这是一个安全佳绩,更是一个惊人奇迹,令秦巴山人成就感倍增。同时,这种成就也使得秦巴山人才辈出,许多人调到段、铁路局从事管理工作,已退休的吴大顺的儿子铁蛋还到北京参加英模报告会。

丰富多样的表现形式增添了作品的艺术魅力

在小说中,作者运用丰富多样的表现形式,较好地表达了主题思想,为作品增添了不少艺术魅力。

跌宕起伏的故事吸引人。故事性强不强,是衡量一部小说成功与否的重要因素。这部小说以平安树和三十二位铁道兵烈士陵园为线索,以秦巴山人的精神为主旋律,以平大伟和安卫东为核心人物,将秦巴山工务车间的人物及其家庭成员的故事有机结合在一起,形成了一部跌宕起伏、感人至深的铁路题材小说。小说在多处设置悬念,引人入胜。比如,安卫东被山洪冲走,生死未卜,车间气氛紧张,人人悬着一颗心,他还能回来吗?韩西旺在排查危石时,和危石一起掉下山谷,他的命还能保住吗?平萍和安唯勇恋爱后,安唯勇决定回秦巴山工作,平萍会一起回来吗?这些悬念吸引着读者不由自主地想看下去。同时，小说情感饱满，在多处设置情绪高点，打动人心。比如，韩西旺得了绝症的儿子央求哭泣的奶奶："奶奶，你别哭，好吗？你看我好好的，我还可以活到二十岁。"还有，孙小萌抱着勇勇快步往车站走，勇勇在妈妈的怀里挣扎着，伸出小手向爸爸的方向使劲地抓着、挥舞着，声嘶力竭地哭喊"我要爸爸，我要爸爸"……这些人物对话，加之环境描写、气氛渲染，让生离死别的痛楚蔓延开来，直抵心灵，令人动容。

精心巧妙的构思启迪人。小说来源于生活而高于生活。在这部小说中，作者能将发生在众多秦巴山人身上零散的事件，根据小说故事情节发展的需要不露痕迹地整合在一起，这是作者精心构思、巧妙安排的结果。比如，王秀文"把自己拴在桥上，把孩子拴在床上"，平大伟当红娘，李和平与吴大顺的儿子回秦巴山工作等故事都来源于真实生活，那么自然地被写进小说，没有刻意雕琢的痕迹，让铁路系统读者感觉很接地气，让铁路系统读者感觉十分新奇。同时，小说运用了神话传说的表现手法，讲述那棵上千年的白果树不结果的故事：武新权连长埋葬于树下后，第二年竟然结满了白果，而且这条线路再也没发生过事故，当地人称它是保平安的老神树，甚至把它视为精神图腾。此外，小说还巧妙运用了象征手法，让平大伟和安卫东两人搭班子，构成"平安"的班子，以象征线路安全；让平萍和安唯勇喜结连理，喻示着平安再延续。这种在名字上下功夫的手法，在《红楼梦》中有大量运用，比如，元春、迎春、探春、惜春四姐妹的名字，合起来就是"原应叹惜"，喻示最后的悲剧性结局。由此可见作者在人物名字上是费了心思的。

鲜明生动的人物感染人。塑造丰满的人物形象是小说的艺术使命。高尔基说，托尔斯泰的人物使人常常想伸手去"抚摸"。在这部小说中，作者运用或浓或淡的笔墨塑造了一大批小说人物形

龙吟虎啸

象,尤以平大伟、安卫东两位人物的塑造最为成功。作者通过语言、行动、心理、肖像等描写把平大伟塑造成一个性格内敛、踏实稳健、喜欢观察、善于思考的党支部书记形象,而把安卫东塑造成一个思维敏捷、勇猛好进、作风干练、果敢力行的车间主任形象。平大伟很有思想,说话喜欢循循善诱、步步推进,然后再托出自己的想法,而安卫东一般喜欢单刀直入、直抒胸臆。比如,平大伟给安卫东讲述想利用业余时间组织大家建设文化生态园的一段话就颇具代表性。他的语言透着哲理的光芒,非常符合党支部书记身份,让人读后很受益。安卫东说话的风格则迥然不同。比如,他动员大家整治设备提速的一段话:"我就不信这个邪,我今天就把大话给撂这儿了,那就是彻底改善这段线路,先不说别的,一年内,提升到五十公里。娘的,我就不信弄不成。"然后,他就真进洞整治隧道设备去了。看到这里,读者不由得生起喜欢他敬业、感叹他太狠,但又佩服他勇猛的复杂情感,这就是一个活脱脱的车间主任形象,栩栩如生,让人过目难忘。

小说因生活而丰盈。这部小说是作者萧迹将创作之锚深深地扎进秦巴山腹地,和秦巴山人进行无数次心灵对话的结晶。他以丰富的想象和多样的表现手法,很好地展现了秦巴山人的精神,讲述了秦巴山人的故事。这个故事是一个铁路故事,也是一个中国故事。

《平·安》是一部为新时代产业工人谱曲讴歌的力作

高晶晶

在庆祝新中国成立 66 周年之际,作家萧迹又推出了他第十三部长篇小说《平·安》(作家出版社 2015 年 9 月版),这是一部描写铁路一线职工为共和国铁路的发展,奉献进取的主旋律的作品。

小说围绕平大伟、安卫东、韩西旺、王秀文、李和平、平军昌、平萍、安唯勇等三代铁路人生动感人的故事,描绘了一群普通人在波澜壮阔的时代大变革中的酸甜苦辣,以及他们为这个大时代所做出的牺牲和奉献。秦巴山铁路建成后,参与铁路建设的学兵连学生平大伟就留在了秦巴山工务车间做了一名养路工,报到时他认识了青工安卫东,两人从见面开始就拧巴上了:性格稳健的平大伟觉得安卫东流里流气的;性格开朗的安卫东,总觉得平大伟土了咔嚓,没有一点趣味儿。两人又同时爱上了来自北京的下乡女知青,招工来到车间的漂亮女工王秀文。为了赢得爱情,这对情敌开始了从斗酒、扛枕木比赛到技术比武等一系列的"明争暗斗"。情感纠结的同时,他们面对秦巴山艰苦的环境,在怀疑、犹豫、彷徨、奋进开拓中,历经三十多年,扎根山区,默默工作,维护着铁路大动脉的畅通。他们也从一线的年轻工人成长为车间、站段领导,并随着一次次的铁路改革而潮起潮落。

从这简单的小说梗概中,我们便可知这部《平·安》是一部接地气的作品,小说中的平大伟、安卫东、韩西旺……他们中的每一位都是百万铁路人中的一个。他们普通得如同铁道旁边的一枚枚道砟，可又是这么一群普通的人保证着每一趟列车的安全通过。

在平淡的日子里，他们的内心装着一样的对美好生活强烈的向往，他们一样地有着七情六欲，一样地有着需要呵护的家人。但是，他们在职业道德面前选择了一种坚守，正如书中人物所言："在祖国的版图上，铁路修到这里，总得有人来养护，我不来别人就要来。既然来了，在一天，就要干好一天……"看似平淡朴实无华的语言，却是用一生的心血履行的承诺。这种承诺是三十多年如一日地在大山深处的坚守。

有人说，历史是英雄创造的。什么是英雄？我以为将一件普通的工作做到极致就是伟大，能将普通的工作做到伟大的人就是真正的英雄。就是这么一群英雄，将寸草不生的沙砾地建成了花红草绿的职工乐园，将被外国专家断定要么报废要么重建的一段线路建成三十几年无任何事故的优质线路。文学艺术作品来自真实的生活，《平·安》中的每一个人物都是有原型的，他们来自一个真实的模范先进集体，这个集体就是西安铁路局巴山工务车间，这个车间地处我国最大的集中连片特困地区秦巴山区，负责养护的81公里线路中74公里穿山跨河，桥隧相连，举目望不见首尾。自1978年线路开通以来，面对襄渝铁路线上隧道最长、坡道最大、海拔最高等"六个之最"，他们与恶劣的自然环境抗争，始终把确保铁路大动脉安全畅通作为第一责任，创造出37年安全无事故的骄人业绩，先后荣获"全国先进基层党组织""全国五一劳动奖状""全国青年文明号"等省部级以上荣誉42项。

他们的事迹本身就具备着巨大的感染力和冲击力，但是，作者萧迹没有满足于停留在一种泛泛的白描式的情节再现，而是通过主人公灵魂深处的更深一层的剖析与解读，在时代的大背景中，在

美景都在路上

社会变革的重要时期,在人物的不断塑造中,把英雄还原为普通人,又通过对这群普通平凡的产业工人再创造再深入的刻画,让读者走进了他们的内心深处,在精神与灵魂的交流中,将一个个如萤火虫般的光泽,凝聚成一束光芒四射的烈焰,让我们在这个物欲横流、浇风薄俗的世界里看到了耀眼的光明,以及他们带给我们的温暖。

　　所以我说,《平·安》是一部为新时代产业工人谱曲讴歌的力作。

龙
吟
虎
啸

收藏·萧迹

冯正荣

先前只知道萧迹是著名的作家,以为他如同传统印象中的老夫子,严肃而不苟言笑,接触之后,才发现全然不是这样。萧迹是北方人,生于鲁而长于秦,如今定居西安。

前年受出版社委托,与萧迹商谈其新书出版之事,相约在某茶楼见面。人还未到,笑声先从门缝里挤了进来。或许是他的乐观豁达感染了我,交流变得轻松自在,彼此谈笑风生,沟通毫无障碍。其间数次接到电话,大抵是媒体邀请他参加讲座或论坛,他均笑而应之。我笑问他如何能如此好说话。萧迹回答:作家必须要走出书房,承担起应有的社会责任,如果一味地低头写作固然是应尽之职,但是,和读者朋友面对面交流也是分内之事。

数年来,萧迹笔耕不辍,先后有数十部长篇小说和散文杂文问世。问其创作的原动力,萧迹说:为了对即将老去的自己有个交代。

的确,我们生活在一个极度浮躁、物欲横流的年代,我们大都看重眼前的利益,很少有人去正视这个社会中一些被扭曲的价值观,只有少数具有社会责任感的智者用他们手中的笔去实践文学的教化功能,萧迹应该算作其中的一个。

对中国传统文化的热爱与敬畏是萧迹酷爱书法与收藏的主要原因。起初我并不知道萧迹还是收藏大家,只知道他的书法作品大都钤着"趣缘斋"的起首印。他楷临颜欧，草临米蔡，却以隶书见长，书体自成一家，金石味儿颇浓。这使我想起先贤的《笔势论》：划如列阵排云，挠如劲弩折节，点如高峰坠石，直如万岁枯藤，撇如足行趋骤，捺如崩浪雷奔，侧钩如百钧弩发。

曾经有朋友喜欢萧迹的书法作品，想到画廊里去买一幅装点门面，跑遍了整个西安，也没能买到。画廊老板的回答几乎惊人地一致：萧迹神龙见首不见尾，他从不和任何画廊合作。也有知名的书画拍卖公司试图买断萧迹书画五年的独家合作权，由公司负责推广宣传及拍卖事宜，却都未能如愿。我问萧迹其中原委，萧迹回答得很干脆：我不是书法家，我写的字功力不够，难登大雅之堂。

我知道这是他自谦之词。但我不明白，难道他真就超凡脱俗到不食人间烟火？萧迹如是说：我不认为开宝马和骑自行车有什么本质区别，都是代步工具而已。譬如房子，二百平方米与五十平方米并无二致，我的趣缘斋也就六十多平方米，可我没有一分钱的房贷，我的幸福指数或许要高于那些住二百平方米的人。钱是维持我们生活的必备条件，用来保证我们的衣食住行，但绝不是必要条件。我平时很节俭，没有太多奢求，有稿费来维持生计就足够了。如果说我对 GDP 的贡献，那就体现在买书和古玩收藏方面了。

和萧迹交谈之后，关于其收藏的话题就再未被提起，直到前段时间在书店里偶尔看见他新出的长篇小说《古城》，书中有关收藏的故事描写得活灵活现、入木三分，我不禁惊诧于他如何能够拥有如此丰富的专业知识，又想到他新书出版自然有一笔稿费进账，有心揩他一层油，就邀三五狐朋狗友，要萧迹请客。朋友聚在一起，纷纷拿出电话联系萧迹，而系统提示萧迹已关机。就有朋友不忿，猜测说既是周末，又是白天，关了手机那就只有一种可能——手机没电了。其间某君与萧迹交厚，说起其中原委：萧迹在博物馆。但

龙吟虎啸

凡周末，萧迹都会关了手机，徜徉在博物馆里。即使出差在外，他人忙于购物娱乐，萧迹也会忙里偷闲，去当地的博物馆参观。

见不到萧迹，揩油行动宣告失败。好在萧迹听说此事，专门定了时间邀我们一聚，席间他连连道歉，说因自己个人爱好而冷落了朋友，真是罪过。就有人戏谑：我们是常客，吃不吃无所谓。正荣兄不吃你一顿，只怕睡不着觉。萧迹举杯与我共饮，我提出条件，改天去趣缘斋拜访，欣赏他的藏品。萧迹欣然应允。

趣缘斋地处闹市，面积不大，约六十平方米，与豪宅相比，概在方寸之间。而此斗室，却是萧迹创作的根据地，是他的精神家园。客厅中间，是一长长的书案，几乎占了整个房间的三分之一。案头有一个竹雕笔筒、一个青瓷水盂和一个和田玉的荷叶洗相伴，清新雅致。笔搁是一件青花，镇纸则是四个汉代的青石席镇，写意的螭虎，活泼可爱。砚台非端非歙，而是一雕工精美的澄泥砚。听萧迹说，那是他用自己的书法作品换来的。靠墙的博古架上瓷器与玉器、铜器错落有致，分门别类，便于欣赏。右侧是一落地书架，其中不乏古籍善本。

萧迹泡好茶，就有人敲门，进来一中年男子，与萧迹寒暄一番，萧迹介绍对方是某民间慈善机构的负责人。彼此熟络，才知道他们正在进行一项名为"西北贫困山区学校儿童午餐计划"的项目，目的是让那些穷苦孩子能吃顿饱饭。我惊诧不已，难道二十一世纪的今天还有吃不饱饭的孩子？萧迹忽然激动起来，说："我认为留守儿童的问题已经成为重要的社会问题，我们应该给予更多关注。"

萧迹与朋友商量具体事宜，答应卖了自己的藏品捐一部分钱，说是尽绵薄之力，反而把我晾在一边儿。

原本我该起身告辞的，但听了他们的谈话，我忽然觉得自己也该为他们的事业做些什么，于是我也承诺捐点钱出来。萧迹的朋友在表示感谢的同时告诉我说他们是规范化运作的，有独立的财务机构，他告诉我账号，并希望我能发动更多的人参与进来。"滴水成江，堆石成岛"，他如是说。

萧迹的朋友走后，我端起茶盏，与萧迹四目相对，萧迹忽然笑了起来。我不明所以，萧迹说：你是值得信赖的朋友。

萧迹从博古架上取下一只耀州窑刻花玉壶春瓶，口中念念有词，大有与老朋友告别之势。我能理解他的心情，毕竟是朝夕相处的心爱之物，如同自己的孩子，忽然之间就要失去，多少有些不舍。为了贫困山区的孩子，他愿意舍弃自己的藏品。"这就是缘，我和这件东西缘分已尽，它应该有新的主人。如同一千年前它北宋的主人一样，我们都是过客，唯有它是可以代代传承的。"

萧迹给我讲述他的收藏经历。

"我介入收藏纯属偶然。一个朋友下乡采风，带回了一张核桃木的刻板，上面刻着经文，字全是反的。我们都不清楚这是什么东西，于是请省博物馆的专家给答疑解惑。后来知道那居然是一张明代的刻板，可惜只是一套刻板中的一张，其他的都已散失了。朋友去了国外，将那张刻板送给了我，从此我就踏上了收藏之路。"

萧迹的藏品不多，却件件是精品。从他与藏品的交流可以想象他为了这些藏品所付出的情感与努力，这是他对中国数千年来传统文化的致敬。他收藏并不以投资为目的，因为他几乎从来不卖，这或许正是他与普通藏家的区别。然而，随着更多人加入收藏队伍，市场决定了每一件藏品的经济价值，他的藏品几乎全部升值，有些藏品甚至翻了数倍，这是他始料未及的。

萧迹敬佩王世襄先生，他希望如王先生那样将来把自己的藏品捐给博物馆，以便更多人欣赏。为了贫困山区的孩子，他忍痛拿

龙吟虎啸

出心爱的藏品去拍卖,可以看出他内心的纠结,也使我更加佩服他的率真与坦诚。

艺术源于生活,死于自由。艺术家是孤独的,孤独的萧迹从收藏中汲取营养,对传统的尊重,对古人的敬畏,造就了他谦卑且平和的道德品质,从而使他的作品闪烁着人性的光辉。

子非鱼,安知鱼之乐?收藏中的萧迹有自己的乐趣,他在收藏时间,收藏历史,他更愿与朋友分享收藏的快乐,于是我想起趣缘斋的由来:缘来缘散,缘起缘灭;境由心造,趣由心生。

人活一世皆为情

——品读萧迹散文集《请珍惜在一起的日子》

冯正荣

人活一世，无非一个"情"字、一个"欲"字，且不说七情六欲，但凡亲情、爱情、友情、贪欲、食欲、肉欲（可称其为性欲），若能勘破，非圣即佛。我们都是凡人，注定难以成佛成圣，终日为名为利的我们只好囿于红尘，在俗世中摸爬滚打，直到孙子熬成爷，媳妇熬成婆，离天越来越远，离地越来越近，最后在火葬场爬着烟囱去见上帝。好在我们的轮回中有阴晴圆缺有悲欢离合，让这个过程不再单调乏味，不至于自出生之日起就对未来的归宿存在过多恐惧。

在轮回中，我们都在寻找心灵的慰藉，于是我有幸拜读了萧迹先生的散文集《请珍惜在一起的日子》。和萧迹相识已久，以前只知道他有多部长篇小说出版，从未拜读过他的散文。这次听说安徽文艺出版社将他多年来创作的散文随笔结集出版，就去书店买了一本回家细细品阅。

如今的文坛，颇有晚清遗老之风，见面先作揖鞠躬，不谈国事家事天下事，聊一些风花雪月，写一些无关痛痒的文字，处处圆滑世故，文风靡靡，似乎少了些营养。这让我想起赵本山的经典台词："赶快写，村头厕所又没纸了。"的确如此，没有营养的东西最终的归宿就在废品收购站，写一千本也毫无意义，这是不争的事实。

然而，萧迹先生的这本散文集却打破了无病呻吟的惯例，在沉

龙吟虎啸

寂的文坛吹过一缕春风。散文集大致可分为游记、怀人、书评、生命感悟，每一部分都记录了作者真实的心路历程，让我们在阅读的同时收获更多的喜悦与感动。

没有华丽的辞藻，没有矫揉造作，没有故弄玄虚的晦涩艰深，平实真诚，娓娓道来，萧迹宛如大哥般用他的笔为我们讲述他丰富的人生阅历和生命感悟。

随手翻阅文集，映入眼帘的是一篇怀念史铁生先生的文章《史铁生——一位纯粹的作家》。细细品读，文中萧迹对史铁生先生的敬畏立刻引起我的共鸣。铁生先生是我前行中指路的明灯，他的言行以及他对中国文坛所做出的贡献已经成为一种文化符号，伟大而不可磨灭。天妒英才，如路遥先生一般，他们用生命在践行着文学的真谛，上天无情地夺去了他们的生命，却让他们的灵魂永照世间。

我不会用个人的好恶来评判一部作品的优劣，在我看来，阅读宛如吃饭，每个人都有不同偏好。盲目地给一部作品贴上标签是自大和不负责任的表现。无论是阳春白雪还是下里巴人，存在必有其理由，而生命宛如夏花，绽放着不同的美丽，需要我们用不同的眼光去审视并体验。萧迹的散文，朴实且不失厚重，字里行间无不渗透着对生命的尊重、对先贤的敬畏、对朋友的忠诚、对家人的关爱，细腻的笔触揭示人性的本善，挑动着我们灵魂深处最敏感的神经。

五四以来，白话文已经进化为"白化"文，这种"白化"宛若白癜风或牛皮癣，成为文坛痼疾。当我们还躺在鲁迅、林语堂、梁实秋、朱自清等大师营造的精神家园中的时候，我们仿佛长不大的孩子，期待有人拿来奶瓶哺育我们发育不良的身体，让我们慢慢成长。如今，我们的贪欲使我们迷失了方向，甚至丧失了基本的良知，终日游走在法律和道德的边缘。

记得曾与萧迹等三五友人在一起谈论文坛趣事,其间某君说起电视剧《激情燃烧的岁月》,悲观而又不无羡慕地回忆那已经逝去的年代,抚今追昔,说在那个年代至少还有激情可以燃烧,如今即便有激情,亦无机会燃烧了。萧迹说话中肯而客观,他对现实没有不满,认为历史的车轮终归走向善良而本真的彼岸。至于现实中存在的诸多无奈,并非朝夕之间能够得到解决,但我们的生活已经得到极大改善,这就足以慰藉。

萧迹乐观豁达,身边的朋友更是三教九流形形色色。他对朋友的忠诚以及给予朋友的不遗余力的帮助使他赢得了更多的尊重。在开篇散文《请珍惜在一起的日子》中,他记录了因为自己的疏忽而遗失朋友电话号码的事情,文中多是自责,感慨平日里总是以各种借口为自己开脱,以至于真正想起朋友的时候,朋友已经渐行渐远。这其实是现代人的通病,我们很少能够反思自己的不足,而萧迹却深刻地剖析了存在于我们灵魂深处的惰性。我们总习惯于索取,恣意挥霍着友谊,将朋友当作一棵可以遮蔽风雨的大树,却忘记给这棵大树施肥除虫。付出与收获应该是成正比的,萧迹在文章中告诉我们,只有珍惜在一起的日子,珍惜来之不易的友情,友谊之树方能枝繁叶茂,我们的灵魂才能拥有可以停靠的港湾。

当然,萧迹的精神世界里也包含着许多对现实的无奈。在《该死的应试教育》一文中,他通过已经上幼儿园的女儿的经历来揭示当前的应试教育对孩子活泼天性的扼杀。我们还是孩子的时候,也曾诅咒写不完的作业,直到如今,那一张张考卷依然如同梦魇般挥之不去。鲤鱼跳龙门的理想似乎唯有通过应试教育方能实现,

龙吟虎啸

于是郑渊洁愤然将孩子带回家中自己培养。面对现代八股的摧残，大多数人选择了顺从，包括你我和萧迹，毕竟这世间只有一个郑渊洁，没有多少人有能力自信地认为可以突破现代八股的樊篱，也没有人敢轻易拿孩子的前程去对抗现实的无奈。

批判与包容同在，这是萧迹散文的又一特征。在萧迹的字里行间，我们看不见愤青，看不见抱怨，更多的是对美好爱情与友谊的褒扬。犹喜小中能见大，家长里短，凡尘琐事，童稚趣事，烂漫天真，毕竟这就是我们百姓生活，真实且琐碎，但处处透着乐趣。在随笔《为了孩子，该出手时就出手》中，萧迹讲述了自己"管闲事"的故事。所谓"管闲事"，是我给他的定义。他的新书完稿，朋友为他庆祝，他看见朋友用极端方式教育孩子，不禁大发雷霆且爆了粗口。表面看来他的确是在管闲事并有失风度，因为人家自己的孩子，如何教育是人家自己的事情，与你萧迹何干？我能理解萧迹的心情，我们都为人父母，孩子是我们生命的延续，所以我们希望孩子有一个快乐的童年，而不是强加的当头棒喝。回忆我们的童年，虽然处在物质极度缺乏的年代，但每一个梦想都美丽而值得回味。其实，我们没有权利要求孩子按照我们规划好的路径去行走，孩子自出生之日起就开始了属于他自己的轮回，在这个过程中他是相对独立的个体，他有自己独立的思维，而不是父母能左右的。在这个问题上，暴露出的正是我们人类自认为是万物灵长的自大，甚至妄想控制还在成长中的孩子，这原本就荒唐而可笑。孩子有自己的快乐自己的痛苦，那些在大人看来幼稚的不切实际的行为和想法，恰恰是他处在某一年龄段该有的表现。在这个问题上，我欣赏萧迹的率直，折服于他为了朋友的孩子而不惜与朋友之间发生情感碰撞，这更体现出他对生命个体的尊重。

纵观萧迹的散文，无不是其真情之流露。在我看来，作家不但应该有个性,而且应该有真性情,否则也就只能写出毫无营养的应景之作。萧迹在创作中投入了真情,笔下流淌着的自然是感动。我感谢萧迹在我们迷茫与颓废时给我们精心烹制出一锅心灵鸡汤,让我们重新燃起对生活的希望。

龙吟虎啸

《楼观秘籍》
——营造新的武侠梦
陶安黎

　　人的阅读，不同的年龄有不同的侧重。读过的书，就像结识的朋友，靠的也是一种缘分。不然，在浩如烟海的典籍中，怎么你就单单选中了这一本，而不是那一本呢？我个人认为，书读了，总是有用的，这就如同老话说的，"多个朋友多条路"，而多读一本书，便是多开了一扇窗。

　　这是当我看到作家萧迟新出的长篇武侠小说《楼观秘籍》，第一时间冒出来的想法。记得读他的长篇小说《大铁路》好像还是不久前的事，而这部与《大铁路》题材、风格迥异的作品，让我一时难以置信它们是出于同一个作家的笔下。看了介绍，我才知道，萧迟自幼酷爱武术，长期研究武学之道。其实，每个人的青年时代大概或多或少都做过武侠梦吧。那份剑胆琴心，那种快意恩仇，那番侠骨柔肠，令多少年轻的心灵激情澎湃，让多少冲动的拳脚跃跃欲试。前些日子，从电视上看到李连杰在一个访谈节目中说，他对自己的成名作《少林寺》感到自责，因为误导了不少年轻人步入歧途。说起来，我也是"步入歧途"者之一，但我至今没有后悔，起码有了一个不错的身体，也给自己性格里添了些金属的成分，这对于一个男人来讲，尤为重要。

　　说起武侠小说，首先记起的，是上高中时，在自己不喜欢的课

314

上,埋在抽屉洞里看《射雕英雄传》《书剑恩仇录》《七剑下天山》的情形,读得五迷三道,读得昏天黑地。也许,一岁年龄一份心吧,近十年来,基本不读武侠小说了,兴趣也几乎降到了冰点,而当今现实与网络上这类小说的泛滥和恶俗更让我倒了胃口。

我拿到《楼观秘籍》的那一刻,我突然有了一种不同的感受,除了书的装帧精致大气,还让我觉得,这是一个认真的人写的一本认真的书;再就是对这位山东籍作家所感到的本能的亲切,况且小说一开头就出手不凡,一下把读者拽进了故事中。

"月夜,圆月高悬,夜色如昼。

"一匹白马从远处疾驰而来,"品"字形大路中间坐着三个身穿黑色道袍的中年男人,随着马蹄声的临近,坐在品字中间的那位男人,脸色越发严峻起来……"

这种画面感极强的语言,犹如一组电影镜头,给人的印象是鲜活的、流动的。在随后展开的二十六个章节里,以一部流传千古的武功秘诀"楼观秘籍"贯穿始终,融传统与现代、玄机与命理、仁义与背叛、穿越与轮回、悬疑与恩仇、楼观与武经于一体,让一个个身怀绝技的古楼观群侠跃然纸上。

一部小说,如果缺少了地域色彩,就像缺少了某种根系,作品也很难立得住。看得出,萧迹为这部小说的取材是颇下了一番功夫的。号称"天下第一福地"的楼观台,是我国著名的道教圣迹,位于西安市周至县东南 15 公里的终南山北麓,古人云:"关中河山百二,以终南为最胜;终南千峰耸翠,以楼观为最名。"相传此地隐藏着老子写下的武功秘籍《武经》。这个传说本身便已具备了一种神奇和诡谲。而萧迹丰富的知识、深厚的阅历,对武侠精神的理解,对武术知识的掌握,跌宕起伏的叙事与描写以及对人物性格的把握,更使得《楼观秘籍》这部小说异彩纷呈,引人入胜。

龙吟虎啸

常言道,外行看热闹,内行看门道。喜欢武术的人写起武侠小说,自然有着独到的见地。请看——

"将官连向右方摆步,同时,使出了醉汉猜拳,迎着伏子光就是一个右平撞拳,伏子光反手一掌,掌掌相击各自退后一步……

"来人不等孙明国站稳脚跟,上前就是一个黑虎掏心。孙明国不急不慢,两手一挡,右脚顺势踢去……他身子一缩,使出了五禽术,一招螳螂捕蝉直奔对方面门。孙明国见状,反身使了一招麻雀在后,一拳直捣后心。来人不禁大吃一惊,他没有想到,这位招数变化得如此之快,竟然和自己同出一门。"

这些描写,无论看门道的内行,还是瞧热闹的外行,相信都会有一种感受,就是"过瘾"。我想,萧迹在写《楼观秘籍》的时候,他本人既是导演,武打设计,也一定在想象中参与了进去;他可以是书中的任何一个人物,也可以同书中的任何一个人物过招儿。拳来脚去,刀光剑影,你来我往,闪展腾挪。仿佛能听到刀剑的铿锵、拳脚的磕碰。萧迹大胆的创新和营造,绘制出当代武侠小说的一片新天地。正如他本人所言:"与旧武侠相比,新武侠小说再不能以简单的游走江湖、劫富济贫、匡扶正义作为小说的一个基点。因为,面对越来越多的高素质读者群来说,武侠不再仅仅是一种成人童话,而是融趣味性、文学性、思想性于一体,同时融入了对生命的一种思考。"

这应该就是这部小说的魅力所在吧。

没有想到,在年逾知天命之际,读着《楼观秘籍》,我又重新找回了年轻时的武侠梦。

干得好, 要知晓

——读《宣传处长》有感

郭竹松

趁周末有空, 花时间读了萧迹的长篇小说《宣传处长》, 当我读到小说结尾时写到文中的主人公——某省宣传部对外宣传处处长百里行在即将提为副部长, 并已经过组织部的民主测评时, 他却选择了辞职, 开了一家娱乐美食城, 心中不禁一惊: 或许这是作者大胆构思的结果, 但在实际生活中, 亦不乏政府机关的人辞职下海呢!

《宣传处长》主要讲述的是西部某省为转变领导干部作风, 提高干部队伍素质, 在全省领导干部队伍中开展了一场"树立公仆形象, 树立服务意识"的思想教育活动, 为确保活动的有效进行, 省委为此成立了数十个检查指导小组, 指导各地市的"两树"活动, 省委宣传部对外宣传处处长百里行也作为一名指导小组成员来到了古仓市参加"两树"指导工作。

小说围绕百里行在"两树"活动中的检查指导工作展开, 披露了一些声势浩大活动的内幕, 如为让领导满意, 给领导班子成员的意见征求表回收率造假, 正如小说中写的那样: "现在的世道怎么变成了这个样子? 做官的都喜欢自己被骗而且是官越大越高兴受骗, 有道是: 骗人者喜气洋洋, 被骗者心花怒放。"

于是, 在这场外局外人看来很虚的"两树"活动中, 从副省长到市里的班子成员，再到省里的检查指导小组，围绕活动安排、小结、学习计划、学习考勤制度、实施方案等文件，煞有介事地按照理论学习、征求意见、自我剖析、整改等步骤按部就班地进行。而在实际操作中，却基本是宣传挂帅，靠"笔杆子"出成绩，如百里行对"两树"的宣传工作的具体要求：横幅条幅要挂起来，宣传气氛要浓厚起来，信息报道要多起来，总之一句话是"干得好，要知晓"，要做到宣传意识超前。

这种宣传气氛挂帅的做法，还出现在中央某研究室的高主任来调研"两树"活动时，也是精心布置了一番："等到下午五点多钟时，市委机关院内门口已是张灯结彩，各种内容、多种颜色的横幅条幅迎风飘扬，几个公示牌全部换成了不锈钢制成的，在夕阳下净明瓦亮，特别是一些园林工又在院内植上了几棵高大的青松和一些花草，显得生机勃勃的样子，同时，还在院子、机关楼内的不同地方悬挂了几个样子精巧的意见箱。"此种形式主义的做法，全书有很多描述。读到这些篇章，不禁联想起现在举行一些主题活动时，活动参与者写的学习心得、总结报告一律要手写，且不得低于多少多少字。这样的活动，弄得基层干部怨声载道，更苦了基层办公室人员，帮这个领导那个领导抄心得、写总结，直到手软。

值得一提的是，小说中写到各级领导在一起吃饭时，说话都很谨慎，大家都怕表错态，得罪人，于是，一些带荤的段子在饭桌上就特别流行，这点倒特别真实。作者显然也花了一些心思收集到一些很有趣味儿的带荤段子，细心读读，感觉比读书中的那些领导指示和总结更有意思。

腹有诗书气自华

——评萧迹书法的拙朴、禅趣、自然

周 勃

在我的办公室正面墙壁上挂着萧迹先生的一幅墨宝,上写:天地之化,在高与深。圣人之道,在隐与匿,非独忠信仁义也,中正而已矣。

字体非常拙朴,没有一点的炫技之意,返璞归真中透着一股禅味。作为萧迹多年的朋友,我知道他这几年除了写作之外,是既学佛又研究道学。且深得几位大师的青睐,得其精髓教义,在克己修心的同时,其书法作品便有了一种质的飞跃。

他说,儒释道,其实都是一种哲学,都是从不同的角度去对世界的理解和观察,它可以帮助我们形成一种更广阔的视野和格局,从而对艺术的感知也就有了层次感和立体感。

萧迹从中学时就开始了书法的学习,从唐楷入手,临帖研习多家之采,从那时起就打下了坚实的基础。但是,书法家和书匠永远是两个不同的概念,有多少人在书法的海洋中遨游数十载,却终摆脱不掉匠人的习性。这除了对书法理解上的问题外,最重要的就是书者本人思想与素养的高低了。

纵观中国历史上的书法大家们,独因书法而流芳百世者几乎没有。都因人而字贵,不是诗圣就是文豪,从颜真卿、苏东坡、欧阳修,再到当代的启功,都以深厚的文化素养成就了书法的更高境

龙吟虎啸

界。这均是因为对书法最终的评定不是看字,而是通过文字这种线条艺术去感受书法艺术中的精神美与作者对世界的理解和情感。

其实,书法作品就如同交响乐一样,是一种形而上的艺术,是需要品味,需要共鸣,需要精神世界中得到的一种愉悦。但是,现实社会中的很多书者,不是从自身的修养努力,而是从技法上的一味追求,便使得当今书法看似眼花缭乱,实则没有实质内容,更谈不上艺术层界的鉴赏了。

萧迹在他的一篇书法论述《书法要有自己的语言》中,写道:"过于对技法的精益求精,就忽略了书法最重要的艺术实质,那就是书者的精神与思想、格局,使得作品形成了一种有笔有墨有技有巧但无神的结果……腹无笔墨,写出的字也就没有墨香了,更没了精髓和灵魂。所以,习书者一定要先读书,先做人,再习书。弘一法师曾经说过,书法要以人传,而不能以书法传人。具有高尚品质的人,自然书法就会自成一体。"

因而,萧迹在基础训练的同时,努力地从书法理论和自身修养上锻造自己,并通过数十部作品的创作,对人生对世界形成了自己的一个观感,再通过书法笔墨去反映自己对这个世界的理解。腹有诗书气自华,从而形成了属于他自己的书法语言,拙朴、禅趣、自然,将书法之美推向了一个新的层面。

著名书法评论家沈琦先生说:"赏读萧迹先生的书法作品如同品味一杯醇酒,越品越有味了。这也是我们共同的一个感觉,今天,有很多人以收藏萧迹书法作品为一种时尚,我想这就是对他书法成就的一种肯定吧!"

萧迹，一个有故事的男人

刘　墉

　　每次和朋友说到萧迹的时候，我们都觉得萧迹这个名字起错了，真不应该叫萧迹而是"奇迹"。

　　叫他奇迹，是因为他的身上有太多的稀奇古怪的事情。比如说他手出汗。按理说手出汗很正常，手脚出汗的人太多了，可是，他的手汗就是个奇异事了。喝酒的时候，才一会儿，他的手心手背就开始渗汗珠了，很快，汗珠就汇成了汗流顺着手指往下滴，最后，跟小孩尿尿似的往下流，令人稀奇。不过，这还称不上奇迹，奇怪的是他的脚白天出汗，晚上要"喝水"。开始听别人说起的时候一百个不相信。直到有一次我俩外出，一到宾馆，他就四处找超市买脸盆。到了晚上，我看他竟然将两脚泡在水里睡觉，半夜时两脚湿淋淋的直接进被窝。我问他咋回事，他让我看他的脚心，脚没泡水时全干裂了，这让我一下想到了十几年前的那个电视剧《大西洋底来的人》。我劝他去医院看看，他说早就去过了，没有一个医生见过他这种情况的。他只能是听之任之，顺其自然了。

　　他晚上写作时也要把脚放在水盆里泡着。他说他这是汲取天地之灵气。但我知道他如果不泡，他的脚干裂得让人看着都难受。

　　更让我们感到奇怪的是朋友聚会时，一旦来了新人，不等人家介绍，他就会对着人家说，你姓张吧，你姓严吧，你姓赵，你姓王。结果是八九不离十，搞得大家都很奇怪，以为他们私下里早就认

龙吟虎啸

识。问萧迹，为什么说得那么准？他说凭感觉。

他搞创作也是个奇迹，十几年前的一次小聚，他突然说他要写长篇小说，我们都铁定他是心血来潮，谁承想，紧跟着他就是一年一部的速度连着推出了十余部畅销书。有时他一天可写几万字，他自己解释说一是他打字快，二是他写作的时候缪斯附身，他只是缪斯的打字员。

我一直认为他就是缪斯的幸运儿，不仅是他的文学创作，还有书画创作，他的作品透着难以遮掩的灵秀和才华。这就让我们想到了苏轼曾经说的，书到今生读已迟。意思是今天的才华，不是今生才有的，是前世的积累。不管你是同意还是置疑，只要你见过萧迹的现场创作，无论是写书，还是画画，那种潇洒那种豪放那种洒脱，一下子就把你感染了。

萧迹的文学创作涉猎面极广，侦探、悬疑、爱情、婚姻、社会、武侠、官场等等，而且都是那么厚重、深刻。看了他的书，你一定以为他是一个有城府的人，有人看了他的《宣传处长》后给我们说，萧迹对官场百态剖析得淋漓尽致、入木三分。可是，等你和他有了交往，你简直不敢相信那是他写的，生活中的他单纯、简单。

萧迹是一个简单的人但他又是一个个性十分强烈的人，一方面他待人处事温文儒雅，是个暖男；另一方面他又是一个说出手时就出手的大侠，个性鲜明得水火不容。他常给我们说："最反感的一句话就是君子动口不动手。人家都欺负到你头上了，你还不动手，那就是怯弱至极了。人固有一死，只是长短的问题，但总要死，再怕也会死，还不如死得轰轰烈烈"。这种性格的萧迹，对朋友心细如针，细致周到，让你感动得无话可说。可是，当他暴怒之时，又如他笔下的鹰王，狂野犀利。

性格对立的萧迹朋友却很多，三教九流行行都有，有时我真想

美景都在路上

问他,凭什么大家都喜欢和你在一起？是他的真诚、善良、才华,还是他的爱憎分明？是,似乎又不是。其实,什么理由都没有,只因为他是一个有故事的男人。

龙吟虎啸

访作家萧迹

——品味他的长篇小说《活给别人看》

韩文生

美景都在路上

第一次听作家萧迹的名字是我加入陕西省作协之后，一次我去省作协对外联络部王晓渭主任的办公室，王老师对我说："你们铁路系统出了全国著名作家莫伸，是省作协副主席，他写铁路的代表作报告文学《大京九》很有名。近期又写了长篇报告文学《一号文件》。"

说着，王老师将莫伸老师的长篇报告文学《一号文件》从书架上取下让我拿回去看。这几天中央台一套黄金时间播放的电视连续剧《黄土高天》就是根据《一号文件》改编的。接着，王老师又说："你们铁路上还有个青年作家萧迹，已创作出版了十多部长篇小说。其中有部长篇小说《活给别人看》，在陕西人民广播电台连续播出后引起强烈反响。你们都在铁路上，你可和他多联系。"并给了我萧迹老师的电话号码。这是我第一次听到萧迹的名字和他的长篇小说《活给别人看》。当时就觉得《活给别人看》这部小说的名字耐人寻味，本想找萧迹老师借看，但总感到萧老师名气大，我跟他相差甚远，只打过一次电话就没再联系。

今年八月的一天，我突然接到萧老师的一个电话。电话里说，陕西作协要召开代表大会，省作协请我参加。萧老师是作为铁路作协主席的身份通知我的。听到这个消息，我受宠若惊。说心里话能参加这样的会不仅是件非常光荣的事,更重要的是通过参会可以认识全省乃至全国一些著名的作家,对我写作有帮助,机会难得。可又一想,我是个民警,要参加这样的会议必须经领导同意。但当前公安保卫工作任务繁重,已停止了休假,我怎么给领导说呢?联想几年前,在南宁也有一次类似的活动,由于工作忙我最终没有去成。前车之鉴,我没有给萧老师肯定的回答。萧老师知道我的难处之后,就说,这件事我已和你们领导沟通好了。后来,当我得知萧老师多次给领导打电话,这让我非常感动。于是,我决定拜访萧老师,几次电话联系,萧老师都很忙,最后我们约定这个周末在他的工作室见面。

由于初冬季节白昼短,当我吃过晚饭离开家的时候,天已经黑了下来。我按照萧老师发的地址前往他所在的小区。一路上,我寻思着萧老师的模样。以前我们只是在电话里通过话,在微信里见过他的照片。但萧老师的性格我还不了解。按照我的惯性思维,我想作为一位已创作出版十多部长篇小说的著名作家,一定说话严谨,儒雅风范很重。我一直思考见了萧老师如何和他交流,不至于初见陌生而彼此尴尬。我边想边来到了萧老师住的楼前。我判断,单元门口那间亮灯的房间就是他的工作室。可是,单元门紧锁。于是,我站在门口望着亮灯的房间冒昧地喊了起来:"萧老师,我在您的单元门口,门锁着,我进不去。"这时,从房间里传出一个浑厚的声音:"老韩,你都是老公安了,什么门能挡住你啊!你拿枪对着锁打两下,门不就开了?"随着一阵笑声,就见一个笑容满面的中年汉子出现在了门口。我问道:"您是萧老师?"他见我有些迟疑的样子,笑道:"怎么,不像吗?照片里的我都是摆拍的,本人比较丑。"萧老师说着又是一阵大笑。我感到萧老师是个性情中人,热情、豪爽。

龙吟虎啸

走进萧老师的工作室,客厅十多平方米。房间四周地面和柜子上摆放着各种雕塑、古玩以及不同的艺术品,桌面上还放着一只刚画好的雄鹰。我早就听说萧老师画鹰是一绝,今天目睹了这幅画中鹰的雄姿,展翅高飞,俯瞰大地,给人一种无比震撼的力量。瞬间,我被萧老师工作室里浓郁的文化氛围而吸引。

　　坐定之后,萧老师热情地为我泡上了香茗。我说:"萧老师,开会的事,您费心了。"萧老师说:"能参加省作协代表大会,是你的光荣也是你们单位的光荣,我只是做了应该做的,不必客气。"一阵寒暄之后,我迫不及待地询问萧老师《活给别人看》那本书。萧老师起身在书房书架上给我取来了这部长篇小说,并说:"这是我十年前写的。"我说:"萧老师,就书的名字就足以冲击我的心灵。与其说想看这本书,不如说是想从这部书中寻找答案,人到底是活给谁看? 为什么好多人都感到活得好累,活人不容易,包括我也有这样的感受。"萧老师说:"人到底是应该活给谁看,怎样活着才有真正的意义,任何答案都是没有说服力的,唯有通过阅读的过程从中产生一种感悟一种启迪。"萧迹老师的回答让我想起了几天前我们战友的一次聚会,一个战友来晚了,别人说他比局长还忙,他就借着酒劲发起了酒疯,说大家瞧不起他。我理解他。他出生在农村,小时候家里很穷。那时候,他一心想跳出农村,像城里人一样过体面的生活。后来,他发奋读书考上了军校。在部队没干几年,由于家庭的原因早早转业回到地方。那些比他转业晚的同学、战友,在部队都当了团长、政委,而他却是个普通干部。人家一个月工资两万多是他的两倍。就说自己活得不如人,情绪低落。听了我的话,萧老师感慨地说:"他之所以活得累,就是因为他是活给别人看。他不和自己的过去比,而是盯着别人眼里的自己,他有房有车有工资,工资也绝对够花了,可是,他要活给别人看,看什么? 看攀比。

拿自己的短比别人的长,结果就是心累不开心,问题是你的生活和别人有什么关系呢？现在的人,少了信仰,少了精神层面的东西,就自然地去特别关注物质。由于物质的占有和金钱有关联,金钱又和权力有关,于是,在人们的心里去衡量一个人的价值,不是看他对社会贡献有多大,而是看官当得有多大,钱挣得有多少。如果这种价值观任其发展下去的话是很可怕的。一个人之所以活得累,就是累在了这个活给别人看上。其实,一个人是很容易满足自己的,不就是能吃饱穿暖,有床睡觉吗？为什么还要买大房,坐好车,不就是想让别人去羡慕,去赞美吗？就像我这部小说中所描写的,夫妻之间已没有了感情,婚姻名存实亡,无性婚姻,可在别人面前,还在秀恩爱,装幸福,能活得不累吗？"

正当我听得入神的时候,一阵电话声响起。我低头看手机,已是晚上十点多了。时间过得真快,我连忙向萧老师告辞。萧老师拿起笔,在书上签上名,盖了章,递给我,说道:"以文会友,情深义重。"

龙
吟
虎
啸

327

附

录

萧迹家书

亲爱的女儿：

你好！

时间过得真快啊，一眨眼的工夫，你已经十四岁了。可是，我怎么也忘记不了十四年前你出生后那一段时间，甚至，当护士姐姐把哇哇大哭的你送到我的手上，而你妈妈还在产房，我当时束手无策的心情，今天依然体味如初。

在你七岁生日的时候，我给你写下了我们之间的第一封信，我说，我感谢你做我的女儿，因为，我一直坚持我自己的一个观点，你能做我的女儿是看得起我，所以，我一定要对得起你。十四年来，我用我的爱来呵护你，我不想对你有太高的要求，包括你的学习。我知道你是一个懂事的孩子，所以，我总是在努力做好自己，尽量以身作则而不是"严你宽己"，我坚信在我们这个家庭里，你耳闻目染也会懂得并学会尊重、自信、民主、认真、积极向上的生活态度。你的爷爷奶奶都是已年过八旬的老人，还天天帮助你学习。奶奶为了提高你的数学、物理成绩，做了几大本子的习题，随时准备再一道题一道题地认真来教你，你上初一的时候，他们天天陪你做作业直到深夜十二点。我既心疼你的爷爷、奶奶，又疼痛你，一次次地劝你们赶紧睡觉好好休息，可是换来的是你们在台灯下更加热

附录

烈的学习探讨,你们祖孙仨看上去更像一个攻坚克难学习小组。

妈妈在你面前更是随叫随到,和你一起做作业学习,给予你最好的陪伴。即使如此,你的考试成绩考得不理想时,我们也没有因此对你有任何的指责。每次考试前你都会给我提出要求,说考到多少分我要给你什么什么的奖励。但每次你即使考试失败了,我依然满足你考前的要求。你自己都说,爸爸你为什么这样宠我呢?

因为你知道那是我们爱你,我们深知你现在的学习压力已经很大了,我们不能再给你任何的压力。学习本来是一件十分愉快的事情,唯有学习我们才能够更好地认知这个世界,更好地热爱这个世界,更好地珍惜这个世界。但是应试教育,高考尺度就那么高高地悬挂在你和我的面前,让我们别无选择。

但我依然想告诉你,我亲爱的女儿,我希望你平安幸福,而不是独占鳌头。因为我知道考试只是一个手段,教育是培养,是培育,是"十年树木,百年树人",教育就是要培养出一个身心健康,思想活跃,懂得真、善、美的公民。

虽然面对各种考试,让你们这些学子应接不暇,苦不堪言,但是你一定要知道这个时代是最幸福的。你爷爷不止一次地告诉我们,这个时代是他所经历的最美好的时代,没有战争,没有饥饿,没有物资匮乏,虽然生活中也有压力,但那些压力都来自人们对物质的欲壑难填,来自人们的无限攀比,而不是生与死的考验。你爷爷说:"没有经历过饥饿的人是体会不到今天生活的幸福。"我和你一样都是幸运的,但是作为幸运的我们更应该懂得感恩,懂得珍惜。感恩是因为今天的幸福是爷爷他们一代又一代人的艰辛奋斗。珍惜,是要我们在节约勤俭中爱护延续我们幸福的日子。

于何彦悦,我亲爱的女儿,回忆十四年来,我欣慰的是我从没有打骂过你，即使你犯了错误。因为我知道每一个成长的孩子不可能不犯错误的。也只有通过不断地犯错误才会懂得生活中的正确与错误。才不会等到成年以后再去犯错误，那时的错误就不是错误了而是犯罪，那时就不是批评而是面对法律的惩罚了。所以遇到你不懂道理时，我都在心里告诫自己，很快你就会懂的。我选择努力地和你交流沟通，真实地告诉你我对你行为的看法和感受。我想只要我努力地做好自己，用我的榜样力量感动你，你一定会变得更好的。果然，你用你的行为证实了我的观念，我感谢你！

但是我不能原谅自己，我知道你喜欢读书，就任凭着你的性子给你买书看，还自得其乐地说，你一读书就能让我安静一天。可是，就是因为让你在很小的时候就看大量的书，把你的眼睛看坏了，造成高度近视。每当我想到这些，我心里就痛，是那种撕心裂肺的痛啊，我亲爱的女儿！一想起这事，我就觉得我没有尽到一个爸爸的责任，内疚让我常常不能入睡。我知道，这种愧疚的痛将永远伴随着我，直到我老去。对不起，亲爱的女儿。

今年，你上初三了，马上就要中考了，我也和所有的父亲一样，我希望你能够如愿进入西安××中。毕竟这是一座造就高考状元，成就清华、北大高才生的重点中学；毕竟这里拥有众多的名师，能进入这所中学就是进入重点大学的保证。我也知道今天的你正在为你的梦想而努力奋斗，即使如此，我想说的是在快乐与分数、健康与学校之间，我依然选择你的健康与快乐。虽然有人说过，给予孩子今天的宽容就是对孩子未来的放弃。我却要说的是，只要拥有一个健康身心的孩子一定会有一个美好幸福的未来！

啰啰唆唆地写了大半天，其实，我只想说一句话，我爱你，我最亲爱的女儿！

　　祝你身体健康、学习进步、梦想成真！

你最好的朋友萧迹

2016 年 9 月 26 日

美景都在路上

女儿写给萧迹的回信

亲爱的爸爸：

　　您好！

　　收到您给我的来信,心中感慨颇深。时间确实是飞快的,十四年来你们对我的循循善诱,对我的精益求精,对我的舐犊情深,隐藏在我们共度的时光之中。这十四年我从一个咿呀学语的婴儿成长为一个能渐渐精通本领的青少年,这当中定少不了你们对我的陪伴与关爱。世界上的父母是一样的,谁能不对自己的儿女呵护有加呢? 儿女们也享受着父母爱的温暖,在人生的路途上伴着阳光前行。但我也清楚地知道,这种温暖是不会伴随我一辈子的,人都有生老病死,因此我现在倍加珍惜和你们在一起的日子,在有限的时间里去回报你们对我的爱。

　　我看到您对我学习上的鼓励及对应试教育的诠释,我想高兴地告诉你,我不会害怕学习的压力,不会因考试的失利而颓废,也同样改变自己不因成功而骄傲自满。我们家是一个知识分子家庭,爷爷、奶奶是高级知识分子,姑姑、姑父是教授,妈妈是老师,而您又是一名作家。你们都在自己年轻时凭借自己的努力而梦想成真! 我又有什么理由不去好好学习,不去努力呢? 正如您所说的,唯有学习我们才能够认知这个世界,唯有努力勤奋才能实现自己的目标。因此你不必担心我,我也会控制好情绪。傅雷曾说过,太阳太强烈会把五谷晒焦,雨水太猛也会淹死庄稼。确实,我生活在一个幸福美满的家中,又在学习资源丰富的条件下生活,我没有挨过饿,没有穿不起衣服,只经历过四天的军训就让我认为是世界上最大的苦了。我知道你们让我学会洗衣,学会自己做饭,学会自己打理生活不都是为了让我今后能更好地生活,不去麻烦他人吗?虽然我有时抱怨太累,但其实我也知道这正是你们向我传达爱的方式啊。

您在信中因我的高度近视而自责,在这里我也要向您道歉,儿时的我不懂得爱护自己的眼睛,因此在拿到自己喜欢的读物时才会不注意坐姿,导致视力下降的。其实读书本是无错的,因为只有不断地阅读才能提高我的写作水平,提高知识了解世界,增加经验。但不正坐姿使我近视了。记得之前读书,我因太想看完一本大部头,废寝忘食在厕所里看,躺在床上看,一天就看完了,那时的我们只看到了用功读书的好处,却忽略了这种废寝忘食对我的危害,更忘记了用手机阅读的危害性。所以这眼睛近视的错还是在我自己,我永远不能忘记上次去检查视力后您得知我的眼睛已是高度近视的时候,您发狂发怒不顾自己的形象在大街上对我大声训斥,并将自己的手机狠狠地砸在地上,回家的路上您不再说一句话,但我清晰地看到在您的眼角沁出两滴泪珠。自那次之后,我有三四个月不敢再用手机,因为手机确实对我危害巨大。您很少对我发脾气,只有这次是最生气的。我相信您给我说的每一句话,而您以身作则的行为也深深影响着我。从小我便跟着您去做事,成为您的跟屁虫,我也一直坚信您的引领是正确的,在对我发完脾气后,您还亲自向我道歉,这种尊重式教育也助我成为更优秀的人。

有很多人说我和您长得很像,您也自称我是您的相似形,我的一言一行由您教导,我的人生之路上有您陪伴前进,对于您信中最后对我的希望考上西安××中,我不敢轻易承诺,因为我害怕我会达不到那个高度,但我也知道万事开头难。若想进入好的大学,就要努力进入好的高中,人人都想要攀上最高的阶梯,我也不会例外。因此不论结果如何我都会努力勤奋的。唉,我也想着写着就给您回了一堆话,也请您注意身体,在外应酬少喝酒,多在家吃饭,休息好,多吃苦瓜,多吃蔬菜,最后我也只想说一句话:我爱您! 我最亲爱的爸爸!

　　此致
敬礼!

于何彦悦

2016 年 10 月 1 日

附
录

陪　　伴

于何彦悦

放学后,我回到家便看到了坐在客厅里看电视的奶奶,电视声音很大,年近八旬的奶奶听力也差了。正欲走向屋子,目光却还是瞥到了那个空位——那是爷爷陪奶奶看电视的地方。

我想起了那个已进春天,但依然寒冷的日子。昏暗的病房内,病重的爷爷床旁也总有一个空位,那是奶奶的常用座位。爷爷怕奶奶被传染,总是将刚来送饭的奶奶推开,自此奶奶虽然只能陪伴爷爷短暂的几分钟,但只要他们两人坐在一起,寒冷的风也仿佛被两人相伴的温暖抵御了。

元宵节那天,爷爷终于要从医院回来了。原本要看元宵节晚会的奶奶不停地从座位上站起来小步快走到门前,打开门又关上,怕听不到敲门的声音而耽误了爷爷进门的时间。当爷爷坐着轮椅回来后奶奶才终于放下心来,爷爷与奶奶间的对视中一方是无奈,另一方则是担心与安慰。看着奶奶搀扶着爷爷进屋的身影,我心中不禁一阵痛楚,从前爷爷是奶奶的拐杖,现在奶奶又成了爷爷的依靠。

爷爷回来后,每天在床上休息。而奶奶从不离开他,灯光照在爷爷花白的双鬓上显得银光闪闪,在爷爷熟睡的鼾声中,奶奶闭着眼睛两手握住爷爷冰凉的手,坐在床边用自己的温度去让爷爷好受些,奶奶用自己的体温向爷爷传达着:"我很好,我在你身旁。"

"如果我真的爱过你,我就不会忘记,你的出现,你的消失,都是我最重要的事。"无意间,从书的扉页上看到这句话,想来这也是对爷爷奶奶间陪伴的诠释吧。两人从年轻到年老一生的陪伴,在我心里又感幸福又感惋惜。幸福是因为他们之间的爱孕育着我的心灵,惋惜的是为这陪伴无法长存。

爷爷过世了,但奶奶不会孤单,因为我们也带着这种温暖继续传递下去。

起风了,我将窗关小了些,走到奶奶身旁,对着刚将电视关上的奶奶说:"奶奶我给你捶捶背吧,休息一下。"奶奶笑着答应了,从窗户向外看去,远方有一片深蓝色的云,层层叠叠地遮住了地平线,那渐渐迎来日暮的地平线处仿佛正孕育着什么⋯⋯

(女儿十四岁时作)

背　影

何彦悦

美景都在路上

　　他又将背转过去，我看见他黑色并不高大的背影，在这晚风中变得有些模糊……

　　他身材不高，如果不在意骨骼的长度，可以说他的体形还算标准。他肤色略黑，皮肤已在岁月的流逝中失去了原有的光泽，在浓密的眉毛下有着一双不大但有神的眼睛，这双眼睛集中了他所有的活力、神采和智慧。非常明亮且深邃。他虽已人到中年，可肌肉依旧厚实，背后的两块肩胛骨从上面略微凸出，显得结实。

　　在我的印象中，他不太爱说话，主要表现在行动中。记得那时我们家还住在北郊大明宫遗址公园附近。有一次，上小学的我做手工需要石头，但这时已是夜深人静了，白天贪玩忘记了告诉家人。母亲还在絮絮叨叨地指责我为什么不早说，都这个时候了才告诉她。不等我解释，他已经从书桌前站了起来，放下手中的书一语不发地打开房门冲进了夜色中。只给我留下了一个渐渐远去的背影。许久后，他回来了，只见手中多了几款造型奇特的石头，递给我后也不见他多言，我看见他那黑亮的头发已被风吹得凌乱了。

　　生活中有许多这样的事情我已记不清了，但我心中一直不能忘记的是那次他的转身。他自己肯定都已经忘却了，更不会知道他的那个背影在我心中起到了多大影响。

　　那是一个炎热的夏天，他领我去公园玩儿。公园里有很多的游戏,投球的、射击的、套圈的,各种各样的游戏项目令人眼花缭乱。这时,我的眼睛紧锁住一个地方——投球比赛,迷上它的原因是因为奖品是一辆儿童摩托车。我深知摩托车的价格远远超出一次投球的费用,因此我请求他,希望能够通过游戏获得这辆摩托车。他明知这是一个陷阱,却还是给了我钱。当我失败一次后,再次向他要钱时,他依然给了我,让我再一次感受失败。当我因为面对一次次的失败终于选择放弃时,再去找他,他却无情地转过身向远处走去。他又给我留下了一个背影。他的背影从远处看宽阔而深黑,在暮色中凝聚成了一个黑影。我不解并有些愤恨他,我希望他能帮助我,但是,他只给了我一个背影。我看见他在一个路灯旁停下,依然没有转身。我想追上去,却没有这个勇气了。当一切都近乎沉寂时,我思考起来,他为什么要这样? 突然,我恍然大悟,我所倾心投入的游戏其实就是一个骗局,而我之所以如此热衷,就是因为面对诱惑时我的贪小便宜的思想啊。我瞬间明白了他的苦心,原来他是在教会我做人处事的道理。细细想来,他的每一个背影都有着一些深刻的含义,当他转身时,是为了给我一个思考的空间,给他留下一个行动的时间,这每一个简单的背影都包含着他行动上对我的教育。

那晚的灯光很亮,他的背影在灯光下显得厚重,我走上前去看他的眼睛,他的眼睛里蕴藏着对我深深的爱。

时光流逝,转眼间我已上了初中。在我的眼睛中,他给予我的背影也越来越少了,但在我的心中,他的背影永远不会淡去。他,是我的父亲。他用一种无言的父爱,教育我、改变我,谢谢您,父亲!

（女儿十三岁时作）

日子总是往前走的

孙玉素

2014年9月,小孙女考上了××中。我们全家人都非常高兴,因为××中是西安市五大名校之一。正好儿子在学校附近买了一套新房,儿子一家就搬过去了。儿媳在城北工作,离家远中午不能回家照顾女儿。我们老两口决定去儿子家住,照顾小孙女中午的吃饭问题,顺便也尽我们的微薄之力辅导小孙女的学习,主要是数学和物理,我退休前一直在中学教授高中物理课。

每天我都按时给小孙女做好午饭,她吃了饭后可以休息一会儿。晚饭我们就先熬些稀饭,热上馒头或饼,并准备好晚上要吃的菜,等儿子下班回来炒。一开始,我和老伴还去早市买点菜,后来儿媳每周六去早市买一周的菜我们就不用再去了。每周休息日时,我和老伴有时就一起回我们自己的家住一两天,有时老伴自己回去,回家干这修那的,我懒得每次都回去了。但在老伴身体不太好时,只要他回去我一定陪着他。

晚上,小孙女做作业,数学、物理有习题不会做时,我和她爷爷就一起和她讨论,一般都能得到解决,因为是重点中学,学校布置的作业很多,用题海战术提高孩子们的答题能力。每天的作业做不完,常要熬到深夜。小孙女学习很努力也很刻苦,但学习成绩一直处于中上水平。她的语文成绩很好,特别是作文写得好,她的作文多次登在各种报刊上。《西安商报》《三秦都市报》《淄博日报》

《五彩石》都发表过她的文章,《西安晚报》的寻找小书虫活动还专访过她。她发在网络上的文章,点赞的人也很多。

我和老伴原本计划要照顾小孙女到她中学毕业,然而,我却怎么也没有想到,天有不测风云,人有旦夕祸福。老伴于2016年元月得了肺炎发高烧,以前常用的针药这次都过敏不能用,只能用进口药,好在住院打了一个疗程病慢慢地好了。但是,从此以后他的身体状况越来越差,今天这里不舒服,明天那里难受,他就不停地去医院看病吃药,看了西医看中医,去看一次中医就拿回七服中药,天天喝药汤,但没有明显的效果。经过CT透视发现他得了支气管扩张,经常咳嗽吐痰带血丝,医生说这种病没有特效药,只能"和平共处",让他平时要多注意身体,加强营养,不要感冒。老伴是个老知识分子,喜欢读书研究,于是,他天天看中医书研究自己的病情,还给自己开药方,到中药店买药,请人加工成粉状。因为,看书多了,懂得多了,自然给自己增加了一份压力。有一天晚上,儿子问他:"你怎么看上去不高兴啊?"

他很不高兴地说:"我身体不好,我怎么能高兴得起来?"

我们都劝他一方面积极治疗,另一方面在心态上要放松,不要把病看太重,减轻心理上的压力。2017年放寒假,我和老伴就回我们自己的家住。春节快到了,孩子们决定今年春节都在我们这里过,我和老伴提前去超市采购了春节需要的各种食材,等女儿从北京回来,以及儿子一家过来。我和老伴天天张罗着喜迎春节的到来。

春节过后,老伴开始发低烧,他一天测量好几次都在37.5度左右,去诊所看了两次,拿了药吃,也不见好转,医生建议他再做CT检查。老伴给儿子打电话。儿子立刻就到家里来接我们,儿子住的小区旁边就是三甲医院,到了家门口,我们说回家喝点水把东西放下再去看医生。但老伴说先不回,就直接去医院做 CT 检查。主治医生是儿子的中学同学,非常细心,检查发现又得了肺炎,建议马上住院。当即,老伴就住进了医院。从早到晚一天打点滴五大瓶。儿子每天都去陪他,但依然不见好转。而且全身浮肿,饭吃得越来越少。到第 9 天时儿子建议他回家休息一下,这时的他自己已经不能走路了,必须坐轮椅才能回家。

女儿得知父亲生病住院,马上请假从北京赶回来照顾爸爸,并把她父亲的病情每天告诉她爱人和儿子。女婿立刻要转 10 万元给岳父治病,老伴得知不让,说没有必要,女婿要回来看他,老伴还是不让,不愿让他因自己的病而影响了工作。外孙子得知姥爷生病后,连忙请假从北京赶回来看姥爷。

老伴回到家后,我每天都按时给他吃西药和中药,儿子还找了榆林的名中医根据病情给他开了药方,抓药吃。女儿从北京回来给他捎了一些药,但病情依然没有好转,且越来越重,呼吸也困难了。给他用上了制氧机吸氧,天天咳嗽吐痰,痰中带血是越来越多。尿也少,每晚我都起来给他喂水倒尿擦痰。在家住了七天。这时儿子又请名医来家看,医生一看,就对儿子和女儿说,你爸爸的病很重,不能待在家里了,必须赶紧住院治疗。按照老名医的要求,儿子和女儿赶紧找同学们帮忙,女儿同学的爱人是西安××医院的中层领导,儿子同学的朋友是医院的副院长,在他们的大力帮助下,老伴总算住进了××重点医院。但是,住了三天只有腿部消肿,身上的肿还是没有消,药方和原来医院开的基本相同,其他方面没有什么改善,医生建议老伴进入特护病房,加强治疗,老伴坚决不去。因为他的一个老朋友前段时间进了 ICU 重症监护室,受了很多的罪后走了。这个医院的病人非常多,连走廊都住满了人。在这里休息不好。我们就建议他还是回到原来的医院,离家近,便于家人照顾看望。在朋友的帮助下,孩子们又把老伴转回到了原来医院的呼吸科。回来又治疗了两天,还是没有明显的好转,呼吸更困难了,上了呼吸机。

因为不能确诊到底是什么病,医生采取新办法,提出骨刺,要对症治病,或要从他的肺部取出物质做进一步的检查。但是老伴坚决不让做,所以只能采取保守治疗。他早就给我说过,让我们一颗红心两种准备。现在想来,其实老伴早已经知道他得了什么病,只是不想让我为他难过而已。

他生病住院期间,从不让我去看他。我要去看他,他就发脾气,找各种理由不让我去。我尽量听他的话,可是,心里怎么也放心不下,找各种理由让孩子带我去看他。就在 2 月 23 日这天,我先后三次去医院看他,他只能呼气不能发音,全靠呼吸机进行呼吸,想说话也很困难,看着都非常难受。我问他是不是把同学、朋友或亲戚叫来看看他,他都不让。他说他一辈子就怕麻烦人。一生以任弼时同志为榜样,一怕工作少,二怕麻烦人。大家都很忙,不用告诉别人。

老伴病重期间,儿子和女儿轮流二十四小时陪伴,看着老伴的病情越来越重,正在不知所措时,我们就想到了我的小弟。他以前曾经分别照顾过生病的小妹、二弟,有经验。于是我们给小弟打电话说明了情况。小弟接到电话后,立即买了火车票赶到了西安。

小弟刚到西安,没有休息片刻就去医院看望老伴。病床前,老伴见了小弟,不顾自己病重的身体,对他说:"小弟,你多陪陪你姐姐,我最不放心的就是你姐姐啊。"

这让我永世难忘,一想起来就心痛。

小弟刚来时,正逢老伴要转院,当时,租了一个轮椅。等把老伴安顿好后,小弟立即赶到市场买了一个功能齐全的轮椅。遗憾的是,老伴两天后就去世了,轮椅没有坐过一次。

小弟的到来一下让我们有了主心骨,儿子、女儿、小弟轮流照看老伴。三个人抢着照顾,我就在家给他们做饭搞好后勤。主要是要给小孙女准备午饭,这学期是她初三毕业前的冲刺日子,学习特别忙,她也抽时间去医院看望爷爷。儿媳是班主任老师,要上课又要管理学生,每天下班回来就跑到医院看望公公,去药店给公公买药。那一段时间,全家都跟打仗似的忙碌着。

2017年2月24日上午,我去看老伴。老伴让儿子给他换衣服,女儿和儿子就用温水给他擦洗身体,先把下身都清洗干净了,就给他换上干净的内裤,接着洗上身,由于穿着套头的毛衣不好脱,正在换衣服时,老伴一下昏迷了过去。儿子马上叫来大夫急救,但是,再好的医生也无力回天了。老伴就在这一瞬间永远地离开了我们,时间是2月24日上午8点40分。

老伴生前不止一次地告诉我们,当他出现危机情况时,一定不要实施切气管、电击等破坏性抢救,不要送进ICU重症监护室,一定要让他安静地离去。我们遵从了他的愿望,医生没有实施电击、切气管等抢救方案,在进行了一系列的正常抢救后,告诉我的儿子,他的父亲走了。

我们一直站在那里静静地看着医生紧张地抢救,直到他们取下老伴身上的各种管线。老伴安静地躺在那里,脸色红润、神态祥和,和平时睡觉一样,以至于我们都有了一种错觉,他没有走,只是在那里安静地躺着。只是他不用再戴着呼吸机罩了,不用再忍受病魔的折磨了。

他从2月3日走进医院到去世只有20天的时间,我想,这一定是他平时修行得好,没有遭太大的罪。在人们的眼里,他是一个大好人,平时不管走到哪里,好事就做到哪里,他有一双灵巧的手,什么东西坏了,他都能修好。在单位,他会修理电动机、变压器、发电机,各种仪表,会安装各种电路。家里的收音机坏了,电视机坏了,他用不了多长时间就修好了。老电视机没有摇控,他就自己改装成带摇控的。年轻时,他就会修各种钟表,给同事、朋友、亲人都修过,从来不要任何报酬,有时还搭上自己购买的零件。外孙子、孙女的玩具坏了,他马上就能修好。我一直为有这样的好老伴而感到幸福和骄傲。

老伴一生非常节俭,不浪费任何一点东西,省吃俭用,在吃穿上没有任何的要求。而且能自己做的事绝对不麻烦别人,他病危住院时也不让告知亲戚朋友。他走时,在他的身边,只有我、女儿、儿子和我的小弟。一方面,虽然我们感到有些遗憾,但是想到老伴生前的一再叮嘱,不要因为他的病影响了大家的正常生活,我的心里也有了一丝的安慰。另一方面,我们都没有意识到老伴会走得这么突然。从住院到走,老伴的神志始终非常清醒,就是在他离世的前一天,我们还以为他肯定能挺一两年的。当时,儿子都准备让他姐姐回北京了。谁知道才一夜,我们就阴阳相隔了。

老伴走后,孩子们征求我的意见,我提倡移风移俗,尊重老伴生前的愿望,不设灵堂、不烧纸、不烧香,只是在鲜花丛中摆放了一张他的照片祭奠。

朋友、亲人、老邻居和单位的同事知道后都陆续地到我们家来看望,一切都非常安静,因为没有烧纸、没有点香、没有恸哭,没有惊动左右邻居。孩子们一个个都是默默地流泪,这时的我终于体会到了真正的悲痛是凝重的。

我多么地祈盼老伴能早日康复出院,但是,这一次老天爷真的把老伴带走了,谁也没有办法。人死如远游,再也回不来了,只能与我梦中相见了。全家人都无比悲痛。特别是在小孙女学习的关键时刻，爷爷走了，给她打击特别大。上午她去参加爷爷的告别仪式，下午她就去学校参加中考模拟考试，我知道她是多么心痛啊。

我们和孙女相处 15 年了，从她出生那天起，我们就天天在一起，陪着她成长。那种感情早已深深地埋在了血脉中。爷爷走了，小孙女连着写了好几篇纪念爷爷的文章，写得真实、生动、感人。在报刊上发表后又感动了许多的人，让每一个读者都深深地体会到了爱的力量。

姥爷去世后，对外孙子的打击非常大，他与姥爷的感情很深，至今都不能看姥爷的照片，只要一看见照片立刻就泪流满面。

我的老伴是一名老共产党员，他的一生都是忠于党、忠于祖国、忠于人民的。在单位里，他是总工程师，又是高级工程师，工作中诚诚恳恳，任劳任怨，和同志们打成一片。关心爱护同志，廉洁奉公。

在家里他是一位好丈夫，处处体贴我、关心我，我们夫妻恩爱一生。他又是一位好父亲，处处给子女做出好榜样，对子女严格要求。在他的精心教育下子女们都长大成才。我们家六位大人都是共产党员，七位都是大学毕业生，女儿还是研究生毕业。两个孙子辈的也是共青团员，我要把我们的家风一代代传下去，做一位积极向上的好公民。

为了让我尽快地从悲痛的生活中走出来，小弟教会了我使用微信，用手机上网，接受各种新鲜事物。他像我老伴一样手非常得巧，会修理各种东西。他退休后，热心于抖空竹活动，现在是济南空竹比赛的评委，他抖空竹的技术非常高。他来西安的这段时间里，坚持练习，抖出各种高难度花样，同时，也教我们抖空竹，丰富了我们的业余生活。我现在也坚持抖空竹,既锻炼了身体,也让我的生活有了另一种情趣。毕竟,日子总是往前走的。

附
录